中華章法學會主編

辭章章法學體系建構叢書　第十冊

《四書》義理螺旋結構析論

陳滿銘　著

萬卷樓圖書股份有限公司出版

目次

自序

　　義理螺旋結構，是章法螺旋結構中重要之一環。而對它的注意，可說很早。即以《四書》而言，最早發表於《孔孟月刊》15 卷 1 期的〈淺談自誠明與自明誠關係〉一文，就在一九七六年九月，迄今已近四十年。

　　此文於結尾處是這樣論述的：《論語‧述而》篇載孔子的話說：「志於道（知止立本），據於德（存誠），依於仁（去私），游於藝（體道——知行合一）」。他把志道置於據德、依仁、游藝三者之前，就足以看出志道立本是如何的重要了。《大學》首章也說：「知止（志道立本）而后有定，定而后能靜，靜而后能安（存誠去私），安而后能慮（明善——知），慮而后能得（體道——行）」。所謂的「止」，指的是「至善」（至道）的所在；所謂的「定」、「靜」、「安」，乃是存誠的工夫；所謂的「慮」，就是辨明至善的意思；所謂的「得」，則是體驗至善的另一種說法。如把這先後的次序，與上引孔子之言作一對照，那麼我們不但可以看出知止立本以存誠去私的重要，並且也可以更進一層的辨明存誠與明善、天賦與人為的交互關係來，那就是：先由明善（生知——知止）而存誠（勉行、利行），再由存誠（安行）而明善（困知、學知），透過人力與天功，互相銜接起來，圍成一個圓圈（如下圖，虛線代表天賦——「性」，實線代表人為——「教」。外圈屬聖人，裡圈屬常人）：

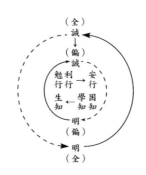

　　人就這樣的，自明而誠，自誠而明，循環推進，使自己的知性與德性，由偏而全地，逐漸發揮它們的功能，最後臻於「隨心所欲不踰矩」的最高境界。

　　可見當時就注意到了義理螺旋結構，只不過沒有直接用「螺旋」一詞而已。自此之後，類似這樣用「螺旋結構」或結合「多」、「二」、「一（0）」加以梳理的論文，就陸續完成。其中發表於學報、學術研討會或專書，而較重要者，如：

1. 〈學庸的價值、要旨及其實踐工夫〉，臺灣師大《中國學術年刊》2 期，1978 年 6 月，頁 62-85。

2. 〈從偏全的觀點試解讀《四書》所引生的一些糾葛〉，臺灣師大《中國學術年刊》13 期，1992 年 4 月，頁 11-22。

3. 〈論恕與《大學》之道〉，臺灣師大《中國學術年刊》20 期，1999 年 3 月，頁 73-89。

4. 〈《中庸》的性善觀〉，臺灣師大《國文學報》28 期，1999 年 6 月，頁 1-16。

5. 〈論博文約禮〉，臺灣師大《中國學術年刊》21 期，2000 年 3 月，頁 69-88。

6. 〈談儒家思想體系中的螺旋結構〉，臺灣師大《國文學報》29 期，

7. 〈《孟子·養氣》章的篇章結構〉,《慶祝莆田黃錦鋐教授八秩嵩壽論文集》,臺北:文史哲出版社,2001 年 6 月,頁 251-274。

8. 〈朱王格致說新辨〉,《孔孟學報》80 期,2002 年 9 月,頁 149-163。

9. 〈《論語》「天生德於予」辨析〉,臺灣師大《師大學報·人文與社會類》47 卷 2 期,2002 年 10 月,頁 87-104。

10. 〈「志道」、「據德」、「依仁」、「遊藝」臆解〉,臺灣師大《中國學術年刊》24 期,2003 年 6 月,頁 39-76。

11. 〈論「多」、「二」、「一(0)」的螺旋結構—以《周易》與《老子》為考察重心〉,臺灣師大《師大學報·人文與社會類》48 卷 1 期,2003 年 7 月,頁 1-20。

12. 〈《中庸》「多」、「二」、「一(0)」螺旋結構論〉,第三屆中國經學國際學術研討會,臺北:《第三屆中國經學國際學術研討會論文集》,2003 年 11 月,頁 214-265。

13. 〈論「零點與偏離」之哲學意涵——以《周易》與《老子》為考察重心〉,臺北:《孔孟學報》87 期,2009 年 9 月,頁 51-80。

14. 〈論章法結構之方法論系統 歸本於《周易》與《老子》作考察〉,臺灣師大《國文學報》46 期,2009 年 12 月,頁 61-94。

15. 〈論《論語》「知(智)」論與後代「才、學、識」說——由思維(意象)系統切入作探討〉,國際儒學聯合會編,北京:九州出版社,2010 年 1 月,頁 51-75。

16. 〈論章法四大律之方法論原則——以多二一(0)螺旋結構作系統探討〉,臺灣師大《中國學術年刊》33 期(春季號),2011 年 3 月,頁 87-118。

而發表於一般刊物,而較重要者,如:

1. 〈讀學庸的目的、方法與主要參考書目〉，《學粹雜誌》18 卷 1、2 期，1976 年 4 月，頁 24-26。

2. 〈談忠恕在儒學中的地位〉，《幼獅月刊》48 卷 5 期，1978 年 11 月，頁 13-16。

3. 〈從修學的過程看智仁勇的關係（上）〉，《孔孟月刊》17 卷 12 期，1979 年 8 月，頁 33-35。

4. 〈從修學的過程看智仁勇的關係（下）〉，《孔孟月刊》18 卷 1 期，1979 年 9 月，頁 34-35。

5. 〈談孔子的四教──文、行、忠、信〉，《孔孟月刊》23 卷 1 期，1984 年 9 月，頁 3-11。

6. 〈孔子的仁智觀〉，《國文天地》12 卷 4 期，1996 年 9 月，頁 8-15。

7. 〈談《論語》中的義〉，《高中教育》6 期，1999 年 6 月，頁 44-49。

8. 〈談《中庸》的一篇體要（上）〉，《國為天地》16 卷 1 期，2000 年 6 月，頁 24-29。

9. 〈談《中庸》的一篇體要（下）〉，《國文天地》16 卷 2 期，2000 年 7 月，頁 11-14。

10. 〈論《論語》中的「直」〉，《孔孟月刊》41 卷 1 期，2002 年 9 月，頁 12-15。

11. 〈《孟子》義利之辨與《論語》、《大學》（上）──從義理的邏輯結構切入〉，《孔孟月刊》41 卷 7 期，2003 年 3 月，頁 10-12。

12. 〈《孟子》義利之辨與《論語》、《大學》（中）──從義理的邏輯結構切入〉，《孔孟月刊》41 卷 8 期，2003 年 4 月，頁 6-10。

13. 〈《孟子》義利之辨與《論語》、《大學》（下）──從義理的邏輯結構切入〉，《孔孟月刊》41 卷 9 期，2003 年 5 月，頁 13-16。

14. 〈《中庸》的性善思想與孔子〉，《孔孟月刊》42 卷 1 期，2003 年 9 月，頁 3-5。

15. 〈從天人互動看《中庸》的誠明思想〉，《孔孟月刊》42 卷 4 期，2003 年 12 月，頁 6-10。

16. 〈論章旨之貫穿——以《學》、《庸》幾段文字為例〉，《孔孟月刊》42 卷 5 期，2004 年 1 月，頁 6-8。

17. 〈論語中一串互文見義的例子〉，《孔孟月刊》42 卷 7 期，2004 年 3 月，頁 7-13。

18. 〈《中庸》「自誠明」思想的邏輯結構〉，《孔孟月刊》42 卷 8 期，2004 年 4 月，頁 14-19。

19. 〈《中庸》「至誠無息」章的邏輯結構〉，《孔孟月刊》42 卷 9 期，2004 年 5 月，頁 6-12。

20. 〈層次邏輯與因果律〉，《孔孟月刊》43 卷 4 期，2004 年 12 月，頁 37-39。

21. 〈論二元對待與層次邏輯——以《周易》與《老子》為考察重心〉，《孟月刊》43 卷 5、6 期，2005 年 2 月，頁 10-15。

22. 〈論「多」、「二」、「一0」螺旋結構與層次邏輯——以《周易》與《老子》為考察重心〉，《孔孟月刊》43 卷 7、8 期，2005 年 5 月，頁 3-8。

23. 〈論「移位」、「轉位」與層次邏輯——以《周易》與《老子》為考察重心〉，《孔孟月刊》43 卷 9、10 期，2005 年 6 月，頁 12-18。

24. 〈從偏離理論看孔子之仁智觀（上）〉，《孔孟月刊》47 卷 1、2 期，2008 年 10 月，頁 3-9。

25. 〈從偏離理論看孔子之仁智觀（下）〉，《孔孟月刊》47 卷 3、4 期，2008 年 12 月，頁 8-15。

26.〈《論語》中的「才、學、識、德」〉，《國文天地》24卷7期，
　　2008年12月，頁32-36。

此外，又作了與《四書》相關之專題演講，依序是：

1. 1987年底，受邀於孔孟學會第二四九次研究會以「談心廣體胖」
　　為題作專題演講。講稿刊於《孔孟月刊》26卷4期，1988年1
　　月，頁16-20。
2. 1096年底，受邀於臺灣師大國文系四書教學研討會以「談《中庸》
　　的思想體系」為題作專題演講。講稿刊於《國文天地》12卷8、9
　　期，1997年1、2月，頁11-17、14-20。
3. 2000年5月，受邀於國立臺灣師範大學國文系以「微觀古本與今
　　本《大學》」為題作學術演講。講稿刊於《國文天地》16卷6期，
　　2000年11月，頁42-49。
4. 2007年6月，受邀參加「錢穆故居──溪城賞書悅會」，以「錢
　　穆《論語新解》導讀──以〈述而〉『子曰志於道』章為例」為
　　題作專題演講。講稿經過改後定為〈《論語‧述而》「子曰志於道」
　　章析論──主要以錢穆之詮釋切入作引申探討〉，刊於高雄師大
　　《國文學報》10期，2009年6月，頁1-23。

　　　　從這些論文的題目上可約略地推知：是首先尋出「螺旋」（1976）
義理邏輯；其次正式提出「螺旋」一語（2000），並由此凸出「多」、
「二」、「一○」（2003），而融合成「多」、「二」、「一○」螺旋結構
（2003）；再其次推出「層次邏輯」以完整呈現「層次邏輯系統」（2005）；
然後注入「偏離理論」（2008），且歸本於「方法論」原則或系統以牢
籠整個體系（2009）的。

　　由此可見對「義理螺旋結構」之關切是持續的，雖然曾先後出版《中庸思想研究》（臺北：文津出版社，1980 年 3 月初版）、《學庸義理別裁》（臺北：萬卷樓圖書公司，2002 年 1 月初版）與《論孟義理別裁》（臺北：萬卷樓圖書公司，2003 年 8 月初版），但一直未針對其「義理螺旋結構」加以統整；因此這回為了整體而有系統地展現個人對章法學的研究成果，以促進學術發展與交流，擬出版一種套書十冊，即《辭章章法學研究通貫系列》，將於二〇一四年八月推出。這套書兼顧理論之開發與實例之驗證，其中全面以實例解析辭章的章法結構為重心，直接為其他各冊之理論與舉例作進一步的驗證的，本來已準備收入《文章結構分析》與《唐宋詞拾玉》兩冊，希望藉此兼顧理論與實際，能呈現個人研究章法學之進程與結果。不過，因本新著《《四書》義理螺旋結構析論》，已經完稿，所以考慮結果，決定以它取代《文章結構分析》，列入這套書內，將章法分析的實例由文學性提升到哲學性，使其涵蓋面能更為擴大。

　　如此，上述幾篇論文就就收入本書，其第一章「緒論——義理螺旋結構之形成」收〈論「多」、「二」、「一（0）」的螺旋結構——以《周易》與《老子》為考察重心〉（2003）一篇，第二章「《論語》的義理螺旋結構」收〈《論語》「天生德於予」辨析〉（2002）與〈「志道」、「據德」、「依仁」、「遊藝」臆解〉（2003）兩篇，第三章「《孟子》的義理螺旋結構」收〈《孟子·養氣》章的篇章結構〉（2001）與〈《孟子》義利之辨與《論語》、《大學》——從義理的邏輯結構切入〉（2003）兩篇，第四章「《大學》的義理螺旋結構」收〈論恕與《大學》之道〉（1999）、〈微觀古本與今本《大學》〉（2000）與〈朱王格致說新辨〉（2002）三篇，第五章「《中庸》的義理螺旋結構」收〈談《中庸》的思想體系〉（1996）、〈《中庸》的性善觀〉（1999）與〈《中庸》「多」、「二」、「一（0）」螺旋結構論〉（2003）三篇，第六章「結論——《四書》思想體系中的螺

旋結構」收〈談儒家思想體系中的螺旋結構〉（2000）一篇。而這十二篇論文，雖早在一九九六至二○○三年間寫成，但納入此書後，其標題與內容，卻都依據最新研究成果與章節需求，作了必要的梳理與調整，使「義理螺旋結構」能通貫《四書》，以呈現其特色。

辭章學大家福建師大鄭頤壽教授在〈陳滿銘創建篇章辭章學——《陳滿銘與辭章章法學》代序〉（《國文天地》23 卷 6 期，2007 年 11 月，頁 90-94）中說：

> 陳滿銘教授是位蜚聲海內外的言語藝術國學——漢語辭章學的專家，同時又是儒學（含易學、四書學）、道學、詩學、詞學、語文（含國語、國文）教學的專家。他首創篇章辭章學，並以之解讀《易經》、《四書》和詩詞，指導語文教學；反過來，又用儒學、道學指導人生，提高自身的修養，用易學，道學的理論為綱，作為篇章辭章學的理論框架；用歷代精美的詩詞、散文為語料，闡釋篇章辭章學的規律和方法。……三十多年來，陳教授「朝於斯、夕於斯」，堅持不懈地進行研究，反覆試驗，終於逐步「集樹成林」，創建了科學的，有嚴密理論體系、又富「民族味」、「中國風」的篇章辭章學（又稱「辭章章學法」）。

而「三一語言學」創始人——南京大學王希杰教授，在其〈陳滿銘教授和章法學〉（《畢節學院學報》總 76 期，2008 年 2 月，頁 1-5）中也說：

> 陳滿銘教授對中國傳統文化是很有研究的，是四書學家。他的研究不是照搬洋教條，而是傳統文化的繼承和發展。從這點上說，他是把四書學和章法學很成功地結合起來了。二十世紀裡，中國人文科學總的趨勢是販賣洋學問，運用洋教條來套中國的事情。

我不滿這種做法，也就更喜歡陳滿銘教授的治學道路了。在方法論原則上，他和弟子們繼承了《周易》的二元互補和轉化的傳統。這也是對中國古代章法研究傳統的繼承。……我從陳滿銘的論著中發現，他是有自己的思想方法和治學方法的。他的方法是值得研究的。我以為，陳滿銘教授的學術根底在《四書》，他不但研究《四書》，而且實踐著《四書》的原則，這就是已經到了「從心所欲不逾矩」，還具有如此旺盛的創新活力，能夠如此高產的原因。

鄭教授認為個人「首創篇章辭章學，並以之解讀《易經》、《四書》」、王教授認為個人的「學術根底在《四書》」，而對《四書》的研究已「和章法學很成功地結合起來了」，所以能如此，追根究柢地說，靠的就是「螺旋結構」。對此，廣州肇慶學院教授在〈「陳滿銘對辭章章法學研究的貢獻」系列研究之三——闡釋了新穎的章法思想，解決了重大的理論問題〉（《國文天地》21 卷 1 期，2005 年 6 月，頁 85-92）中指出：

陳先生依據對《周易》與《老子》等古籍的考察，從哲學與美學的理論高度，認定所謂的「對立的統一」、「多樣的統一」，即「二而一」、「多而一」的概念，表現在篇章之邏輯結構中，不但可以有「有象」而「無象」，找出「多、二、一（0）」之逆向結構；也可以有「無象」而「有象」，尋得「多、二、一（0）」之順向結構；並且透過《周易》與《老子》的相關篇章，可以將順、逆向結構前後連接在一起，更形成循環不已的螺旋結構，以反映宇宙人生繁衍不息的基本規律。

「多二一（0）」螺旋結構反映的既然是「宇宙人生繁衍不息的基本規

律」，其適應面自然就廣泛無窮了。

　　雖說如此，卻由於研究過程中難免有所疏漏或偏差，以致造成一些誤失，因此切盼專家學者能不吝指正，以匡不逮！

陳滿銘

序於國文天地雜誌社

二〇一三年十一月六日

第一章
緒論
——義理螺旋結構之形成

　　我們的祖先，生活在廣大「時空」之中，直接面對紛紜萬狀之現象界，為了探其源頭，確認其原動力，以尋得其種種變化的規律，孜孜不倦，日積月累，先後留下了不少寶貴的智慧結晶。大致說來，他們先由「有象」（現象界）以探知「無象」（本體界），再由「無象」（本體界）以解釋「有象」（現象界），就這樣一順一逆，往復探求、驗證，久而久之，終於形成了圓融的宇宙人生觀。而這種宇宙人生觀，各家雖各有所見，但若只求其「同」，而不求其「異」，則總括起來說，都可以從「（0）一二多」（順）與「多二一（0）」（逆）的互動、循環而提升的螺旋結構上加以統合[1]。

　　在《周易》的〈序卦傳〉裡，對這種「多」、「二」、「一（0）」結構形成之過程，就曾約略地加以交代，雖然它們或許「因卦之次，託以明義」[2]，但由於卦、爻，均為象徵之性質，乃一種概念性符號，即一般所說的「象」，象徵著宇宙人生之變化與各種物類、事類。就以《周易》（含《易傳》）而言，它的六十四卦，從其排列次序看，就粗具這種特點[3]。而各種物類、事類在「變化」中，循「由天（天道）而人（人

1　陳滿銘：〈論「多」、「二」、「一（0）」的螺旋結構——以《周易》與《老子》為考察重心〉，臺灣師大《師大學報・人文與社會類》48 卷 1 期（2003 年 7 月），頁 1-20。
2　戴璉璋：《易傳之形成及其思想》（臺北市：文津出版社，1988 年 11 月臺灣初版），頁 186-187。
3　徐復觀：《中國人性論史・先秦篇》（臺北市：臺灣商務印書館，1978 年 10 月四

事）」來說，所呈現的是「（一）二、多」的結構，這可說是〈序卦傳〉上篇的主要內容；而循「由人（人事）而天（天道）」來說，則所呈現的是「多、二（一）」的結構了，這可說是〈序卦傳〉下篇的主要內容。其中「（一）」指「太極」，「二」指「天地」或「陰陽」、「剛柔」，「多」指「萬物」（包括人事）。雖然「太極」（「道」）與「陰陽」（「剛柔」）等觀念與作用，在〈序卦傳〉裡，未明確指出，卻皆含蘊其中，不然「天地」失去了「太極」（「道」）與「陰陽」（「剛柔」）等作用，便不可能不斷地「生萬物」（包括人事）了。再看《易傳》：

> 乾知大始，坤作成物。（《周易・繫辭上》）
> 一陰一陽之謂道，繼之者善也，成之者性也。……生生之謂易，成象之謂乾，效法之謂坤。（同上）
> 是故易有太極，是生兩儀，兩儀生四象，四象生八卦。（同上）

在這些話裡，《易傳》的作者用「易」、「道」或「太極」來統括「陰」（坤）與「陽」（乾），作為萬物生生不已的根源。而此根源，就其「生生」這一含意來說，即「易」，所以說「生生之謂易」；就其「初始」這一象數而言，是「太極」，所以《說文解字》於「一」篆下說「惟初太極，道立於一，造分天地，化成萬物」[4]；就其「陰陽」這一原理來說，就是「道」，所以說「一陰一陽之謂道」。分開來說是如此，若合起來看，則三者可融而為一。關於此點，馮友蘭分「宇宙」與「象數」加以說明云：

版），頁 202。又，參見馮友蘭：《馮友蘭選集》上卷（北京市：北京大學出版社，2000 年 7 月一版一刷），頁 394。

4　黃慶萱：《周易縱橫談》（臺北市：三民書局，1995 年 3 月初版），頁 33-34。

《易傳》中講的話有兩套：一套是講宇宙及其中的具體事物，另
一套是講《易》自身的抽象的象數系統。〈繫辭傳上〉說：「易
有太極，是生兩儀，兩儀生四象，四象生八卦。」這個說法後來
雖然成為新儒家的形上學、宇宙論的基礎，然而它說的並不是實
際宇宙，而是《易》象的系統。可是照《易傳》的說法：「易與
天地準」（同上），這些象和公式在宇宙中都有其準確的對應物。
所以這兩套講法實際上可以互換。「一陰一陽之謂道」這句話固
然是講的宇宙，可是它可以與「易有太極，是生兩儀」這句話互
換。「道」等於「太極」，「陰」、「陽」相當於「兩儀」。〈繫辭
傳下〉說：「天地之大德曰生。」〈繫辭傳上〉說：「生生之謂易。」
這又是兩套說法。前者指宇宙，後者指易。可是兩者又是同時可
以互換的。[5]

他從實（宇宙）虛（象數）之對應來解釋，很能凸顯《周易》這本書的
特色。這樣，其順向歷程就可用「一、二、多」的結構來呈現，其中
「一」指「太極」、「道」、「易」，「二」指「陰陽」、「乾坤」（天地），
「多」指「萬物」（含人事）。如果對應於〈序卦傳〉由天而人、由人而
天，亦即「既濟」而「未濟」之的循環來看，則此「一、二、多」，就
可以緊密地和逆向歷程之「多、二、一」接軌，形成其螺旋結構[6]。

　　就這樣，《周易》先由爻與爻的「相生相反」的變化[7]，以形成小循
環；再擴及這種變化到卦，由卦與卦「相生相反」的變化，以形成大循

5　《馮友蘭選集》上卷，頁 286。
6　陳滿銘：〈論「多」、「二」、「一（0）」的螺旋結構——以《周易》與《老子》為考
　　察重心〉，頁 1-20。
7　勞思光：「爻辭論各爻之吉凶時，常有『物極必反』的觀念。具體地說，即是卦象吉
　　者，最後一爻多半反而不吉；卦象凶者，最後一爻有時反而吉。」見《新編中國哲學
　　史》第一卷（臺北市：三民書局，1984 年 1 月增訂修版），頁 85-86。

環。而大、小循環又互動、循環不已，形成層層上升之螺旋結構。關於
這點，黃慶萱說：

> 《周易》的周，……有周流的意思。《周易》每卦六爻，始於初，
> 分於二，通於三，革於四，盛於五，終於上。代表事物的小周
> 流。再看六十四卦，始於〈乾卦〉的行健自強；到了六十三掛的
> 「既濟」，形成了一個和諧安定的局面；接著的卻是「未濟」，代
> 表終而復始，必須作再一次的行健自強。物質的構成，時間的演
> 進，人士的努力，總循著一定的周期而流動前進，於是生命進化
> 了，文明日益發展。[8]

所謂「周流」、「終而復始」、「周期而流動前進」，說的就是《周易》
變化不已的螺旋式結構。而這種結構，如對應於「三易」（《易緯‧乾
鑿度》）而言，則「多」說的是「變易」、「二」說的是「簡易」，而「一」
說的是「不易」。因此「三易」不但可概括《周易》之內容與特色，也
可以呈現「多」、「二」、「一」的螺旋結構。

這種螺旋結構，在《老子》一書中，不但可以找到，而且更完整：

> 道可道，非常道；名可名，非常名。無，名天地之始；有，名萬
> 物之母。（一章）
> 致虛極，守靜篤，萬物並作，吾以觀復。凡物芸芸，各復歸其
> 根。歸根曰靜，是謂復命，復命曰常。知常曰明。（十六章）
> 道之為物，惟恍惟惚。惚兮恍兮，其中有象。恍兮惚兮，其中有
> 物。窈兮冥兮，其中又精。其精甚真，其中有信。（二十一章）

8　《周易縱橫談》，頁 236。

有物混成，先天地生，寂兮寞兮，獨立不改，周行而不殆，可以
為天下母，吾不知其名，字之曰道，強為之名曰大。大曰逝，逝
曰遠，遠曰反。（二十五章）

知其雄，守其雌，為天下谿；為天下谿，常德不離，復歸於嬰
兒。知其白，守其黑，為天下式；為天下式，常德不忒，復歸於
無極。知其榮，守其辱，為天下谷；為天下谷，常德乃足，復歸
於樸。（二十八章）

反者道之動，弱者道之用。天下萬物，生於有，有生於無。（四
十章）

道生一，一生二，二生三，三生萬物。萬物負陰而抱陽，沖氣以
為和。（四十二章）

從上引各章裡，不難看出老子這種由「無」而「有」而「無」的主張。
所謂「道可道，非常道」、「道之為物，惟恍惟惚」、「道生一，一生二，
二生三，三生萬物」、「有生於無」、「有物混成，先天地生，……可以
為天下母」等，都是就「由無而有」的順向過程來說的。而所謂「反者
道之動」、「復歸於無極」、「復歸於樸」，是就「有」而「無」的逆向
過程來說的。而這個「道」，乃「創生宇宙萬物的一種基本動力」，如
就本末整體而言，是「無」與「有」的統一體；如單就「本」（根源）
而言，則因為它「不可得聞見」（《韓非子・解老》），「所以老子用一
個『無』字來作為他所說的道的特性」[9]。而「由無而有」，所說的就是
「由一而多」之宇宙萬物創生的過程，所以宗白華說：

　道的作用是自然的動力、母力，非人為的，非有目的及意志的。

9　《中國人性論史・先秦篇》，頁329。

「萬物生於有，有生於无」這個素樸混沌一團的道體，運轉不已，化分而成萬有。故曰：「大道氾兮，其可左右。」（三十四章）「周行而不殆。」（二十五章）「反者道之動。」（四十章）「樸，則散為器。聖人用之，則為官長。」（二十八章）道體化分而成萬有的過程是由一而多，由无形而有形。[10]

而徐復觀也說：

> 宇宙萬物創生的過程，乃表明道由無形無質以落向有形有質的過程。但道是全，是一。道的創生，應當是由全而分，由一而多的過程。[11]

如就「有」而「無」，亦即「多而一」來看，老子在此是以「反」作橋樑加以說明的。而這個「反」，除了「相反」、「返回」之外，還有「循環」的意思。勞思光闡釋「反者道之用」說：

> 「動」即「運行」，「反」則包含循環交變之義。「反」即「道」之內容。就循環交變之義而言，「反」以狀「道」，故老子在《道德經》中再三說明「相反相成」與「每一事物或性質皆可變至其反面」之理。[12]

而姜國柱也說：

---

10 林同華主編：《宗白華全集》2（合肥市：安徽教育出版社，1994 年 12 月一版二刷），頁 810。
11 《中國人性論史・先秦篇》，頁 337。
12 《新編中國哲學史》第一卷，頁 240。

　　「道」的運動是周行不殆，循環往復的圓圈運動。運動的最終結
　　果是返回其根：「復歸其根」、「復歸於樸」。這裡所說的「根」、
　　「樸」都是指「道」而言。「道」產生、變化成萬物，萬物經過
　　周而復始的循環運動，又返回、復歸於「道」。老子的這個思想
　　帶有循環論的色彩。[13]

這強調的是「循環」，乃結合「相反」之義來加以說明的。

　　如此「相反相成」、循環不已，說的就是「變化」，而「變化」的
結果，就是「返回」至「道」的本身，這可說是變化中有秩序、秩序中
有變化之一個循環歷程。

　　這樣，結合《周易》和《老子》來看，它們所主張的「道」，如僅
著眼於其「同」，則它們主要透過「相反相成」、「返本復初」而循環不
已的作用，不但將「一、多」的順向歷程與「多、一」的逆向歷程前後
銜接起來，更使它們層層推展，循環不已，而形成了螺旋式結構，以呈
現宇宙創生、含容萬物之原始規律。

　　就在這「由一而多」（順）、「多而一」（逆）的過程中，是有「二」
介於中間，以產生承「一」啟「多」的作用的。而這個「二」，從「道
生一，一生二，二生三，三生萬物」等句來看，該就是「一生二，二生
三」的「二」。雖然對這個「二」，歷代學者有不同的說法，大致說來，
有認為只是「數字」而無特殊意思的，如蔣錫昌、任繼愈等便是；有認
為是「天地」的，如奚侗、高亨等便是，有認為是「陰陽」的，如河上
公、吳澄、朱謙之、大田晴軒等便是。其中以最後一種說法，似較合於
原意，因為老子既說「萬物負陰而抱陽」，看來指的雖僅僅是「萬物的

---

13 姜國柱：《中國歷代思想史》〔壹、先秦卷〕（臺北市：文津出版社，1993 年 12 月初
　　版一刷），頁 63。

屬性」，但萬物既有此屬性，則所謂有其「委」（末）就有其「源」（本），作為創生源頭之「一」或「道」，也該有此屬性才對，所差的只是，老子沒有明確說出而已。所以陳鼓應解釋「道生一」章說：

> 本章為老子宇宙生成論。這裡所說的「一」、「二」、「三」乃是指「道」創生萬物時的活動歷程。「混而為一」的「道」，對於雜多的現象來說，它是獨立無偶，絕對對待的，老子用「一」來形容「道」向下落實一層的未分狀態。渾淪不分的「道」，實已稟賦陰陽兩氣；《易經》所說「一陰一陽之謂『道』」；「二」就是指「道」所稟賦的陰陽兩氣，而這陰陽兩氣便是構成萬物最基本的原質。「道」再向下落漸趨於分化，則陰陽兩氣的活動亦漸趨於頻繁。「三」應是指陰陽兩氣互相激盪而形成的均適狀態，每個新的和諧體就在這種狀態中產生出來。[14]

而黃釗也說：

> 愚意以為「一」指元氣（從朱謙之說），「二」指陰陽二氣（從大田晴軒說），「三」即「叄」，「參」也。若木《薊下漫筆》「陰陽三合」為「陰陽參合」。「三生萬物」即陰陽二氣參合產生萬物。[15]

他們對「一」與「三」（多）的說法雖有一些不同，但都以為「二」是

14　陳鼓應：《老子今注今譯及評介》（臺北市：臺灣商務印書館，1985 年 2 月修訂十版），頁 106。

15　以上諸家之說與引證，見黃釗：《帛書老子校注析》（臺北市：學生書局，1991 年 10月初版），頁 231。

指「陰陽二（兩）氣」。而這種「陰陽二氣」的說法，其實也照樣可包含「天地」在內，因為「天」為「乾」為「陽」，而「地」則為「坤」為「陰」；所不同的，「天地」說的是偏於時空之形式，用於持載萬物[16]；而「陰陽」指的則是偏於「二氣之良能」（朱熹《中庸章句》），用於創生萬物。這樣看來，老子的「一」該等同於《易傳》之「太極」、「二」該等同於《易傳》之「兩儀」（陰陽），因此所呈現的，和《周易》（含《易傳》）一樣，是「一、二、多」與「多、二、一」之原始結構。不過，值得一提的是：（一）即使這「一」、「二」、「多」之內容，和《周易》（含《易傳》）有所不同，也無損於這種結構的存在。（二）「道生一」的「道」，既是「創生宇宙萬物的一種基本動力」，而它「本身又體現了無（无）」[17]，那麼正如王弼所注「欲言無（无）耶，而物由以成；欲言有耶，而不見其形」[18]，老子的「道」可以說是「无」，卻不等於實際之「無」（實零）[19]，而是「恍惚」的「无」（虛零），以指在「一」之前的「虛理」[20]。這種「虛理」，如勉強以「數」來表示，則可以是「（0）」。這樣，順、逆向的結構，就可調整為「（0）一、二、多」（順）與「多、二、一（0）」（逆），以補《周易》（含《易傳》）之不足，這

16　《中國人性論史‧先秦篇》，頁 335。
17　林啟彥：「『道』既是宇宙及自然的規律法則，『道』又是構成宇宙萬物的終極元素，『道』本身又體現了『無』。」見《中國學術思想史》（臺北市：書林出版社，1999 年 9 月一版四刷），頁 34。
18　王弼：《老子王弼注》（臺北市：河洛圖書出版社，1974 年 10 月臺景印初版），頁 16。
19　馮友蘭：「謂道即是无。不過此『无』乃對於具體事物之『有』而言的，非即是零。道乃天地萬物所以生之總原理，豈可謂為等於零之『无』。」見《馮友蘭選集》上卷，頁 84。
20　唐君毅：「所謂萬物之共同之理，可為實理，亦可為一虛理。然今此所謂第一義之共同之理之道，應指虛理，非指實理。所謂虛理之虛，乃表狀此理之自身，無單獨之存在性，雖為事物之所依循、所表現，或所是所然，而並不可視同於一存在的實體。」見《中國哲學原論‧導論篇》（臺北市：學生書局，1993 年 2 月校訂版第二刷），頁 350-351。

就使得宇宙萬物創生、含容的順、逆向歷程，更趨於完整而周延了。

　　如此順逆作螺旋互動，其歷程便可用如下簡式來表示：

$$0（一） \longleftrightarrow 二 \longleftrightarrow 多$$

　　而這種螺旋其歷程，不但僅就某一個層面來說，又可以層層下徹或上徹，形成「變化莫測」的螺旋系統[21]。

---

21 這種「多二一（0）」螺旋系統，可適用於不同領域與不同層面，單以個人所研究者而言，即涉及「才、學、識」、「真、善、美」、「語文能力」、「辭章」、「意象」、「章法」與「風格」，就舉已發表的學報論文來說，主要的在臺灣有〈章法「多、二、一（0）」結構論〉，臺灣師大《中國學術年刊》25 期春季號（2004 年 3 月），頁 129-172；〈辭章「多二一（0）」螺旋結構論〉，中山大學《文與哲》學報 10 期（2007 年 6 月），頁 483-514；〈論真、善、美與多、二、一（0）螺旋結構——以辭章章法為例作對應考察〉，中山大學《文與哲》學報 13 期（2008 年 6 月），頁 663-698；〈論才、學、識之邏輯層次——以「多二一（0）」螺旋結構切入作考察〉，高雄師大《國文學報》15 期（2012 年 1 月），頁 1-32。在大陸有〈章法風格論——以「多、二、一（0）」結構作考察〉，《溫州師範學院學報》27 卷 1 期（2006 年 2 月），頁 49-54；〈意象「多二一（0）」螺旋結構論——以哲學、文學、美學作對應考察〉，《濟南大學學報・社會科學版》17 卷 3 期（2007 年 5 月），頁 47-53；〈意象包孕式結構論——以「多二一（0）」螺旋結構切入作考察〉，《湘南學院學報》30 卷 4 期（2009 年 8 月），頁 36-42；〈章法的「移位」、「轉位」與「多二一（0）」結構〉，《湘南學院學報》31 卷 3 期（2010 年 6 月），頁 50-54。由此可見「多二一（0）」螺旋系統的適應面是極為廣泛的，因此可作為方法論原則或系統來看待，個人有幾篇論文可參考：〈論章法結構之方法論系統——歸本於《周易》與《老子》作考察〉，臺灣師大《國文學報》46 期（2009 年 12 月），頁 61-94；〈論章法四大律之方法論原則——以多二一（0）螺旋結構作系統探討〉，臺灣師大《中國學術年刊》33 期春季號（2011 年 3 月），頁 87-118；〈試論方法論原則之層次系統——以修辭與章法為考察範圍〉，中山大學《文與哲》學報 20 期（2012 年 6 月），頁 367-407。

第二章
《論語》的義理螺旋結構

　　在此，就「志道、據德、依仁、游藝」與「天生德於予」兩層進行研討，以凸顯《論語》一書主要的義理螺旋結構。

第一節　志道、據德、依仁、游藝

　　孔子一生，從未以「仁且智」之聖人自居，卻一直以「好學」自許，譬如他說：「十室之邑，必有忠信如丘者焉，不如丘之好學也。」（〈公冶長〉）又說：「學而不厭，誨人不倦，何有於我哉！」、「發憤忘食，樂以忘憂，不知老之將至云爾！」（〈述而〉）。因此他堅決主張人要「志於學」（〈里仁〉），而「學」的目標與依據究竟何在？且其次第是如何？甚至與「仁」、「知（智）」（義）的關係又怎樣？這些問題，都可由「志於道，據於德，依於仁，游於藝」（〈述而〉）這四句話裡，獲得清楚之答案。茲依次論述如下：

一　志於道

　　「志」，在此作動詞用，乃立定志向之意。以「道」作為一個「士」或「君子」立定志向的終極目標，即「志於道」。何晏注云：

　　　　志，慕也。道不可體，故慕之而已。[1]

---

[1]　《十三經注疏8・論語》（臺北市：藝文印書館，1965年三版），頁60。

而朱熹注云：

> 志者，心之所之之謂。道，則人倫日用之間所當行者是也。知此
> 而心必之焉，則所適者正，而無他歧之惑矣。[2]

「志」解作「慕」，比「心之所之」，意思雖來得消極，卻依然可通。所
謂「心之所之」，即「心之所向」之意；而一心一意向著「道」，就是「志
於道」。對這樣的解釋，大致上不會有什麼異議。至於「道」的意義，
則何、朱各有所見。相比起來，何晏的解釋，較偏於「天道」來說，而
朱熹則偏於「人道」而言。照何晏之說，所謂的「道」，和老子所主張
的「道」有些接近，所以邢昺疏云：

> 道者，虛通無擁，自然之謂也。王弼曰：「道者，無之稱也；無
> 不通也，無不由也，況之曰道，寂然無體，不可為象。」是道不
> 可體，故但慕之而已。[3]

這樣來看待「道」，從儒家整個思想來看，所謂「立天之道，曰陰與陽；
立地之道，曰柔與剛；立人之道，曰仁與義」（《周易・說卦》），固然
也有它的道理，不過，如落在《論語》來說，就難免偏離了一些，因為
孔子和一般弟子，通常是罕言「天道」的，所以說「夫子之言性與天
道，不可得而聞也」（〈公冶長〉）。如此說來，朱熹「人倫日用之間所
當行者」的說法，是比較合乎原意的。只是說法還是籠統了點，實有進
一步探明的必要。

2　朱熹：《四書集注》（臺北市：學海出版社，1984 年 9 月初版），頁 96。
3　《十三經注疏 8・論語》，頁 60。

在《論語》一書中,「道」字出現得相當頻繁,據楊伯峻《四書譯注》[4]的統計,共有六十次;其中涉及道德、學術、方法或合理行為而與「中心概念」[5]相關的,就達四十四次之多;由此可見「道」在孔子思想中的重要性。

所謂的「道」,原指人用作行走之「路」,《論語‧陽貨》所說「道聽而塗說」的「道」,即指此而言;這是有形可見的,是具體的。而由此引申開來,則「凡言行所經由以達於某一目標」[6]而成為原理、準則的,都可稱之為「道」;這是無形可見的,是抽象的。前者與「中心概念」之「道」無關,而後者則息息相關了。

這種與「中心概念」關涉之「道」,在孔子言論中,依其意義之不同,大致可分為兩種:一是中性的,即「事實上的道」,可以屬「正面」,也可以屬「反面」;一是純然「正面」的,即「價值上的道」,可以提升而成為原理或準則。所以陳大齊在其《孔子學說》中說:

> 道,依其意義的不同,可別為二種:一是事實上的道,一是價值上的道,前者只是所由的,後者則是應由的。事實上的道與價值上的道,時或一致,時或不一致。故事實上的道,有應由的,亦有不應由的。價值上的道,有事實上所由的,亦有事實上所未由的。[7]

4　楊伯峻:《四書譯注》(臺北市:河洛圖書出版社,1978 年 12 月臺排印初版),頁 301。

5　陳大齊:「道字原是多義的名言,即就孔子言論中所用的道字而論,亦屬如此,其意義甚不一致。得為中心概念的道,只是其中某一意義的道。」見《孔子學說》(臺北市:正中書局,1963 年仲夏版),頁 105。

6　陳大齊:「用作『道路』意義的道字,與中心概念的道無關,但後者卻由前者引申而來。道路是行走所經由的,是導人到達某一目的地的。由此引申,凡言行所經由以達於某一目標的,亦都稱之為道。」見《孔子學說》,頁 106。

7　同前註。

所謂「所由」，就是說可能趨於正面為善（應由），也可能趨於反面為惡（不應由），這是就事實觀點說的，所以是「事實上的道」；所謂「應由」，就是說應該趨於正面為善，這是從價值觀點說的，所以是「價值上的道」。譬如《論語‧衛靈公》說：

> 子曰：「道不同，不相為謀。」

朱熹《集注》注說：「不同，如善惡邪正之類。」[8]，既然有「善惡邪正」之不同，顯然這所謂之「道」，指的是「事實上的道」。又如《論語‧憲問》說：

> 子曰：「君子道者三，我無能焉：仁者不憂，知者不惑，勇者不懼。」子貢曰：「夫子自道也。」

「君子道者三」，即《中庸》第二十章（依朱熹《章句》，下並同）所說的「三達道」。而知（智）、仁、勇三者，既為「三達道」，指的自然是「價值上的道」。孔子在此這樣「自責以勉人」[9]，可以看出他對「道」的無比推崇，而「道」的價值，也可由此顯現出來。

　　大體而言，《論語》一書中的「道」，說的多是「價值上的道」。也因它是「價值上的道，始足為言行的準則」[10]，甚至於成為事事物物的原理。它所以能如此，可說是由於它以「仁義」為本（體）的緣故。試

8　《四書集注》，頁 166。

9　同前註，頁 155。

10　陳大齊：「諸種不同的事實上的道，必待經過人們審慎而精確的衡量，選定其為應由的道，而後始成為價值上的道，始足為言行的準則。」見《孔子學說》，頁 107。

看《論語・衛靈公》說：

> 子曰：「人能弘道，非道弘人。」

朱熹釋此云：

> 人心有覺，而道體無為，故人能大其道，道不能大其人也。[11]

對此，朱熹在答「人能弘道」之問時加以申釋云：

> 「天下之達道五，所以行之者三。」君臣、父子、兄弟、夫婦、
> 朋友，古今所共底道理，須是知知、仁守、勇決。[12]

他以「五達道」來說「道」，說的是「用」（末）；以「三達德」（知、仁、
勇）來說「人心有覺」，說的是「體」（本）。而知（智）、仁、勇三者，
又是以「仁」為核心的。因此錢穆在《論語要略》中便說：

> 孔子以道為人生中運用之一事，猶其以禮樂為人生中運用之一事
> 也。人之所以運用此禮樂與道者，則人類之情感，吾心之仁是
> 也，故曰人能弘道。使其人無情不仁，則道亦無存，烏能弘人
> 乎？[13]

他把「道」，雖與禮樂同樣視為「人生中運用之一事」，當作外在之形

11　《四書集注》，頁 164。
12　黎靖德編：《朱子語類》3（臺北市：文津出版社，1986 年 12 月出版），頁 1165。
13　錢穆：《論語要略》（臺北市：臺灣商務印書館，1965 年臺一版），頁 111。

式（用）來看待，卻也指出了它們的根本精神（體），那就是「吾心之仁」。所謂「本立而道生」（〈學而〉），說的就是這種道理。又《論語‧里仁》說：

> 子曰：「富與貴，是人之所欲也，不以其道得之，不處也。貧與賤，是人之所惡也，不以其道得之，不去也。君子去仁，惡乎成名？君子無終食之間違仁，造次必於是，顛沛必於是。」

這裡最值得注意的是：孔子先說兩次「道」，後來卻換成「仁」來說。很明顯地，在孔子看來，所謂「君子去仁」，就是「君子去道」的意思。因此何晏注引孔安國云：

> 不以其道得富貴，則仁者不處。

而邢昺亦疏云：

> 唯行仁道，乃得君子之名，若違去仁道，則於何得成名為君子乎？[14]

如此將「仁」與「道」合起來說，雖不能確定「仁」就是「道」，但已可藉以看出兩者密切之關係。而錢穆在解釋此章時，則直接地說：

> 據此，則孔子之所謂道，即仁也。[15]

14　《十三經注疏 8‧論語》，頁 36。
15　《論語要略》，頁 109。

而陳大齊也在解釋「君子道」時說：

> 君子道即是仁道，因為孔子主張「君子無終食之間違仁」。……
> 故中心概念的道，似宜稱之為仁道，兼以顯示其普遍內容。[16]

此外，勞思光更以為〈里仁〉此章：

> 此節前二段，原說富貴與貧賤，本身悉不足計，君子只以「道」
> 作為標準，而定取捨。下接言「仁」，謂離「仁」則「君子」即
> 失去其特性（所謂「惡乎成名」），則顯然孔子所說的「道」，即
> 依「仁」而立。一切要「以其道得之」，即是一切依大公之心以
> 定取捨。其下又謂：「君子無終食之間違仁。造次必於是，顛沛
> 必於是。」此即是說，有德者須時時存大公之心，不可須臾離此
> 動力。而此動力即是「仁」，依此動力乃能「志於道」。[17]

可見孔子所謂之「道」，就是「仁」，兩者只不過是有一末一本之別而
已，因此「志於道」即「志於仁」（〈里仁〉）。而這個「仁」，由於是
內在於人生命之中，而不能頃刻或離的「動力」，所以隨時都由內而外
地在作用著[18]。這樣作用的結果，如說得具體一點，以其正當性而言，

16　《孔子學說》，頁 109。

17　勞思光：《新編中國哲學史》第一卷（臺北市：三民書局，1984 年 1 月增訂初版），
　　頁 131-132。

18　徐復觀：「孔子所說的仁，乃內在於每一個人的生命之內，所以仁的自覺，是非常現
　　成的。他說：『……君子去仁，惡乎成名。君子無終食之間違仁；造次必於是，顛沛
　　必於是』（〈里仁〉）按上面這一段話，包含兩種意思：一種意思是，仁不是特定的
　　一事物，而係貫徹於每一事物，因而賦予該事物以意義與價值的精神。……另一種

就是「義」或「義理」。《朱子語類》載：

> 或問：「富貴不處，是安於義；貧賤不去，是安於命。」曰：「此
> 語固是。但須知如何此是安義，彼是安命。蓋吾何求哉？求安於
> 義理而已。不當得富貴而得富貴，則害義理，故不處。不當得貧
> 賤而得貧賤，則自家義理已無愧，居之何害！」[19]

可見「道」（人道），從其根源說，就是「仁」，就是「義」（義理）；換
句話說，即「仁義」。《朱子語類》又載：

> 問：「貧賤，如何不當得而得之？」曰：「小人放僻邪侈，自當
> 得貧賤。君子履行仁義，疑不當得貧賤，然卻得貧賤，這也只得
> 安而受之，不可說我不當得貧賤，而必欲求脫去也。」[20]

這裡在「仁」之外，又牽合「義」來說「道」，可見得「仁」與「義」
有不可分的關係。〈季氏〉云：

> （孔子曰：）「『隱居以求其志，行義以達其道。』吾聞其語矣，
> 未見其人也。」

這所謂的「其道」，指的就是「仁道」。陳大齊特釋「行義以達其道」
說：

是，此精神乃內在於人的生命之中；否則也不可能頃刻不離。」見《中國人性論史·
先秦篇》（臺北市：臺灣商務印書館，1978 年 10 月四版），頁 97。
19 《朱子語類》2，頁 647。
20 同前註，頁 648。

行義所達的，只是道，不是其他事情。此所云道，當然係指仁道而言。故「行義以達其道」，意即行義以達其仁，又可見義之不能有離於仁了。[21]

他將「行義以達其道」解釋為「行義以達其仁」，凸顯了「以義達仁」的道理。又〈里仁〉云：

子曰：「君子喻於義，小人喻於利。」

朱子注此云：「義者，天理之所宜」[22]，也的確唯有深喻「天理之所宜」，才能使所作之事合乎「仁」的要求，所以陳大齊說：

君子所應喻而不忽的，只是義，故所持以應付一切的，亦必是義。君子所持以成事的，既必是義，而所成的事，又只是仁。合而言之，義所成的，只是仁，不是仁以外的事情。所以義是不能有離於仁的。[23]

接著，又以此配合「君子無終食之間違仁」數句，作進一步之闡釋說：

君子所終食之間不可違的仁與其所應喻而不忽的義，孔子雖未於仁字上加義字，亦未於義字上加仁字，但其意必指合義的仁與涵仁之義而言，否則便值不得不違與不忽了。仁與義，必相結合，

---

21 《孔子學說》，頁 170。
22 《四書集注》，頁 77。
23 《孔子學說》，頁 170。

不可分離，故孔子的思想，簡括言之，可稱為仁義合一主義。[24]。

由此可見「義」與「仁」有著不可分割的關係。對這種關係，勞思光則從「公心」與「私心」加以強調說：

> 從私念則求「利」，從公心則求「義」；「仁」既指公心，則「仁」為「義」本。就理論意義講，此理甚為明顯。蓋「義」指「正當性」，而人之所以能「正當」，則在於人能立「公心」。「公心」不立，則必溺於利欲；「公心」既立，自能循乎理分。立公心是「仁」，循理是「義」。日後孟子言「居仁由義」，又以「仁」為「人心」、「義」為「人路」，最能闡發孔子之仁義觀念。蓋「仁」是自覺之境界，「義」則是此自覺之發用。能立公心者，在實踐中必求正當。此所以「仁」是「義」的基礎，「義」是「仁」之顯現。[25]

他把「仁」與「義」的關係，分辨得相當清楚。而這種關係，若將「道」、「仁」、「義」三者合起來看，則以由本（體）而末（用）言，所形成的「仁→義→道」的順序；以由末（用）而本（體）言，所形成的是「道→義→仁」的次第。

前者出於天然（「性」的作用），相當於《中庸》之「自誠明」；後者屬於人為（「教」的功能），相當於《中庸》之「自明誠」；而天然與人為，是互動、循環而提昇的[26]。《禮記・中庸》云：

---

24 同前註，頁 171。
25 《新編中國哲學史》第一卷，頁 120。
26 《禮記・中庸》：「自誠明，謂之性；自明誠，謂之教。誠則明矣，明則誠矣。」另

> 或生而知之，或學而知之，或困而知之；及其知之，一也。或安
> 而行之或利而行之，或勉強而行之；及其成功，一也。

對於這段文字，大致可就天賦的差異與修學的層次兩個方面來加以
探討。以天賦的差異來說，在「知」的方面，要了解一個同樣的道理，
有的人只須憑藉天生的悟力，有的人則要經由後天的學習，更有的人得
透過困苦的嘗試，難易雖然不同，卻能得到一致的結果；在「行」的方
面，要踐行同樣的一個道理，有的人是發於天賦的德性，有的人乃基於
受益的觀點，更有的人則出於畏罪的心理[27]，情形雖然不同，卻能獲致
同樣的成效。以修學的次序而言，在「知」的方面，一個人如果要收到
積學的效果，就得先由「困知」、「學知」的人為努力，在知識的領域
裡覓得一立足點，使自己的「已知」到達一個基準，然後才能由外而內
地激發「生知」的天賦力量，憑藉「已知」來推求「未知」，把微觀的
「知」提升為宏觀的「智」（把「困知」、「學知」與「生知」冶為一爐），
以呈顯內在的仁、智而知「義」、知「道」，而形成一貫[28]。在「行」的
方面，則緊承「知」（知識），在「智」（智慧）的指引下，經由「勉強
而行之」、「利而行之」去實踐「道」，直接用行為來印證「道」（事物
的原理）而成就「義」行，再逐漸地達於「安行」的地步（把「勉強行」、
「利行」與「安行」連成一體），從而激發更多更大的天賦力量「仁」，

參見陳滿銘：〈談儒家思想體系中的螺旋結構〉，臺灣師大《國文學報》29 期（2000
年 6 月），頁 1-34。

27　孔疏：「或勉強而行之，或畏懼罪惡，勉力自強而行之。」見《十三經注疏 5·禮
記》，頁 888。

28　王陽明：「若論聖人大中至正之道，徹上徹下，只是一貫，更有甚上一截、下一截！
『一陰一陽之謂道』，但『仁者見之便謂之仁，智者見之便謂之智，百姓日用而不
知，故君子之道鮮矣。』仁、智豈可不謂之道？但見得偏了，便有弊病。」見《王陽
明全集》上（上海市：上海古籍出版社，1997 年 8 月一版三刷），頁 18。

以帶領「生知」、「學知」和「困知」（義、道）升高至另一層面，如此一層進一層的推展，把「仁」與「知（智）」（義）[29]的功能發揮至極致，而臻於「至善」的境界。如果這樣的理解沒錯，則就《禮記‧中庸》「三知三行」來看，「勉強而行之」和「利而行之」是「義」，「安而行之」為「仁」，「生知而學知、困知」是「義」與「道」；而所形成的是如下互動循環之螺旋關係：

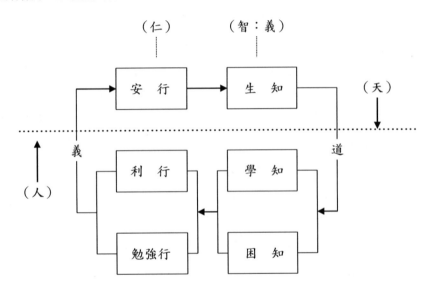

從這個表裡，可注意兩點：一是就「由天而人」來看，所形成的是「仁 → 義（智）→道」的順序；一是就「由人而天」來看，所形成的是「道 → 義（知）→ 仁」的次第。而此二者，又有著互動、循環、提升的螺旋關係。

---

29 由正確的「知」（知識），即「正知」，真積力久，就可提鍊出「智」（智慧）來，從根源上辨別是非、真偽，而掌握真正的「義」。朱子注〈中庸〉「義者，宜也」說：「分別事理，各有所宜」，要做到這一點，就得靠這種「智」（智慧）。參見陳滿銘：〈談《論語》中的「義」〉，教育部《高中教育》6 期（1999 年 6 月），頁 44-49。

　　由此看來，在《論語》書中的「道」，可以說是以「仁義」為其根本的；而孔子主張人要「志於學」（〈為政〉），即所謂的「學以致其道」（〈子張〉），當然就必須以「仁義」為其終極之目標了。如此以「仁義」釋「道」，無論是用以指人生的終極關懷、崇高理想，如「朝聞道，夕死可矣」（〈里仁〉）、「篤信好學，守死善道」（〈泰伯〉）；或用以指待人接物的生活規範、政治與文化的理想境界，如「三年無改於父之道」（〈學而〉）、「先王之道斯為美」（〈學而〉），甚至用以指主張學說，如「夫子之道，忠恕而已矣」（〈里仁〉），意思都可從源頭「一以貫之」，而沒有絲毫說不通的地方。

　　不過，「仁」在《論語》裡，是不與「義」並舉的，反而往往與「知（智）」對顯[30]，而「義」指的既是「天理之所宜」（朱注），則必須訴諸「知（智）」才能加以判斷、掌握，可見「義」從根源上說，就是「知（智）」，而「仁、義」也就可說即「仁、知（智）」。如此，則「志於道」，換句話來說，就是要以「仁且智」之聖人境界[31]為最高目標了。

二　據於德

　　《論語》一書中之「德」，用作「恩德」、「恩惠」的，由於非直接與「德性」或「德行」有關，而其他指外在「德行」的，也似乎與「據

30　牟宗三：「孔子提出『仁』為道德人格發展的最高境界。至孟子，便直說：『仁且智，聖也』。仁智並舉，並不始自孟子，孔子即已仁智對顯。如仁者安仁、智者利仁、仁者樂山、智者樂水，智者動、仁者靜等等，便是仁智對顯，而以仁為主。……孔子以仁為主，以『仁者』為最高境界。此時仁的意義最廣大，智當然藏於仁之中，一切德亦藏於其中。孟子仁義禮智並舉，這是說我們的心性。說『仁且智，聖也』，實亦賅括義與禮。這是自表現我們的心性說。並舉仁與智，就是為了特注重智對仁的扶持作用。這樣說時，仁的涵義不得不收窄一點。仁與智並講，顯出仁智的雙成。」見《中國哲學的特質》（臺北市：臺灣學生書局，1976 年 10 月四版），頁 25-26。

31　《孟子‧公孫丑上》：「昔者，子貢問於孔子曰：『夫子聖矣乎？』孔子曰：『聖，則吾不能。我學不厭，而教不倦也。』子貢曰：『學不厭，智也；教不倦，仁也。仁且智，夫子既聖矣！』」

於德」之「德」，仍有段距離，因為「據」，當是「依憑」[32]而有「本於」之意，所以在此就略而不論，而只著眼於關聯內在本質的幾章來探討。

這種關聯內在本質的「德」，即通常所謂之「德性」或「道德精神」。它可在《論語》書中找到幾個：

> 子曰：「君子懷德，小人懷土；君子懷刑，小人懷惠。」（〈里仁〉）
> 子曰：「天生德於予，桓魋其如予何！」（〈述而〉）
> 子曰：「由！知德者鮮矣。」（〈衛靈公〉）
> 子張曰：「執德不弘，信道不篤，焉能為有？焉能為亡？」（〈子張〉）

這幾個「德」字，見於〈里仁〉的，朱熹認為是指「固有之善」[33]，而錢穆也以為「德，指德性」[34]，可見它是屬於內在的；見於〈衛靈公〉的，朱熹指出「德，謂義理之得於己者，非己有之，不能知其意味之實也」[35]，這樣該是偏於內在來說的；見於〈子張〉的，朱熹釋為「有所得而守之太狹，則德孤」，輔氏加以申釋說：「有所得，謂德也；守謂執也；太狹，謂不弘也。德孤，蓋〈坤卦·文言〉之辭，言不能兼有眾德，而孑然固守一節者也。弘以量言，然量有氣量、德量，此蓋兼氣與德而言也。」[36]「德」既然與「氣」對稱，那麼它偏於內在者而言，是

---

32 《詩·邶風·柏舟》：「亦有兄弟，不可以據。」註：「據，依。」見朱熹：《詩經集註》（臺北市：群玉堂出版公司，1991 年 10 月初版），頁 13。

33 《四書集注》，頁 76。

34 錢穆：《論語新解》（臺北市：東大圖書公司，1988 年 4 月初版），頁 126。

35 《四書集注》，頁 160。

36 趙順孫：《四書纂疏·論語》（臺北市：文史哲出版社，1986 年 10 月再版），頁 1473。

相當明顯的。而見於〈述而〉的，則爭議頗多，實有稍作辨析之必要。

　　這「天生德於予」中的「德」，既說是「天生的」，當然指的是內在的本質，如此則和「天命」之「性」有著密切的關係。

　　在《論語》中說到「性」的，只有兩次，那就是：

　　　子貢曰：「夫子之文章，可得而聞也；夫子之言性與天道，不可
　　　得而聞也。」（〈公冶長〉）
　　　子曰：「性相近，習相遠也。」（〈陽貨〉）

〈公冶長〉篇所載子貢的話，說出了孔子很少談到「性」的這個事實。而「孔子的確很少談論『性與天道』，從《論語》看來是如此；然而，孔子五十而讀《易》，至『韋編三絕』，而且又曾贊《易》，顯然他對《易經》下了一番功夫。《易經》的中心思想就是『性與天道』，因此孔子對『性與天道』，確曾下了一番研究的心血。說孔子對於『性與天道』根本不談，或根本無領悟，那是不對的」[37]，因此對「性」，孔子該有極高的領悟，而有性善之傾向[38]。既然如此，就值得對「性相近」的說法加以注意了。朱熹注此云：

---

[37] 牟宗三：《中國哲學的特質》，頁 25-26。而方東美亦云：「子貢在孔子的門弟子中號稱有才幹的人，但是他就說『夫子之言性與天道，不可得而聞』。而孔子談性與天道的微言大意，正是在《周易》、三《禮》發揮得淋漓透徹！子貢即使聽了孔子談性與天道，等於沒有聽，而且不了解！」見《方東美先生演講集》（臺北市：黎明文化公司，1980 年 10 月版），頁 167。

[38] 唐君毅：「就孔子之已明言者上看，仍無孔子言性善之確證，而謂孔子亦言性善，乃就其言引申以說。至就孔子之明將『性相近』與『習相遠』對舉之旨以觀，則其所重者，蓋不在剋就人性之自身而論其為何，而要在舉『習相遠』為對照，以言人性雖相近，而由其學習之所成者，則相距懸殊。」見《中國哲學原論‧原性篇》（香港：新亞書院研究所，1968 年 2 月出版），頁 13。

此所謂性，兼氣質而言也。氣質之性，固有美惡之不同矣；然以
其初而言，皆不甚相遠也。但習於善則善，習於惡則惡，於是始
相遠耳。程子曰：「此言氣質之性，非言性之本也。若言其本，
則性即是理；理無不善，孟子之言性善是也；何相近之有
哉？」[39]

程、朱二人都以為這所謂的「性」，乃「兼氣質而言」，所以說「相
近」。但將「性」二分為義理之性與氣質之性，是後來之事，在孔子之
時，該沒有理得那麼分明，只不過籠統地說一說而已。對此，牟宗三說
得好：

伊川謂此是屬于氣質之性，蓋就「相近」而想。因義理當然之性
人人皆同，只是一，無所謂「相近」。惟古人辭語恐不如此嚴
格。孟子言：「其日夜之所息，平旦之氣，其好惡與人相近也者
幾希」。孟子此處所言之「相近」恐即是孔子「性相近」之「相
近」。如是，「相近」即是發于良心之好惡與人相同。孔子即是
此意。……如果《易》之〈彖〉、〈象〉真是孔子所作，則〈乾·
象〉「乾道變化各正性命」語中之「性」正是上節所謂積極面之
性，是自理道或德而言之「超越之性」，此性是與天道天德貫通
于一起的。[40]

如此來看待孔子所謂之「性」，該是最合理的。
　　如果進一步地將這個義理的「性」，結合《論語》中屬於本質的「德」

---

[39] 《四書集注》，頁 173。
[40] 牟宗三：《心體與性體》第一冊（臺北市：正中書局，1979 年 12 月臺三版），頁
217。

來看，則「性」該就是「德」。因為「性」指的是天賦之潛能，而這種潛能為人所獲得，若單從「承受處」來說，即是「得」，也就是「德」。它之所以謂之「德」，就是「得之於天」的意思。因此這「得」與「德」兩字，在古時是通用的。《老子》第四十九章說：

> 聖人無常心，以百姓心為心。善者吾善之，不善者吾亦善之，德善；信者吾信之，不信者吾亦信之，德信。

朱謙之《老子校釋》引羅振玉云：

> 「德」字，景龍本、敦煌本均作「得」。[41]

可見「德」可通「得」。而就儒家看來，「得」乃就承受者而言，而「德」卻就所承受之本質來說，兩者可說是一而二、二而一的關係。

因此《論語》「天生德於予」這句話，說得完整一點，是「天將『性』賦予我，為我所得，而成為『德』，以修己治人」的意思。不過，由於這句話涉及孔子本人，而孔子又是「仁且智」的聖人，所以就引生了這個「德」是否可適用於一般人身上的疑問。陳大齊說：

> 孔子既稱德為天生，則所採取的，似乎是潛伏觀，不是創始觀。但孔子此言，只是就他自己一個人說的。然則此種潛伏的德，是他個人所獨有？抑或為少數人所獨具？又或為人人所固有？未可由以貿然推斷。且孔子此言，只是感情性的傾訴，不是道理性的論斷，更未可據以推定其學說上所採取的主張。[42]

---

41 朱謙之：《老子校釋》（北京市：北京中華書局，1984 年 11 月初版），頁 194-195。
42 《孔子學說》，頁 111-112。

果如上述，《論語》中的「德」，就其「體」（內在）而言，即是「性」，則此「天生德」之「德」，與〈述而〉的「性相近」之「性」，該是等同的。這樣，「天生」之「德」（性），就該不是孔子「個人所獨有」，而有其普遍性，因為「天生」之「德」（性），是「人人所固有」，而且籠統地說，是彼此「相近」的，只是發揮有等差而已。孔子既將「天生」之「德」（性）發揮到極致，對於「桓魋」而言，即使他這份「天生」之「德」（性）發揮有限，也必然因「性相近」而有所感應，那就難怪孔子會說「其如予何」了。如此，則《論語》「天生德於予」之「德」，與《中庸》「天命之謂性」之「性」，甚至《大學》「明明德」之「德」，應是所指相同，而且是一脈相承的。

　　如進一步要證明「德」與「性」之關係，則必須探明其內容。不過，因為《論語》一書中對「德」與「性」之內容，並沒有直接作清楚的交代，所以只有從孔子或其弟子有關「仁」與「知（智）」的言論中獲知一些訊息。大體說來，孔子是主張「仁」與「知（智）」互動、循環而提升，以臻於「聖」之境界的[43]。這種主張可由下列幾章文字裡探知：

　　　子曰：「里仁為美，擇不處仁，焉得知？」（〈里仁〉）
　　　子曰：「不仁者，不可以久處約，不可以長處樂。仁者安仁，知者利仁。」（同上）
　　　樊遲問知，子曰：「務民之義，敬鬼神而遠之，可謂知矣。」問仁，曰：「仁者先難而後獲，可謂仁矣」（〈雍也〉）
　　　子曰：「知者樂水，仁者樂山；知者動，仁者靜；知者樂，仁者壽。」（同上）

---

[43] 《中國哲學的特質》，頁25。又夏乃儒：「孔子是圍繞著以『知』求『仁』，『仁』、『知』統一這個中心，建立起他的認識理論的。」見《中國哲學三百題》（上海市：上海古籍出版社，1988年9月一版一刷），頁161。

> 樊遲問仁，子曰：「愛人。」問知，子曰：「知人。」樊遲未達，
> 子曰：「舉直錯諸枉，能使枉者直。」樊遲退，見子夏曰：「鄉
> 也吾見於夫子而問知，子曰：『舉直錯諸枉，能使枉者直。』何
> 謂也？」子夏曰：「富哉言乎！舜有天下，選於眾，舉皋陶，不
> 仁者遠矣；湯有天下，選於眾，舉伊尹，不仁者遠矣！」（〈顏
> 淵〉）

首先看〈里仁〉的「里仁為美」章，它的章旨，從正面說，即孔子以「擇
處仁」為「知」（智）。這樣說，是由於在「擇」之前，先要「明於仁
與不仁的區別」[44] 的緣故；如果人在「明於仁與不仁的區別」後，能行
其所「知」（明），「擇」而「處仁」，使自己得以潛移默化，則已由「知」
（智）而進於「仁」了，所謂「知以知仁，仁以行知」，便是這個意思，
由此可見「仁」與「知（智）」是有一先一後之關係的。其次看〈里仁〉
的「不仁者」章，孔子在此以「利仁」為「知（智）」、「安仁」為「仁」。
而「利行」與「安行」，很顯然地，並非並列之關係，而只是階段之不
同而已，也就是說，「行」在人為（教育）的範圍中，其過程是先由「利
行」而後「安行」的。所以朱熹注此云：

> 惟仁者則安其仁，而無適不然；知者則利於仁，而不易其所守；
> 蓋雖深淺之不同，然皆非外物所能奪矣。[45]

所謂「深淺之不同」，指的就是「由知（智）而仁」的不同階段。又其
次看〈雍也〉的「樊遲問知」章，孔子以「務民之義，敬鬼神而遠之」

44　趙杏根：《論語新解》（合肥市：安徽大學出版社，1999 年 12 月一版一刷），頁 58。
45　《四書集注》，頁 74。

為「知（智）」、「先難後獲」為「仁」，前者乃就「事」（外）來說，而後者則就「心」（內）來說，因此朱熹在《集注》注說：「專力於人道之所宜，而不惑於鬼神之不可知，知者之事也；先其事之所難，而後其效之所得，仁者之心也。」[46] 又於《或問》中進一層解釋說：

> 「務民之義，敬鬼神」，是就事上說；「先難後獲」，是就處心積慮處說。「仁」字說較近裡，「知」字說較近外。[47]

據知「仁」與「知（智）」，除先後深淺不同外，還有一內（心）一外（事）的關係。又其次是〈雍也〉篇的「知者樂水」章，孔子在此，主要以「動」、「靜」來說「仁」、「知（智）」，所謂「知者動，仁者靜」，即本章之中心意旨。而由於「山」靜而「水」動，所以「仁者樂山，知者樂水」；由於「樂」動而「壽」靜，所以「知者樂，仁者壽」。如此用「山」與「水」之特質和「樂」與「壽」之成效來說明「知者動，仁者靜」的道理，的確有以實形虛之效果。朱熹注此說：

> 知者達於事理，而周流無滯，有似於水，故樂水；仁者安於義理，而厚重不遷，有似於山，故樂山。動、靜以體言，樂、壽以效言。動而不括，故樂；靜而有常，故壽。[48]

---

46 同前註，頁 92。
47 《朱子語類》3，頁 819。《四書纂疏·論語》亦引蔡氏：「知者，以事上言，仁者，以心言。蓋務民義、敬鬼神，是就事上說；先難後獲，是就心上說。仁字較近裡，知字較近外。」見趙順孫：《四書纂疏·論語》，頁 913-914。
48 《四書集注》，頁 92-93。

他把這種道理，闡釋得極簡要而明白。其實，孔子用「動」、「靜」來
說「知（智）」、「仁」，還有另一層意思，那就是「知（智）」與「仁」
是互相涵攝的，因為「動」中是有「靜」、「靜」中是有「動」的啊！
關於這點，朱熹在《或問》中說：

> 知者，動意思多，故以動為主；仁者，靜意思多，故以靜為主。
> 今夫水，淵深不測，是靜也；及滔滔而流，日夜不息，故主於
> 動。山，包藏發育之意，是動也；而安重不遷，故主於靜。[49]

由此可知，「仁」與「知（智）」，又有著一「靜」一「動」的關係。再
其次是〈顏淵〉篇的「樊遲問仁」章，孔子在此，用「舉直錯諸枉，能
使枉者直」，將「仁」與「知（智）」合而為一，來回答樊遲之「問仁」、
「問知」，不但關係到由「知（智）」而「仁」的先後，也涉及了兩者互
動之作用。這可從朱熹的兩節話裡看出孔子話中的精義。一見於《語
錄》：

> 每常說：「仁、知，一個是慈愛，一個是辨別，各自向一路。惟
> 是『舉直錯諸枉，能使枉者直』，方見得仁、知合一處，仁裡面
> 有知，知裡面有仁。」[50]

一見於《集注》：

> 舉直錯諸枉者，知也；使枉者直，則仁矣。如此則二者不惟不相
> 悖，而反相為用矣。[51]

---

49 《朱子語類》3，頁 823。
50 同前註，頁 1095。
51 《四書集注》，頁 139。

所謂「仁裡面有知，知裡面有仁」，說的正是「仁」與「知（智）」互相涵攝的道理。它們所以能這樣彼此涵攝，是由於它們能一直互動的緣故，所謂「二者不為不相悖，而反相為用」，說的就是這種互動之關係。

《論語》中的「德」，如同上述，有一些是指內在的本質來說的，這就與「性」有所疊合。而這種「德」，是人與生俱來的，所以說是「天生」；這個「性」，是天所賦予的，所以說是「天命」。所謂「天生」與「天命」，是詞異而意同；只不過，在此，「生」是落在「人」（物）上說，「命」乃源於「天」上說而已。至於所謂「性」，則是一種動力或潛能，在人（物）出生時，由「天」所賦予，而直接由「人」（物）來獲得（德）的。這種天人關係，可藉由《大學》「傳首章」[52]用以「釋明明德」的文字來說明。它引《書經·大甲》說：

顧諟天之明命。

在此，《大學》之作者特地用「天之明命」來說「明德」，可知「明德」是天所賦予的，而這個「明德」，是就「人之所得」來說的；若從「天」來說，則是「明命」了。所以朱熹注云：

天之明命，即天之所以與我，而我之所以為德也。[53]

趙順孫《大學纂疏》釋此云：

---

52 依朱熹《大學章句》，下並同。
53 《四書集注》，頁5。朱熹又云：「自人受之，喚做『明德』；自天言之，喚做『明命』。」見《朱子語類》2，頁315。

　　愚謂自天所與而言，則曰命；自我之所得而言，則曰德[54]。

他和朱熹從天、人（我）切入，清楚地指出了「命」和「德」的關係。
據此，則「德」，是針對「天所與我」而「為我所得」者而言，那麼不
禁要問：天究竟拿什麼東西「與我」（命），而「為我所得」（德）呢？
這就不得不談到「性」了。《中庸》一開篇即云：

　　天命之謂性。

在此，「天命」是「天所命（賦予）」之意，而「天所命（賦予）」之
對象，則為人（物）。如此說來，這句話的意思為「稱天所命與人（物）
者為性」；而此「天命」之「性」，為「人」（物）所得，則稱為「德」。
可見「德性」這一詞，是由同義複合而成的，只不過「性」乃偏於本質
（體──理），而「德」則是又兼功能（用──心）來說而已。所以朱
熹答游敬仲之問云：

　　天之賦於人物者，謂之命；人與物受之者，謂之性；主於一心，
　　有得於天而光明正大者，謂之明德。[55]

又在其《大學章句》裡注「明德」云：

　　明德者，人之所得乎天，而虛靈不昧，以具眾理而應萬事者
　　也。[56]

---

54 《四書纂疏・大學》，頁 93。
55 《朱子語類》1，頁 260。
56 《四書集注》，頁 3。

以上兩節話，可由下列《大學纂疏》所載兩節文字的說明，作進一層之
了解：其一為《語錄》：

> 虛靈不昧，便是心；此理具足於中，無少欠闕，便是性；隨感而
> 動，便是情。

其二為黃氏（榦）闡釋之言：

> 虛靈不昧，明也；具眾理、應萬事，德也。具眾理者，德之體，
> 未發者也；應萬事者，德之用，已發者也。以其所以為德者，皆
> 虛靈不昧，故謂之明德也。[57]

所謂「未發者」，說的是「性」，為「體」；所謂「已發者」，指的是
「情」，為「用」。而由朱熹看來，「心」是統「性」（體）與「情」（用）
的。可見「性」，乃純就「理」，也就是「體」而言；而「德」，則兼就
「心」（性、情），也就是「體」與「用」來說的。由於孔子對一般弟子
或時人，特別講求學習、教育的功能，比較著眼於「用」（外）上，而
又不忽略其「體」（內），所以平時只講兼顧「體」與「用」之「德」，
以統合內在之本質與外在之行為，卻很少談到純就「體」（理）而言之
「性」，是十分合於實際的。

　　經由上述，可知孔子「據於德」這句話，是說「德」是所據以邁向
目標的源頭力量。而這個源頭力量有二，即「仁之德」與「知（智）之
德」，前者用於「成己」，後者用於「成物」。《禮記·中庸》說：

---

57 以上兩節文字，均見《四書纂疏·大學》，頁40。

> 誠者非自成己而已也，所以成物也。成己，仁也；成物，知
> （智）也；性之德也，合外內之道也。

它指出「成己」之「仁」與「成物」之「知（智）」，皆屬「性之德」[58]，不僅可藉以說明孔子所以要「據於德」的原因，也可藉以顯露這個「德」（性）的實質內容。

三　依於仁

「依於仁」，是說為人處世，一切都依循天生之「仁之德」而行，以成就各種德行的的意思。朱熹注此云：

> 依者，不違之謂。仁，則私欲盡去，而心德之全也。功夫至此，
> 而無終食之違，則存養之熟，無適而非天理之流行矣。[59]

這種「不違仁」的功夫，所謂「無終食之違」，是孔子最為重視的，所以在平時就談得特別之多。據楊伯峻之統計，「仁」字在《論語》一書中所出現的數目，就有一百零九次，除去指「仁人」（三次）或用同「人」（一次）者外，用以指「道德標準」的，即達一百零五次[60]。這是德行字出現在《論語》一書裡最多的一次，足見「依仁」、「行仁」的

---

58 由此可見「仁」和「知」（智），同是「性之德」，乃「吾性之固有」（見朱注），而「誠」則是「人性的全體顯露，即是仁與知的全體顯露」（見《中國人性論史》，頁 156），是足以成己、成物的。而《中庸》第二十一章又說：「自誠明，謂之性；自明誠，謂之教。誠則明矣，明則誠矣。」據知統之於「至誠」的仁與知（智），是可經由互動、循環、提升的作用，而最後融合為一的。見陳滿銘：《中庸思想研究》（臺北市：文津出版社，1989 年 4 月再版），頁 109。

59 《四書集注》，頁 96。

60 《四書譯注》，頁 228。

重要性。而在這些論「仁」的篇章裡，有的就它所涵攝的部分內容，即「偏仁」（偏德）來談論；有的則就它的整體意義，即「全仁」（全德）來著眼。前者，如：

> （樊遲）問仁。曰：「仁者先難而後獲，可謂仁矣。」（〈雍也〉）
> 顏淵問仁。子曰：「克己復禮為仁。一日克己復禮，天下歸仁焉。為仁由己，而由人乎哉？」顏淵曰：「請問其目。」子曰：「非禮勿視，非禮勿聽，非禮勿言，非禮勿動。」顏淵曰：「回雖不敏，請事斯語矣。」（〈顏淵〉）
> 仲弓問仁。子曰：「出門如見大賓，使民如承大祭，己所不欲，勿施於人；在邦無怨，在家無怨。」仲弓曰：「雍雖不敏，請事斯語矣！」（〈顏淵〉）
> 司馬牛問仁。子曰：「仁者，其言也訒。」曰：「其言也訒，斯謂之仁已乎？」子曰：「為之難，言之得無訒乎？」（〈顏淵〉）
> 樊遲問仁，子曰：「愛人。」問知，子曰：「知人。」樊遲未達，子曰：「舉直錯諸枉，能使枉者直。」（〈顏淵〉）
> 樊遲問仁。子曰：「居處恭，執事敬，與人忠；雖之夷狄，不可棄也。」（〈子路〉）
> 子張問仁於孔子。孔子曰：「能行五者於天下，為仁矣。」請問之。曰：「恭、寬、信、敏、惠。恭則不侮，寬則得眾，信則人任焉，敏則有功，惠則足以使人。」（〈陽貨〉）

上引首章，孔子以「先難後獲」為「仁」，所著眼的乃「仁」中之一事。朱熹注此云：

> 先其事之所難，而後其效之所得，仁者之心也。此必因樊遲之失

而告之。[61]

所謂「仁者之心」，是要樊遲有此心，以「先難後獲」，而救其失，這
顯然說的是起手的功夫，自屬「偏仁」之事。次章「顏淵問仁」，朱熹
注云：

> 仁者，本心之全德。克，勝也。己，謂身之私欲也。復，反也。
> 禮者，天理之節文也。為仁者，所以全其心之德也。蓋心之全
> 德，莫非天理，而亦不能不壞於人欲。故為仁者必有以勝私欲而
> 復於禮，則事皆天理，而本心之德復全於我矣。歸，猶與也。又
> 言一日克己復禮，則天下之人皆與其仁，極言其效之甚速而至大
> 也。又言為仁由己而非他人所能預，又見其機之在我而無難也。
> 日日克之，不以為難，則私欲淨盡，天理流行，而仁不可勝用
> 矣。[62]

他從「全德」（全仁）的角度切入來闡釋孔子以「克己復禮」為「仁」
的道理，這是從終點來看的；但若由起點來看，分別在「四勿」上，能
日日「克己復禮」，使一事以至於多事合於「禮」（義）、「仁」[63]，則久
而久之，乃能由「偏仁」逐漸臻於「全仁」之境界[64]。所以若針對此起

---

61 《四書集注》，頁 92。
62 同前註，頁 131。
63 勞思光：「此專說『仁』與『禮』的關係。何以謂『克己復禮為仁』？蓋克己即去私，
　　復禮即循理。此處所以不言『義』者，因『義』與『禮』在理論上雖屬層次不同之
　　觀念，但就實踐說，則能不隨私欲而歸於禮時，人即循理而行，亦即依一『求正當』
　　之意志方向而活動。如此實踐，即返顯仁心。此節原就實踐說，故以下復以視聽言
　　動之守禮，以指點實踐程序（即『目』）。」見《新編中國哲學史》第一卷，頁 121。
64 朱注引程頤〈視箴〉：「制之於外，以安其內，克己復禮，久而誠矣。」，見《四書集
　　注·論語》，頁 132。又趙杏根：「人戰勝自己的私欲，使自己的思想言行合於禮有

點與過程而言,則仍是屬「偏德」(偏仁)的階段,只不過它涵蓋的範圍大,可以統括許多德行,而又隨時有著「全德」(全仁)高懸著予以提升而已。三章「仲弓問仁」,孔子偏以政事為釋,邢昺疏此云:

> 此章明仁在敬、恕也。[65]

這是說以「仁」攝「敬」與「恕」,而此亦屬「克己復禮」之事。所以朱熹引程頤云:

> 克己復禮,乾道也;主敬行恕,坤道也。顏、冉之學,其高下深淺,於此可見,然學者誠能從事於敬、恕之間,而有得焉,亦將無己之可克矣。[66]

意思是說「能敬,能恕,能無怨,則能克己、能守禮」[67],可見「敬」、「恕」與「無怨」,皆指「偏仁」而言。四章「司馬牛問仁」,朱熹注云:

> 仁者心存而不放,故其言若有所忍而不易發,蓋其德之一端也。[68]

這所謂「其(仁)德之一端」,正說出了孔子在此所談的「仁」德只是「偏仁」,也就是「偏德」而已。五、六兩章「樊遲問仁」,在〈顏淵〉

關己所任社會角色之規定,此人便具仁心仁行,既久而成仁德。」見《論語新解》,頁 213。

65 《十三經注疏 8・論語》,頁 109。
66 《四書集注》,頁 132-133。
67 趙杏根:《論語新解》,頁 214。
68 《四書集注》,頁 133。

中「愛人」的回答，是對應於「能使枉者直」來說的，而「能使枉者直」，說的乃「仁」之一端，初看起來，與〈雍也〉所言「先難後獲」無關，但「愛人則無私欲，無私欲則能『先難而後獲』」[69]，因此這也該是「因樊遲之失而告之」〔朱注〕的。而在〈子路〉中的回答，則以「仁」攝「恭」「敬」「忠」，以為：

> 須是日日粘放心頭，不可有些虧欠處。此最是為人日下急切處，切宜體之。[70]

既然是「為人日下急切處」，自非「全仁」可知。七章「子張問仁」，孔子以「仁」攝「恭、寬、信、敏、惠」為答，而其效為「不侮」、「得眾」、「人任」、「有功」、「使人」，這顯然是針對政事來說「求仁之方」的。《朱子語類》4載：

> 問：「恭、寬、信、惠，固是求仁之方，但『敏』於求仁功夫似不甚親切。莫是人之為事才悠悠，則此心便間斷之時多，亦易得走失。若能勤敏去做，便此心不至間斷，走失之時少，故敏亦求仁之一，是如此否？」曰：「不止是悠悠。蓋不敏於事，則有怠忽之意，才怠忽，便心不存而間斷多，便是不仁也。」[71]

說是「求仁之方」，指的當然是「偏仁」之事。

可見上引章節所說的「仁」，全屬「偏仁」之事，也就是說「仁」中攝有各種德行。陳大齊針對上引諸章說：

69　趙杏根：《論語新解》，頁 228。
70　《朱子語類》3，頁 1107。
71　《朱子語類》4，頁 1183。

仁中攝有克己復禮攝有訒攝有先難後獲。……在答覆樊遲時，以
愛人為仁。又一次答覆樊遲時，舉了三事，與答覆子張時所舉的
五事，其中有一事是相同的。合此兩次答語而言，恭、敬、忠、
寬、信、敏、惠七事，都是仁。答覆仲弓時，舉了四事。「出門
如見大賓」，即是「居處恭」的恭，「使民如承大祭」，即是「執
事敬」的敬。「己所不欲，勿施於人」，是恕。故恕與無怨，亦
為仁所涵攝。[72]

他把「一端」之「仁」，亦即「偏仁」，說得十分清楚。

至於後者，如：

孟武伯問：「子路仁乎？」子曰：「不知也。」又問。子曰：「由
也，千乘之國，可使治其賦也；不知其仁也。」「求也何如？」
子曰：「求也，千室之邑，百乘之家，可使為之宰也；不知其仁
也。」「赤也何如？」子曰：「赤也，束帶立於朝，可使與賓客
言也；不知其仁也。」（〈公冶長〉）

或曰：「雍也仁而不佞。」子曰：「焉用佞？禦人以口給，屢憎
於人。不知其仁，焉用佞？」（〈公冶長〉）

子張問曰：「令尹子文，三仕為令尹，無喜色；三已之，無慍
色。舊令尹之政，必以告新令尹。何如？」子曰：「忠矣。」曰：
「仁矣乎？」曰：「未知，焉得仁。」「崔子弒齊君，陳文子有馬
十乘，棄而違之。至於他邦，則曰：『猶吾大夫崔子也。』違之。
之一邦，則又曰：『猶吾大夫崔子也。』違之。何如？」子曰：「清

矣。」曰：「仁矣乎？」曰：「未知，焉得仁。」（〈公冶長〉）
憲問恥。子曰：「邦有道，穀；邦無道，穀。恥也。」「克、伐、
怨、欲不行焉，可以為仁矣？」子曰：「可以為難矣，仁則吾不
知也。」（〈憲問〉）

在這裡，孔子以為令尹子文為「忠」而未至於「仁」、陳文子是「清」
而未至於「仁」，說仲弓、子路、冉求、公西赤都「不知其仁」，而且
指出即使沒有「克、伐、怨、欲」等毛病，也一樣不能稱之為「仁」。
可見這所謂的「仁」，指的是全德，也就是「全仁」。對於這一點，邢
昺疏「孟武伯問子路仁乎」這一章時引孔安國，云：

仁道至大，不可全名。[73]

對此錢穆加以闡釋說：

孔子平日講學極重仁，仁乃人生之全德，孔子特舉以為學問修養
之最高標準，而又使學者各就才性所近，各務所長，惟同向此全
德為歸趨。人求全德，亦不可無專長。子路、冉有、公西華，雖
未具此全德，然已各有專長。此章不僅見孔門之多賢，亦見孔子
教育精神之偉大。[74]

而趙杏根也認為：

---

73 《十三經注疏8‧論語》，頁 42。
74 錢穆：《論語新解》，頁 155。

子路、冉有、公西華，乃孔門高弟，皆能稱賢人者，然孔子不以
仁輕許之，何也？蓋仁是很難達到的境界，孔門之中，道德修養
最高的是顏回，後有「復聖」之稱，但即使誓言回，亦僅能「三
月不違仁」而已，超過三月，便就難保不違仁了。子路至於仁，
蓋日月至焉者，或在或亡，不能必其有無。顏回子路如此，冉
有、公西亦可知矣。[75]

又，朱熹在注「或曰雍也」這一章時說：

或疑仲弓之賢，而夫子不許其仁，何也？曰：「仁道至大，非全
體而不息者，不足以當之。如顏子亞聖，猶不能無違於三月之
後，況仲弓雖賢，未及顏子，聖人固不得而輕許之也。」[76]

再者，《朱子語類》2亦載：

黃先之問「子文」、「文子」二節。曰：「今人有些小利害，便至
於頭紅面赤；子文卻三仕三已，略無喜慍。有些小所長，便不肯
輕以告人，而文子乃盡已舊政告之新尹。此豈是容易底事！其地
位亦甚高矣。今人有一豪係累便脫灑不得，而文子有馬十乘，乃
棄之如敝屣然。此亦豈是易事！常人豈能做得。後人因孔子不許
他以仁，便以二子之事為未足道，此卻不可。須當思二子所為如
此高絕，而聖人不許以仁者，因如何未足以盡仁。」[77]

此外，錢穆釋「憲問恥」章云：

<hr>

75 趙杏根：《論語新解》，頁80。
76 《四書集注》，頁80。
77 《朱子語類》2，頁733。

其心不仁，乃有克、伐、怨、欲。學者若能以仁存心，如火始燃，如泉始達，仁德日顯，自可不待遏制而四者絕。顏淵從事於非禮勿視、聽、言、動，乃以禮為存主，非求克、伐、怨、欲不行之比，故孔子不許其仁。[78]

所謂「仁道至大，不可全名」、「非全體而不息者，不足以當之」，又所謂「仁是很難達到的境界」、「未足以盡仁」或「仁德日顯」等等，正指出了這種「全仁」（「全德」）的特點，也由此可知孔子不輕易許人以「仁」，就是著眼於此，更由此進一步地可知「仁」之所以為孔子學說重心的原因。馮友蘭說：

> 仁為孔子「一貫」之道、中心之學說，故《論語》中亦常以仁為人之全德之代名詞。曰：「求仁而得仁，又何怨？」（〈述而〉），曰：「若聖與仁，則吾豈敢？」（〈述而〉）曰：「無求生以害仁，有殺身以成仁。」（〈衛靈公〉）此所謂仁皆指人之全德而言也。[79]

因此，孔子日常都以「偏仁」來勉勵他的弟子或其他的人，希望他們能日積月累，由偏而全地逐步走上「全仁」的最高境界。對此，陳大齊則以「成分」（德）與「總體」（仁）加以看待，他說：

> 仁是由恭敬忠恕等眾德集合而成的，仁是總體，恭敬忠恕是其成分。弟子問仁時，孔子各為舉示若干成分，從未盡舉。其所以不

---

78 錢穆：《論語新解》，頁 488。
79 《馮友蘭選集》上卷（北京市：北京大學出版社，2000 年 7 月一版一刷），頁 55。

盡舉，殆有二因：一因所由以構成的分子太多，不遑一一枚舉。二因各人的長處短處不同，只舉最切要的項目，以發展其所長，或以救治其所短，其他較不切要的，不必一一贅舉。但若干成分不足以盡仁之全體，缺了一二成分，便不足以構成整個的仁。所以於忠恕恭敬中任舉一德，都未足以稱之為仁。……由此看來，孔子心目中的仁，是一種綜合的德，不與忠恕恭敬諸德並列，而以諸德為其成分，不有與諸德相異的特殊內容，而綜合諸德的內容為其內容。[80]

他以為在「忠、恕、恭、敬諸德」之中，任何一德都「不足以盡仁之全體」，而仁又能「綜合諸德的內容為其內容」，說的就是「偏仁」不足以盡「全仁」的道理，只不過是把「德」局限於「形於外」之層面，以指「偏仁」罷了。

　　經由上述，可知所謂「依於仁」，是說不違仁道，是要做到「無終食之間違仁；造次必於是，顛沛必於是」（〈里仁〉）的地步，這可說是偏就「仁之德」向外發揮以「成己」的過程來說的。

四　游於藝

　　「游於藝」的「游」，從古以來，就有不同的解釋。何晏注云：

　　　不足據依，故曰游。[81]

他沒有從正面解釋「游」，只是與「據於德」、「依於仁」作個比較，認

80　《孔子學說》，頁118。
81　《十三經注疏8‧論語》，頁60。

為「藝」比不上「德」與「仁」之可據、可依，故以「不足據依」為
「游」。邢昺因而疏云：

> 劣於道、德與仁，故不足依據，故但日游。[82]

這種解釋，由於不直接，且有貶抑「藝」之嫌，與原意顯有所出入，所
以不為後人所採納。朱熹注此云：

> 游者，玩物適情之謂。[83]

這是比較偏向於「藝」的功能來訓釋的，也一樣沒有指出「游」的真正
意思。而王陽明則以為：

> 所以調息此心，使之熟於道也。[84]

他以「調息」為訓，帶有「涵泳」之意，雖是由「游」字的本意引申而
來，卻仍然不夠明確。其實朱熹另有一個說法頗簡單而直接，是值得注
意的，它載於《朱子語類》3：

> 「藝」卻是零碎底物事，做那箇，又來做這箇，是游來游去之謂
> 也。然不可游從別處去，須是「游於藝」，方得。[85]

---

82 同前註。
83 《四書集注》，頁 96。
84 《王陽明全集》上，頁 100。
85 《朱子語類》3，頁 868。

所謂「做那箇，又來做這箇，是游來游去」，說的很切近「游」的原意，由此再引申，就有「廣泛」或「博」之意，若配合此「志於學（道）」來說，即等於說是「廣泛地學」或「博學（於）」，因此「廣泛地學」或「博學（於）」，或許就是「游於藝」的「游」之正解。關於此點，必須配合「藝」做進一步之探討。

　　所謂「藝」，何晏注云：

> 藝，六藝也。[86]

邢昺疏此云：

> 六藝，謂禮、樂、射、馭、書、數也。《周禮・保氏》云：「掌養國子，教之六藝：一曰五禮，二曰六樂，三曰五射，四曰五馭，五曰六書，六曰九數。」注云：「五禮，吉、凶、軍、賓、嘉也；六樂，雲門、大咸、大韶、大夏、大濩、大武也；五射，白矢、參連、剡注、襄尺、井儀也；五馭，鳴和鸞、逐水曲、過君表、舞交衢、逐禽左也；六書，象形、會意、轉注、指事、假借、諧聲也；九數，方田、粟米、差分、少廣、商功、均輸、方程、贏不足、旁要也。此六者，所以飾身爾。」[87]

據此，則「藝」是指六藝，即禮、樂、射、馭、書、數等六種學問技能，據《周禮・地官・司徒下》注，它包含了古代的五種禮制、六種樂曲、五種駕車馬之術、六種造字法與九種算法。所以要教以這種種之學

---

86 《十三經注疏8・論語》，頁60。
87 同前註。

問技能，就是希望使學者能由此而進德修業（「飾身」）。而這六種學問技能，就以文字呈現為典籍者而言，即所謂之「文」。《論語·雍也》云：

君子博學於文，約之以禮，亦可以弗畔矣乎！

而這個「文」，即《詩》、《書》、禮、樂等典籍。所以劉寶楠注〈述而〉「子以四教：文行忠信」云：

文，謂《詩》、《書》、禮、樂；凡博學、審問、慎思、明辨，皆文之教也。[88]

又，《史記·孔子世家》云：

孔子以《詩》、《書》、禮、樂教，弟子蓋三千焉。[89]

可見孔子平日以《詩》、《書》、禮、樂四者為其教材[90]。這些教材是以

---

88 劉寶楠：《論語正義》（臺北市：臺灣商務印書館，1968 年 3 月臺一版）卷八，頁48。

89 （日）瀧川資言：《史記會注考證》（臺北市：萬卷樓圖書公司，1993 年 8 月），頁760。

90 陳大齊：「孔子設教，既未能證實其有科系的劃分，故其所用以教其弟子的教材，當無不同。《史記·孔子世家》謂『孔子以《詩》、《書》、禮、樂教弟子』，徵諸《論語》，其說甚是。至於《詩》、《書》、禮、樂四者以外，是否亦以《易》為教材、則不無問題。『子曰：「興於《詩》，立於禮，成於樂。」』（〈泰伯〉）『子所雅言：《詩》、《書》、執禮，皆雅言也。』（〈述而〉）上引第一則，初說『興於詩』，終說『成於樂』，故後世註家都釋此章為孔子垂示修身為學的次第。既為修身為學的次第，必依以教其弟子，故《詩》、禮、樂三者之為教材，當無足疑。第二則雖未明言其為與修身為學有關，但《詩》、《書》、禮三者既為孔子所常言，亦必常以告語其弟子，故此

學習知識學問為主的，如擴及到技能，就涵蓋了射、馭、書、數了。而
這些學問技能的教材，都可稱之為「文」，並且是以「禮、樂」為其重
心的。徐復觀說：

> 《論語》上對「文」一字，有若干特殊的用法。如孔子說孔文子
> 「敏而好學，不恥下問，是以謂之文也。」又「公叔文子之臣，
> 大夫僎，與文子同升諸公。子聞之曰：可以為文矣」。但最具體
> 而切至的用法，則以禮樂為文的具體內容。如「周監於二代，郁
> 郁乎文哉」，朱注：「言視其二代之禮而損益之」。「文不在茲
> 乎」，朱注：「道之顯者謂之文，蓋禮樂制度之謂」。朱子的解
> 釋，較《中庸》為落實而亦可相涵。「煥乎其有文章」，朱注：「文
> 章，禮樂法度也」。法度實際可以包括在禮裡面，朱子在這種地
> 方，實際是以禮樂釋「文」。尤其是「子路問成人，子曰：若臧
> 武仲之知，公綽之不欲，卞莊子之勇，冉求之藝，文之以禮樂，
> 亦可以為成人矣」的一段話，更分明以禮樂為文的具體內容。
> 「文之以禮樂」的「文」作動詞用；「文之以禮樂」的結果，文
> 便由動詞變而為名詞。因此，可以這樣的說，《論語》上已經有
> 把禮樂的發展作為「文」的具體內容的用法。再看看《易‧賁卦》
> 的〈象傳〉說「文明以止，人文也」；吳澂對文明的解釋是「文
> 采著明」，約略與文飾之義相當；「止」是節制，文飾而有節制，
> 使能得為行為、事物之中，本是禮的基本要求與內容；則所謂
> 「文明以止」者，正指禮而言。古人常以禮概括樂，《易正義》

三者，亦可推定其為教材。第一則只舉了《詩》、禮與樂，未舉及《書》，第二則只
舉了《詩》、《書》與禮，未舉及樂，合而言之，適於《史記》所說的《詩》、《書》、
禮、樂四事。此下試分述孔子教人學《詩》、學禮等情形，以見此四者之確為孔門的
教材。」見《孔子學說》，頁 294-295。

謂：「言聖人觀察人文，則《詩》、《書》、禮、樂之謂」，《詩》、《書》、禮、樂，成為連結在一起的習慣語，實則此處應僅指禮樂，而禮樂亦可以包括《詩》、《書》。「觀乎人文以化成天下」，實即是興禮樂以化成天下。〈賁·大象〉「山下有火，賁。君子以明庶政，無敢折獄」，即孔子之所謂「齊之以禮」，以與「齊之以刑」相對。因此，中國之所謂人文，乃指禮樂之教、禮樂之治而言，應從此一初義，逐步了解下去，乃為能得其實。[91]

在這則文字裡，他不但指出了「禮樂為文的具體內容」、「而禮樂亦可以包括《詩》、《書》」，更指明了「古人常以禮概括樂」，如此說來，這所謂的「文」，經過抽絲剝繭後，只剩下一個「禮」字而已。因此「博學於文」，就是要廣泛地去「學禮」（〈季氏〉）的意思。

這樣看來，「游於藝」，可以說成是「博學於文」或「博學於禮」，如此「學禮（理）」以「知禮（理）」（〈堯曰〉），便可以拿所學知之「禮」（理）來規範自己的行為，做到「克己復禮」，也就是「依於仁」的地步。所以朱熹注「游於藝」說：

> 藝則禮樂之文、射御書數之法，皆至理之所寓，而日用之不可闕者也。朝夕游焉，以博其義理之趣，則應務有餘，而心亦無所放矣。[92]

所謂「禮樂之文」，乃偏於理論面來說；「射御書數之法」，是偏於應用面來說；兩者看似各有所偏，但是「皆至理之所寓，而日用之不可

---

91 徐復觀：《中國思想史論集》（臺北市：臺灣學生書局，1975 年 5 月四版），頁 236。
92 《四書集注》，頁 96。

闕」，也因而能藉以「博其義理之趣」。而此所謂「至理」、「義理」，
若換個角度說，就是出於人情天理的「禮」。《左傳‧昭公二十五年》
載子產的話說：

夫禮，天之經也，地之義也，民之行也。[93]

又《荀子‧樂論》也說：

禮也者，理之不可易者也。[94]

而《禮記‧坊記》則說：

禮者，因人之情而為之節文。[95]

又《遼史‧禮志一》更進一步說：

理自天設，情由人生。[96]

可見「理」即「禮」，而「博文」以「學禮」、「知禮」[97]，講得籠統一點，
就是廣泛地學知天理人情，而記載這種「禮」（天理人情）之典籍，即
「文」（《詩》、《書》等）。因此「游於藝」，等於是說「博文」（博學於

---

93 楊伯峻：《春秋左傳注》（下）（臺北市：源流出版社，1982 年 4 月再版），頁 1457。
94 《新編諸子集成》二《荀子集解》（臺北市：世界書局，1978 年 7 月新三版），頁
　　255。
95 《十三經注疏‧禮記》5，頁 414。
96 《遼史》一（臺北市：鼎文書局，1975 年 10 月初版），頁 833。
97 《論語‧季氏》：「不學禮，無以立。」又〈堯曰〉：「不知禮，無以立。」

文），亦即以禮、樂、射、御、書、數為範圍，從相關典籍中，廣泛地吸收並增進各種學問、技能，以「博其義理之趣」。朱熹說：

> 其所存主處，須是「依於仁」，自得於心，不可得而離矣。到遊藝，猶言學文，雖事未甚要緊，然亦少不得。須知那箇先、那箇後，始得，亦所以助存其主也。[98]

他以為「游於藝」等於是「學文」，有兩點是值得注意的：一是著眼於記載「六藝」等學問、技能之典籍，以為「藝」猶「文」，這應該是不會有爭議的；一是著眼於「游」之事，以為「游」的活動為「學」；這雖然忽略了「游」的本身意義（博），難免有喧賓奪主之嫌，卻也強調了它是「學」的活動，而「學」是必須「博」的，兩者關係十分密切，若偏於「學」來說，即「學文」（〈學而〉）；若偏於「博」來說，就是「博我於文」（〈子罕〉）；若合起來說，即「博學於文」（〈雍也〉）；所以這種解釋應該也是沒有問題的。

　　由此看來，所謂「游於藝」，即「博學於文」之意，也就是要廣泛地學習「六藝」之「文」（典籍），吸取各種學問、增進各種技能，以「博其義理之趣」。這可說是偏就「知（智）之德」向外發揮以成物的過程來說的。

五　志道、據德、依仁、游藝的螺旋關係

　　「志於道」、「據於德」、「依於仁」、「游於藝」四者，表面看似平列的關係，其實卻有本末先後之層次。其中「志於道」是目標，為「末」；「據於德」是依據，為「本」；而「依於仁」、「游於藝」二者，

---

98 《朱子語類》3，頁 869。

雖然照本章看來，是先「依仁」後「遊藝」，亦即「先仁後知（智）」，
這可說是循「由天而人」的順向來說的；但是換作「由人而天」的逆向
來說，則先「遊藝」後「依仁」，亦即「先知（智）後仁」，這可說是
從「學」的次第來看的。這種關係可由下表呈現：

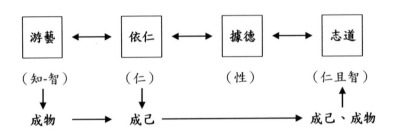

這個表，可藉由《禮記‧中庸》如下的一章文字來說明：

　　　自誠明，謂之性；自明誠，謂之教。誠則明矣，明則成矣。

這裡所說的「誠」，即仁性之發揮，為「仁」；「明」是智性之發揮，為
「知（智）」。而兩者是可經由互動而最後由偏而全地融合為一的。也就
是說在「性」（天）與「教」（人）的相互作用下，「如果顯現了部分的
仁（誠），就能連帶地顯現部分的智性（明）；同樣地，顯現了部分的
智性（明），就能連帶地顯現部分的智性（明）；同樣地，顯現了部分
的智性（明），就能連帶地顯現部分的仁性（誠）。正由於這種相互的
作用，有先後偏全之差異，故使人在盡性上也就有了兩條內外、天人銜
接的路徑：一是由誠（仁性）而明（智性），這是就先天潛能的提發來
說的；一是由明（智性）而誠（仁性），這是就後天修學的努力而言的。
而這『天然』（性）與『人為』（教）的兩種作用，如一旦能內外銜接，
凝合無間，則所謂『誠則明矣，明則誠矣』，必臻於亦誠亦明的至誠境
界。到了此時，仁既必涵攝著智，足以成己，而智亦必本之於仁，足以

成物了。」[99]

　　這種誠明思想，乃源自孔子的仁智觀。大體說來，孔子是主張「仁」與「知（智）」互動、循環而提升，以臻於「聖」之境界的[100]。要辨明這個問題，就得談到孔子相關的天人觀了。

　　眾所週知，《論語》一書中，談的大都是屬於人道的事理，很少直接論及天道，所以子貢說孔子之「言性與天道」，是「不可得而聞」（公冶長）的；不過，談人道一定要有天道之依據，因為天道與人道本來就是對應而循環的；因此從孔子或其弟子的一些言論中，依然可約略窺知這種對應而循環的天人關係。《論語・子罕》載：

> 顏淵喟然歎曰：「仰之彌高，鑽之彌堅。瞻之在前，忽焉在後。夫子循循然善誘人，博我以文，約我以禮，欲罷不能。既竭吾才，如有所立，卓爾。雖欲從之，末由也已。」

在這一章裡，最值得注意的，就是聖門教人之法：「博我以文，約我以禮」。對這兩句話，朱熹解釋說：

> 博文、約禮，教之序也。言夫子道雖高妙，而教人有序也。侯氏（仲良）曰：「博我以文，致知、格物也；約我以禮，克己復禮也。」[101]

所謂「致知、格物」，指的是「知（智）」之事，即「游藝」；而「克己復禮」，說的是「仁」，即「依仁」。由「致知、格物」（游藝）而「克

99　《中庸思想研究》，頁 109。
100　《中國哲學的特質》，頁 25-26。又見《中國哲學三百題》，頁 161。
101　《四書集注》，頁 111。

已復禮」（依仁），循的正是「由知（智）而仁」（「由游藝而依仁」）
的人為途徑，所以朱熹說是「教之序」，這和上述幾章所著眼的一樣，
是就人為（教）一面來說的。但是只有作「由知（智）而仁」（「由游
藝而依仁」）的人為之教育努力，而不內接到天然的性能（性）上，以
發揮「由仁而知（智）」（「由依仁而游藝」）之功能，是徒勞無功的。
所以朱熹在《語錄》中說：

> 「博我以文，約我以禮」，聖人教人，只此兩事，須是互相發
> 明。約禮底工夫深，則博文底工夫愈明；博文底工夫至，則約禮
> 底工夫密。[102]

他所說的「約禮底工夫深，則博文底工夫愈明」，即「由仁而知（智）」
（由依仁而游藝）的「性」（天然）之發用；而「博文底工夫至，則約
禮底工夫密」，即「由知（智）而仁」（「由游藝而依仁」）的「教」（人
為）之功能。如此互動、循環而提升，自然使人「欲罷不能」。而對此
「欲罷不能」，朱熹作了如下說明：

> 「欲罷不能」，非止是約禮一節；博文一節處，亦是「欲罷不
> 能」。博文了，又約禮；約禮了，又博文。恁地做去，所以「欲
> 罷不能」。[103]

所謂「博文了，又約禮」，說的是「由知（智）而仁」（「由游藝而依仁」）
的人為努力；所謂「約禮了，又博文」，說的則是「由仁而知（智）」

---

102 《朱子語類》3，頁 963。
103 同前註，頁 966。

（「由依仁而游藝」）的天然性能。「博文」與「約禮」所以能這樣相融互動，是「禮存於文中，不存於文外」的緣故，陳大齊說：

> 「約之以禮」的「之」字，應是上句中「文」字的代名詞。先有了文的博，而後用禮來約。先博後約，不能因此謂文與禮相牴觸。不有博的文，禮且無所施其約。有了博的文而不繼之以禮的約，則博且流於雜亂無章。相需相成，更不能謂為牴觸。孔子此一言論，實在不過表示了文之為未約以前的資料與禮之為既約以後的原則。禮存於文中，不存於文外，所以禮與文不是對立而不相容的。[104]

如此體會，確能深入此章義蘊。不過，謂「約禮了，又博文」，牽出了「由仁而知（智）」（「由依仁而游藝」）的性能，初看起來，似乎已超出孔子的思想範疇，但是這種天然性能之作用，卻可在《論語》中找到蛛絲馬跡。如〈學而〉記：

> 子曰：「弟子入則孝，出則弟，謹而信，汎愛眾而親仁，行有餘力，則以學文。」

對這章文旨，朱熹《集注》謂：

> 尹氏（焞）曰：「德行，本也；文藝，末也。窮其本末，知所先後，可以入德矣。」洪氏（興祖）曰：「未有餘力而學文，則文滅其質；有餘力而不學文，則質勝而野。」愚謂：「力行而不學

---

104 《孔子學說》，頁 162。

文，則無以考聖賢之成法、識事理之當然，而所行或出於私意，非但失之於野而已。」[105]

所謂「德行」，指的是「仁」，為「本」、為「先」、為「質」；所謂「文藝」，指的是「知（智）」，為「末」、為「後」、為「文」。可見孔子這幾句話，說的是「先本（質）後末（文）」，亦即「由仁而知（智）」（「由依仁而游藝」）之事，乃是著眼於人天然之性能來說的，這對未學或學之效果未顯著前的一般「弟子」而言，特別顯得重要[106]。而這種「由仁而知（智）」（「由依仁而游藝」）之序，也可從〈憲問〉的一段文字裡看出：

　　子曰：「君子之道三，我無能焉：仁者不憂，知者不惑，勇者不懼。」子貢曰：「夫子自道也。」

孔子談「知（智）」、「仁」、「勇」三者，另見於〈子罕〉篇，而其序次卻由「知（智）」而「仁」而「勇」，與此不同；這是因為它是著眼於人為教育一面來說的緣故，朱熹注「此學之序也」[107]，即是此意。而在此，則其次序改變為：由「仁」而「知（智）」而「勇」，這顯然是著眼於天然性能一面來說的。朱熹《集注》引尹氏（焞）云：

　　成德以仁為先，進學以知為先，故夫子之言，其序不同者，以此。[108]

---

[105] 《四書集注》，頁 57。
[106] 陳滿銘：〈孔子的仁智觀〉，《國文天地》12 卷 4 期（1996 年 9 月），頁 8-15。
[107] 朱熹：「明足以燭理，故不惑；理足以勝私，故不憂；氣足以配道義，故不懼；此學之序也。」見《四書集注》，頁 115。
[108] 同前註，頁 155。

孔子在這裡講先「成德」（仁）、後「進學」（知），雖然子貢說是「夫子自道」而提升至聖人層面而言，然而若降低層面來看，不就等於「行有餘力，則以學文」（「由仁而知（智）」、「由依仁而游藝」）嗎？又〈憲問〉云：

> 子曰：「有德者必有言，有言者不必有德。仁者必有勇，勇者不必有仁。」

勞思光釋此云：

> 此處「言」，是指思辯論議說，自是屬於「知」的範圍；所謂「有言」與「有德」之關係，實極表「知」與「仁」的關係；而下接兩句，則又明確表示「仁」與「勇」之關係；故合而言之，本節所說，可當作孔子論「仁」與「知」即「勇」間之關係之資料看。然則，三者間是何關係？依此節則「有德」可決定「有言」，「有言」不能決定「有德」，此即表示「仁」必能生「知」，「知」則不必能立「仁」；下謂「仁者必有勇」，亦是如此解。換言之，「仁」可決定「知」、「勇」，而後二者則不能決定「仁」。[109]

值得注意的是，他由「有德必有言」這句話，推定「『仁』必能生『知』」的道理，這就表示了孔子之仁智說，在「由知（智）而仁」的人為努力外，又涵蓋了「由仁而知（智）」（「由依仁而游藝」）的天然性能。

因此，「由依仁而游藝」（自誠明）與「由游藝而依仁」（自明誠）可以兩相互動、循環而提升，這樣，自然能相應地增進「據德」（仁性、

---

109 《新編中國哲學史》第一卷，頁148。

知性）的力量，日趨於所志之「道」，以成己、成物，而臻於聖人（仁且智）之理想境界。四者可說是有本有末、有先有後，整個連鎖在一起，形成一貫的。

　　綜上所述，可知「志於道」，就是要人立志，以「仁且智」（仁義）之聖人境界為最高目標；「據於德」，是說「德」是所據以邁向目標的源頭力量，而這個源頭力量有二：即「仁之德」與「知（智）之德」，前者用於「成己」，後者用於「成物」。「依於仁」，是說不違仁道，是要做到「無終食之間違仁；造次必於是，顛沛必於是」（〈里仁〉）的地步，這可說是偏就「仁之德」向外發揮以「成己」的過程來說的。「游於藝」，即「博學於文」之意，也就是要廣泛地學習「六藝」之「文」（典籍），吸取各種學問、增進各種技能，以「博其義理之趣」。這可說是偏就「知（智）之德」向外發揮以成物的過程來說的。而四者之中，以「據德」為起點（本）、「志道」為終點（末）；而依仁、游藝二者，則彼此互動、循環而提升，形成螺旋之關係。因此四者是「本末兼該，內外交養」（朱注）的。

第二節　天生德於予

　　自古以來，對孔子「天生德於予」的這一句話，時有一些不盡相同的理解。究竟這所謂之「德」，是指內在的本質，還是指外在的行為？而與「性」的關係又如何？再者，這「天生德於予」這句話，與《中庸》「天命之謂性」之間，是否有著關聯？諸如此類之疑問，始終沒有切確之答案。本文即針對這些問題，試著先探析《論語》中「德」與「性」的關係，然後從孔子之仁知（智）觀與《中庸》之誠明說切入，作進一層探討，得出初步結論，以為「天生德於予」的「德」，該等同於「性」，而這句話應是《中庸》「天命之謂性」之所本，從而為《中庸》思想源自於孔子之說法，提供另一有力證明。

　　「德」字在《論語》一書中，一共出現了三十八次，其中作為「恩德」或「恩惠」用的，只有四次，其餘的都與德行、德性有關[110]。在這些與德行、德性相關的篇章裡，又以〈述而〉篇所載「子曰：『天生德於予，桓魋其如予何？』」的這一章最值得注意。但這個〈述而〉篇的「德」，是否為孔子所特有？還是人人所通具？引起了一些爭論。本文即試著先探析《論語》中「德」與「性」的關聯，然後從孔子之仁知（智）說與《中庸》之誠明觀切入，作進一步研討，以探得這個「德」之性質與內容，從而看出《論語》「天生德於予」與《中庸》「天命之謂性」之間的密切關係。

一　《論語》中的「德」與「性」

　　這個問題，可從如下三方面加以探討：

（一）《論語》中的「德」

　　《論語》一書中之「德」，用作「恩德」、「恩惠」的，並非與「德性」或「德行」無關，而是由「德性」或「德行」所引生之結果。如〈憲問〉篇說：

> 或曰：「以德報怨，何如？」子曰：「何以報德？以直報怨，以德報德。」

何晏注說：「德，恩惠之德。」邢昺疏此云：

> 未得加於彼，彼荷其恩，故謂荷恩為德。《左傳》云：「然則德

我乎？」又曰：「王德狄人」，皆是也。[111]

可見這個「德」字，是當作「恩惠」用的，可說是「德性」或「德行」施於人的結果，所以陳大齊先生說：「恩惠是性能所引致的一種結果」[112]他所謂的「性能」，就是指「德性」或「德行」而言。

指「德性」或「德行」之「德」，是孔子或其學生經常談論的，內容有偏於外在行為的，也有偏於內在本質的，更有內外兼而有之的。其中偏於外在行為來說的，有以下諸章：

曾子曰：「慎終追遠，民德歸厚矣。」（〈學而〉）

子曰：「為政以德，譬如北辰，居其所而眾星拱之。」（〈為政〉）

子曰：「道之以政，齊之以刑，民免而無恥；道之以德，齊之以禮，有恥且格。」（〈為政〉）

子曰：「泰伯，其可謂至德也已矣。三以天下讓，民無得而稱焉。」（〈泰伯〉）

舜有臣五人而天下治。武王曰：「予有亂臣十人。」孔子曰：「才難，不其然乎？唐虞之際，於斯為甚。有婦人焉，九人而已。三分天下有其二，以服事殷。周之德，其可謂至德也已矣。」（〈泰伯〉）

德行：顏淵、閔子騫、冉伯牛、仲弓；言語：宰我、子貢；政事：冉有、季路；文學：子游、子夏。（〈先進〉）

季康子問政於孔子曰：「如殺無道，以就有道，何如？」孔子對曰：「子為政，焉用殺？子欲善而民善矣。君子之德，風；小人

---

111 《十三經注疏・論語》，頁9。

112 《孔子學說》。又引〈憲問〉「以德報怨」章說：「此中的德字既與怨字對舉，且用於酬報，可見其必係『恩惠』的意思，決不是『性能』的意思。」見《孔子學說》，頁9。

之德，草。草上之風，必偃。」（〈顏淵〉）

子曰：「南人有言曰：『人而無恆，不可以作巫醫。』善夫！」;「不恆其德，或承之羞。」子曰：「不占而已矣。」（〈子路〉）

齊景公有馬千駟，死之日，民無德而稱焉。伯夷、叔齊餓於首陽之下，民到于今稱之。其斯之謂與？（〈季氏〉）

子夏曰：「大德不踰閑，小德出入可也。」（〈子張〉）

上引諸章中，〈學而〉篇的「德」，可解為「社會風俗」[113]，乃社會道德整體之表現，是比較偏於外在行為來說的。〈為政〉篇的兩個「德」，都落在政治上來說，指的是仁政，重在措施，因此視為偏於外在之行為，似乎比較合理些。〈泰伯〉篇的一個「德」、兩個「至德」，由於用「至」形容，看來都應指內在的最高德性而言，但兩個「至德」，顯然一扣到「讓」、一扣到「服事殷」上來說，指的是外在的謙讓、尊王之表現，因此這三個「德」，說的該是偏於外在之行為。〈先進〉篇的「德」，直接說成「德行」，當然是指偏於外在的行為而言。〈顏淵〉篇的「德」，雖然可解為「品質」[114]，好像兼內外來說，但也可解為「作風」[115]，而將其其重點落到禮義教化之措施上[116]，所以把它看作是外在的行為，也可以，而且似乎比較妥當一點。〈子路〉篇的「德」，作「立身行事之操守」解，所謂「不恆其德，或承之羞」，就是「若立身行事

---

113 錢穆：《論語新解》，頁 17。

114 錢穆：「德，猶今言品質。謂在上者之品質如風，在下者品質如草。」同前註，頁 439。

115 《論語譯注》，頁 137。

116 趙杏根釋〈顏淵〉篇「季康子問政」章：「為政之道，要在教化，而不在殺戮。教化之道，又再予以身教之。為政者能以身教之，教化大行，民知禮義廉恥，道德忠信，則刑罰雖設而可無施。」見《論語新解》，頁 225。

變化無常，則羞辱之事隨之矣」[117]的意思。可知這個「德」字，是偏於外在之行為來說的。〈季氏〉篇的「德」「德行」[118]或「好行為」[119]，當然指的一樣是偏於外在的行為。〈子張〉篇的兩個「德」，皆「節操」之意[120]，和〈子路〉篇之「德」，所指相同。由此看來，以上諸「德」字，所謂「誠於中，形於外」（《禮記・大學》），都是指「形於外」者來說的。

　　本來可用二分法，將「德」字分為內外兩種即可。可是檢視《論語》一書，卻發現有不少「德」字，很難明確地加以劃分，說它偏於「內」既可以，說它偏於「外」也無不可。下見「德」字即屬此類：

　　　子曰：「德不孤，必有鄰。」（〈里仁〉）
　　　子曰：「德之不修，學之不講，聞義不能徙，不善不能改，是吾憂也。」（述而〉）
　　　子曰：「中庸之為德也，其至矣乎！民鮮久矣。」（〈雍也〉）
　　　子曰：「吾未見好德如好色者也。」（〈子罕〉）
　　　子張問崇德辨惑，子曰：「主忠信，徙義，崇德也。愛之欲其生，惡之欲其死，既欲其生，又欲其死，是惑也。」（〈顏淵〉）
　　　樊遲從遊於舞雩之下，曰：「敢問崇德，修慝，辨惑。」子曰：「善哉問！先事後得，非崇德與？攻其惡，無攻人之惡，非修慝與？一朝之忿，忘其身，以及其親，非惑與？」（〈顏淵〉）
　　　子曰：「有德者必有言，有言者不必有德。仁者必有勇，勇者不

---

117 趙杏根：「此章言人之立身行事，不能變化無常，而當有操守。……『不恆其德，或承之羞』二句，出《易・恆・九三》，意云若立身行事變化無常則羞辱之事隨之矣。」同前註，頁 246。
118 同前註，頁 323。
119 《論語譯注》，頁 185。
120 錢穆：「大德小德，猶云大節小節。」見《論語新解》，頁 679。

必有仁。」（〈憲問〉）

子曰：「驥不稱其力，稱其德也。」（〈憲問〉）

南宮适問於孔子曰：「羿善射，奡盪舟，俱不得其死然。禹稷躬稼而有天下。」夫子不答。南宮适出，子曰：「君子哉若人！尚德哉若人！」（〈憲問〉）

子曰：「巧言亂德。小不忍，則亂大謀。」（〈衛靈公〉）

子曰：「已矣乎！吾未見好德如好色者也。」（〈衛靈公〉）

子曰：「鄉愿，德之賊也。」（〈陽貨〉）

子曰：「道聽而塗說，德之棄也。」（〈陽貨〉）

楚狂接輿歌而過孔子曰：「鳳兮鳳兮！何德之衰！往者不可諫，來者猶可追。已而已而！今之從政者殆而！」孔子下，欲與之言。趨而避之，不得與之言。（〈微子〉）

上引諸例中，較為特殊的，首先是〈里仁〉篇的「德」，它「一指修德言，人不能獨修成德，必求師友夾輔。一指有德言，有德之人縱處衰亂之世，亦不孤立，必有同聲相應，同氣相求之鄰」[121]，應是兼內外來說的。其次是〈雍也〉篇的「德」，指的是「百姓日用之德」，是「行矣而不著，習矣而不察，終身由之而不知其道」[122]的，這也兼內外而言。再其次是〈顏淵〉篇的兩個「德」，同樣以「崇德」為詞，朱熹對此，扣住「主忠信，徙義」（崇德）加以闡釋說：「主忠信，則其徙義也，有地而可據；能徙義，則其主忠信也，有用而日新。內外本末，交相培養，此德之所以日積而益高也。」[123] 所謂「內外本末，交相培養」，此「德」之兼內外，是相當明顯的。又其次是〈微子〉篇的「德」，是以

---

121 同前註，頁 142。

122 同前註，頁 223。

123 《或問》，《四書纂疏·論語》，頁 1205。

鳳之德來比喻孔子之德，朱熹以為「鳳有道則見，無道則隱。接輿以比孔子，而譏其不能隱，為德衰也」[124]，這該涉及了內在之本質與外在之表現，所以也應兼內外來說。至於其餘的各「德」字，則大致都可作為通常所說的「品德」來解釋[125]，而「品德」，實在很難將它們強分內外。

偏於內在本質的「德」，即通常所謂之「德性」或「道德精神」。它也可在《論語》書中找到幾個：

> 子曰：「君子懷德，小人懷土；君子懷刑，小人懷惠。」（〈里仁〉）
> 子曰：「志於道，據於德，依於仁，游於藝。」（〈述而〉）
> 子曰：「由！知德者鮮矣。」（〈衛靈公〉）
> 子張曰：「執德不弘，信道不篤，焉能為有？焉能為亡？」（〈子張〉）

這幾個「德」字，見於〈里仁〉篇的，朱熹認為是指「固有之善」[126]，而錢穆也以為「德，指德性」[127]，可見它是屬於內在的；見於〈衛靈公〉的，朱熹指出「德，謂義理之得於己者，非己有之，不能知其意味之實也」[128]，這樣該是偏於內在來說的；見於〈子張〉篇的，朱熹釋為「有所得而守之太狹，則德孤」，輔氏加以申釋說：「有所得，謂德也；守謂執也；太狹，謂不弘也。德孤，蓋〈坤卦·文言〉之辭，言不能兼有眾德，而孑然固守一節者也。弘以量言，然量有氣量、德量，此蓋兼氣

---

124 《四書集注》，頁 181。
125 如〈陽貨〉的兩個「德」，錢穆皆以「品德」來解釋。見錢穆：《論語新解》，頁 631-632。
126 《四書集注》，頁 76。
127 錢穆：《論語新解》，頁 126。
128 《四書集注》，頁 160。

與德而言也。」[129]，「德」既然與「氣」對稱，那麼它偏於內在者而言，是相當明顯的。而見於〈述而〉篇的，則有先配合「天生德於予」這句話，擴大到全章加以探討之必要。從整章來看，這一章乃「論為學之目標、依據與過程。所謂『志於道』，是說立定志向，把『仁且智』以成己成物的聖道作為一生的終極目標，這和孟子以『仁義』（即道）為『尚志』（見《孟子・盡心》上）的說法，十分接近。如此『心存於正而不他』（朱注），乃為學之首務。所謂『據於德』，是說『德』是所據以邁向目標的源頭力量，孔子說：『天生德於予。』（〈述而〉二二）可知『德』是天所賦的，雖然對它的內容，孔子沒作解釋，但由《禮記・中庸》『成己，仁也；成物，知（智）也；性之德也，合外內之道也』的進一步說明看來，它該有『仁之德』與『智（知）之德』兩種，這是人無限向上進德修業的原動力，如果不據於此，那就無法來成己又成物了。所謂『依於仁』，是說不違仁道，要做到『無終食之間違仁，造次必於是，顛沛必於是』（〈里仁〉五）的地步，這可說是偏就『仁之德』向外發揮以成己的過程來說的。所謂『游於藝』，是說游習六藝，《禮記・少儀》說：『士游於藝。』又〈學記〉說：『不興其藝，不能樂學。』可見古代對「游藝」的重視，此乃因六藝『皆至理之所寓，而日用之不可闕者也。朝夕游焉，以博其義理之趣，則應物有餘，而心亦無所放矣』（朱注），這可說是偏就『智（知）之德』向外發揮以成物的過程來說的。這樣舉出四端，將孔門教育的目標、依據與過程，一一交代清楚，真是『本末兼該，內外交養』（朱注），周備至極」[130]，這樣看來，這個「德」字，指的是內在的德性，當無可疑。

---

129 《四書纂疏・論語》，頁 1473。
130 陳滿銘編：《中國文化基本教材》第一冊（臺北市：三民書局，1998 年 9 月初版），頁 40-41。

（二）《論語》中的「性」

在《論語》中，出現「德」字的篇章，如同上述，雖然很多，但是說到「性」的，卻只有兩次，那就是：

> 子貢曰：「夫子之文章，可得而聞也；夫子之言性與天道，不可得而聞也。」（〈公冶長〉）
> 子曰：「性相近，習相遠也。」（〈陽貨〉）

〈公冶長〉篇所載子貢的話，說出了孔子很少談到「性」的這個事實。所以如此，劉寶楠作了如下說明：

> 《史記‧孔子世家》云：「……孔子以《詩》、《書》、禮、樂教弟子，蓋三千焉。」據〈世家〉諸文，則夫子文章，謂《詩》、《書》、禮、樂也。……〈世家〉又云：「孔子晚而喜《易》，序〈彖〉、〈繫〉、〈象〉、〈說卦〉、〈文言〉，讀《易》，韋編三絕，曰：『假我數年，若是，我於《易》則彬彬矣。』」蓋《易》藏太史氏，學者不可得見。故韓宣子適魯，觀書太史氏，始見《周易》。孔子五十學《易》，惟子夏、商瞿晚年弟子，得傳是學，然則子貢言「性與天道，不可得而聞」，《易》是也。[131]

劉氏雖然以為「夫子文章，謂《詩》、《書》、禮、樂」，有欠周全，因為「《論語》上單說一個『文』字，固然指的是《詩》、《書》、禮、樂；但『文章』一詞，則所指係一個人在人格上的光輝地成就。二者是有分

---

131 《論語正義‧六》，頁 11-12。

別的」[132]；而如果說得具體一點，那麼「文章」就是「成文而昭彰的東西，其中最典型的應是實際的工作或事業」[133]；準此而觀，「文章」是不限於《詩》、《書》、禮、樂的。不過，他說「性與天道，不可得而聞」的原由，卻很有道理，因為「所說的『不可得而聞』，其實是對孔子的讚嘆，這讚嘆又表示子貢對『性與天道』有若干程度的解悟。也許，孔子的確很少談論『性與天道』，從《論語》看來是如此；然而，孔子五十而讀《易》，至『韋編三絕』，而且又曾贊《易》，顯然他對《易經》下了一番功夫。《易經》的中心思想就是『性與天道』，因此孔子對『性與天道』，確曾下了一番研究的心血。說孔子對於『性與天道』根本不談，或根本無領悟，那是不對的」[134]，因此對「性」，孔子該有極高的領悟，而有性善之傾向[135]。既然如此，就值得對「性相近」的說法加以注意了。朱熹注此云：

> 此所謂性，兼氣質而言也。氣質之性，固有美惡之不同矣；然以其初而言，皆不甚相遠也。但習於善則善，習於惡則惡，於是始相遠耳。程子曰：「此言氣質之性，非言性之本也。若言其本，則性即是理；理無不善，孟子之言性善是也；何相近之有哉？」[136]

---

132 《中國人性論史・先秦篇》，頁 79。

133 《中國哲學的特質》，頁 26。

134 同前註，頁 27。而方東美亦云：「子貢在孔子的門弟子中號稱有才幹的人，但是他就說『夫子之言性與天道，不可得而聞』。而孔子談性與天道的微言大意，正是在《周易》、三《禮》發揮得淋漓透徹！子貢即使聽了孔子談性與天道，等於沒有聽，而且不了解！」見《方東美先生演講集》，頁 167。

135 唐君毅：「就孔子之已明言者上看，仍無孔子言性善之確證，而謂孔子亦言性善，乃就其言引申以說。至就孔子之明將『性相近』與『習相遠』對舉之旨以觀，則其所重者，蓋不在剋就人性之字深而論其為何，而要在舉「習相遠」為對照，以言人性雖相近，而由其學習之所成者，則相距懸殊。」見《中國哲學原論・原性篇》，頁 13。

136 《四書集注》，頁 173。

程、朱二人都以為這所謂的「性」，乃「兼氣質而言」，所以說「相近」。但將「性」二分為義理之性與氣質之性，是後來之事，在孔子之時，該沒有理得那麼分明，只不過籠統地說一說而已。對此，牟宗三解釋說：

> 伊川謂此是屬于氣質之性，蓋就「相近」而想。因義理當然之性人人皆同，只是一，無所謂「相近」。惟古人辭語恐不如此嚴格。孟子言：「其日夜之所息，平旦之氣，其好惡與人相近也者幾希」。孟子此處所言之「相近」恐即是孔子「性相近」之「相近」。如是，「相近」即是發于良心之好惡與人相同。孔子即是此意。……如果《易》之〈彖〉、〈象〉真是孔子所作，則〈乾·象〉「乾道變化各正性命」語中之「性」正是上節所謂積極面之性，是自理道或德而言之「超越之性」，此性是與天道天德貫通于一起的。[137]

如此來看待孔子所謂之「性」，該是最合理的。

（三）《論語》中的「德」與「性」

如果進一步地將這個義理的「性」，結合《論語》中屬於本質的「德」來看，則「性」該就是「德」。因為「性」指的是天賦之潛能，而這種潛能為人所獲得，若單從「承受處」來說，即是「得」，也就是「德」。它所以謂之「德」，就是「得之於天」的意思。因此這「得」與「德」兩字，在古時是通用的。《老子》第四十九章說：

---

137 《心體與性體》第一冊，頁 217。

聖人無常心，以百姓心為心。善者吾善之，不善者吾亦善之，德善；信者吾信之，不信者吾亦信之，德信。

朱謙之《老子校釋》引羅振玉云：

「德」字，景龍本、敦煌本均作「得」。[138]

可見「德」可通「得」。而就儒家看來，「得」乃就承受者而言，而「德」卻就所承受之本質來說，兩者可說是一而二、二而一的關係。朱熹注《論語・衛靈公》「知德者鮮矣」云：

德，謂義理之得於己者。[139]

又注〈子張〉「執德不弘」云：

有所得而守之太狹，則德孤。

而輔氏（廣）申釋云：

有所得，謂德也。[140]

可知「德」，說得籠統一點，就是「有所得」；說得準確一點，即「義理之得之於己者」。既然「德」乃「義理之得之於己者」，而「性」又

---

138 《老子校釋》，頁 194-195。
139 《四書集注》，頁 160。
140 《四書纂疏・論語》，頁 1473。

是得之於天的「義理」本質，那麼「德」與「性」，可以說只是切入點有異，而指向卻一致了。

二　《論語》「天生德於予」與《中庸》「天命之謂性」

對這個問題，必須先理清「天生」之「德」與「天命」之「性」的關係，再結合「仁」與「知（智）」、「天（德、性）」與「人（教）」，進一步辨明「性」或「德」的內容，來加以探討：

（一）「天生」之「德」與「天命」之「性」

《論語》中的「德」，如同上述，有一些是指內在的本質來說的，這就與「性」有所疊合。而這種「德」，是人與生俱來的，所以說是「天生」；這個「性」，是天所賦予的，所以說是「天命」。所謂「天生」與「天命」，是詞異而意同；只不過，在此，「生」是落在「人」（物）上說，「命」乃源於「天」上說而已。至於所謂「性」，則是一種動力或潛能，在人（物）出生時，由「天」所賦予，而直接由「人」（物）來獲得（德）的。這種天人關係，可藉由《大學》「傳首章」[141] 用以「釋明明德」的文字來說明。它引《書經·大甲》說：

顧諟天之明命。

在此，《大學》之作者特地用「天之明命」來說「明德」，可知「明德」是天所賦予的，而這個「明德」，是就「人之所得」來說的；若從「天」來說，則是「明命」了。所以朱熹注云：

---

141 依朱熹《大學章句》，下並同。

天之明命，即天之所以與我，而我之所以為德也。[142]

趙順孫《大學纂疏》釋此云：

愚謂自天所與而言，則曰命；自我之所得而言，則曰德。[143]

他和朱熹從天、人（我）切入，清楚地指出了「命」和「德」的關係。據此，則「德」，是針對「天所與我」而「為我所得」者而言，那麼不禁要問：天究竟拿什麼東西「與我」（命），而「為我所得」（德）呢？這就不得不談到「性」了。《中庸》一開篇即云：

天命之謂性。

在此，「天命」是「天所命（賦予）」之意，而「天所命（賦予）」之對象，則為人（物）。如此說來，這句話的意思為「稱天所命與人（物）者為性」；而此「天命」之「性」，為「人」（物）所得，則稱為「德」。可見「德性」這一詞，是由同義複合而成的，只不過「性」乃偏於本質（體一理），而「德」則是又兼功能（用一心）來說而已。所以朱熹答游敬仲之問云：

天之賦於人物者，謂之命；人與物受之者，謂之性；主於一心，有得於天而光明正大者，謂之明德。[144]

---

[142] 《四書集注》，頁 5。朱熹又云：「自人受之，喚做『明德』；自天言之，喚做『明命』。」見《朱子語類》2，頁 315。

[143] 《四書纂疏・大學》，頁 93。

[144] 《朱子語類》1，頁 260。

又在其《大學章句》裡注「明德」云：

> 明德者，人之所得乎天，而虛靈不昧，以具眾理而應萬事者
> 也。[145]

以上兩節話，可由下列《大學纂疏》所載兩節文字的說明，作進一層之
了解：其一為《語錄》：

> 虛靈不昧，便是心；此理具足於中，無少欠闕，便是性；隨感而
> 動，便是情。

其二為黃榦闡釋之言：

> 虛靈不昧，明也；具眾理、應萬事，德也。具眾理者，德之體，
> 未發者也；應萬事者，德之用，已發者也。以其所以為德者，皆
> 虛靈不昧，故謂之明德也。[146]

所謂「未發者」，說的是「性」，為「體」；所謂「已發者」，指的是
「情」，為「用」。而由朱熹看來，「心」是統「性」（體）與「情」（用）
的。可見「性」，乃純就「理」，也就是「體」而言；而「德」，則兼就
「心」（性、情），也就是「體」與「用」來說的。由於孔子對一般弟子
或時人，特別講求學習、教育的功能，比較著眼於「用」（外）上，而
又不忽略其「體」（內），所以平時只講兼顧「體」與「用」之「德」，

---

145 《四書集注》，頁 3。
146 以上兩節文字，均見《四書纂疏·大學》，頁 40。

以統合內在之本質與外在之行為，卻很少談到純就「體」（理）而言之「性」，是十分合於實際的。

如果這種看法沒有偏差，則《論語》「天生德於予」這句話，說得完整一點，是「天將『性』賦予我，為我所得，而成為『德』，以修己治人」的意思。不過，由於這句話涉及孔子本人，而孔子又是「仁且智」的聖人，所以就引生了這個「德」是否可適用於一般人身上的疑問。陳大齊說：

> 孔子既稱德為天生，則所採取的，似乎是潛伏觀，不是創始觀。但孔子此言，只是就他自己一個人說的。然則此種潛伏的德，是他個人所獨有？抑或為少數人所獨具？又或為人人所固有？未可由以貿然推斷。且孔子此言，只是感情性的傾訴，不是道理性的論斷，更未可據以推定其學說上所採取的主張。[147]

果如上述，《論語》中的「德」，就其「體」（內在）而言，即是「性」，則此「天生德」之「德」，與〈述而〉篇的「性相近」之「性」，該是等同的。這樣，「天生」之「德」（性），就該不是孔子「個人所獨有」，而有其普遍性，因為人人「天生」之「德」（性），是「人人所固有」，而且籠統地說，是彼此「相近」的。既然如此，則《論語》「天生德於予」之「德」，與《中庸》「天命之謂性」之「性」，甚至《大學》「明明德」之「德」，應是所指相同，而且是一脈相承的。

（二）「德」、「性」的內容

如要進一步證明「德」與「性」之關係，則必須探明其內容。不過，

---

147 《孔子學說》，頁 111-112。

因為《論語》一書中對「德」之內容，並沒有直接作清楚的交代，所以只有從孔子或其弟子有關「仁」與「知（智）」的言論中獲知一些訊息。

1 「仁」與「知（智）」

大體說來，孔子是主張「仁」與「知（智）」互動、循環而提升，以臻於「聖」之境界的[148]。這種主張可由下列幾章文字裡探知：

> 子曰：「里仁為美，擇不處仁，焉得知？」（〈里仁〉）
> 子曰：「不仁者，不可以久處約，不可以長處樂。仁者安仁，知者利仁。」（同上）
> 樊遲問知，子曰：「務民之義，敬鬼神而遠之，可謂知矣。」問仁，曰：「仁者先難而後獲，可謂仁矣」（〈雍也〉）
> 子曰：「知者樂水，仁者樂山；知者動，仁者靜；知者樂，仁者壽。」（同上）
> 樊遲問仁，子曰：「愛人。」問知，子曰：「知人。」樊遲未達，子曰：「舉直錯諸枉，能使枉者直。」樊遲退，見子夏曰：「鄉也吾見於夫子而問知，子曰『舉直錯諸枉，能使枉者直。』何謂也？」子夏曰：「富哉言乎！舜有天下，選於眾，舉皋陶，不仁者遠矣；湯有天下，選於眾，舉伊尹，不仁者遠矣」（〈顏淵〉）

---

148 牟宗三：「孔子提出『仁』為道德人格發展的最高境界。至孟子，便直說：『人且智，聖也。』仁、智並舉，並不始於孟子。孔子即已仁、智對顯。如『仁者安仁，智者利仁』、『仁者樂山，智者樂水；智者動，仁者靜』等等，便是仁、智對顯，而以仁為主。」見《中國哲學的特質》，頁25。又夏乃儒：「孔子是圍繞著以『知』求『仁』，『仁』、『知』統一這個中心，建立起他的認識理論的。」見《中國哲學三百題》，頁161。

首先看〈里仁〉篇的「里仁為美」章，它的章旨，從正面說，即孔子以「擇處仁」為「知」（智）。這樣說，是由於在「擇」之前，先要「明於仁與不仁的區別」[149] 的緣故；如果人在「明於仁與不仁的區別」後，能行其所「知」（明），「擇」而「處仁」，使自己得以潛移默化，則已由「知」（智）而進於「仁」了，所謂「知以知仁，仁以行知」，便是這個意思。而趙銀杏則進一步以為「如果說選擇有行仁之風的地方居住為『智』，那麼，選擇無行仁之風的地方居之並改造它，使它歸於仁，則不只是『智』，而已進於『仁』了」[150]，這雖越出孔子這章話的內容範圍，但一樣呈顯了「由知（智）而仁」的道理，足見「仁」與「知（智）」有一先一後的關係。其次看〈里仁〉篇的「不仁者」章，孔子在此以「利仁」為「知（智）」、「安仁」為「仁」。而「利行」與「安行」，很顯然地，並非並列之關係，而只是階段之不同而已，也就是說，「行」在人為（教育）的範圍中，其過程是先由「利行」而後「安行」的。所以朱熹注此云：

> 惟仁者則安其仁，而無適不然；知者則利於仁，而不易其所守；
> 蓋雖深淺之不同，然皆非外物所能奪矣。[151]

所謂「深淺之不同」，指的就是「由知（智）而仁」的不同階段。對此，趙順孫《論語纂疏》引蔡氏云：

> 仁、知雖皆非外物所能奪，然人之資稟亦自不同，有得仁之深者，有得知之深者；加學問之功，則知者亦可以至於仁；然欲至

---

[149] 趙杏根：《論語新解》，頁 58。
[150] 同前註，頁 59。
[151] 《四書集注》，頁 74。

於仁，亦未有不由於知也。[152]

可見「仁」與「知（智）」，在修學的過程中，是一深一淺的關係。又其次看〈雍也〉篇的「樊遲問知」章，孔子以「務民之義，敬鬼神而遠之」為「知（智）」、「先難後獲」為「仁」，前者乃就「事」（外）來說，而後者則就「心」（內）來說，因此朱熹在《集注》注說：「專力於人道之所宜，而不惑於鬼神之不可知，知者之事也；先其事之所難，而後其效之所得，仁者之心也。」[153] 又於《或問》中進一層解釋說：

> 「務民之義，敬鬼神」，是就事上說；「先難後獲」，是就處心積慮處說。「仁」字說較近裡，「知」字說較近外。[154]

據知「仁」與「知（智）」，除先後深淺不同外，還有一內（心）一外（事）的關係。又其次是〈雍也〉篇的「知者樂水」章，孔子在此，主要以「動」、「靜」來說「仁」、「知（智）」，所謂「知者動，仁者靜」，即本章之中心意旨。而由於「山」靜而「水」動，所以「仁者樂山，知者樂水」；由於「樂」動而「壽」靜，所以「知者樂，仁者壽」。如此用「山」與「水」之特質和「樂」與「壽」之成效來說明「知者動，仁者靜」的道理，的確有以實形虛之效果。朱熹注此說：

> 知者達於事理，而周流無滯，有似於水，故樂水；仁者安於義

---

152 《四書纂疏·論語》，頁 779。
153 《四書集注》，頁 92。
154 《朱子語類》3，頁 819。《四書纂疏·論語》亦引蔡氏：「知者，以事上言，仁者，以心言。蓋務民義、敬鬼神，是就事上說；先難後獲，是就心上說。仁字較近裡，知字較近外。」，頁 913-914。

理，而厚重不遷，有似於山，故樂山。動、靜以體言，樂、壽以效言。動而不括，故樂；靜而有常，故壽。[155]

他把這種道理，闡釋得極簡要而明白。其實，孔子用「動」、「靜」來說「知（智）」、「仁」，還有另一層意思，那就是「知（智）」與「仁」是互相涵攝的，因為「動」中是有「靜」、「靜」中是有「動」的啊！關於這點，朱熹在《或問》中說：

知者，動意思多，故以動為主；仁者，靜意思多，故以靜為主。今夫水，淵深不測，是靜也；及滔滔而流，日夜不息，故主於動。山，包藏發育之意，是動也；而安重不遷，故主於靜。[156]

由此可知，「仁」與「知（智）」，又有著一「靜」一「動」的關係。再其次是〈顏淵〉篇的「樊遲問仁」章，孔子在此，用「舉直錯諸枉，能使枉者直」，將「仁」與「知（智）」合而為一，來回答樊遲之「問仁」、「問知」，不但關係到「仁」與「知（智）」的先後，也涉及了兩者互動之作用。這可從朱熹的兩節話裡看出孔子話中的精義。一見於《語錄》：

每常說：「仁、知，一個是慈愛，一個是辨別，各自向一路。惟是『舉直錯諸枉，能使枉者直』，方見得仁、知合一處，仁裡面有知，知裡面有仁。」[157]

---

[155] 《四書集注》，頁 92-93。
[156] 《朱子語類》3，頁 823。
[157] 同前註，頁 1095。

一見於《集注》：

> 舉直錯諸枉者，知也；使枉者直，則仁矣。如此則二者不惟不相
> 悖，而反相為用矣。[158]

所謂「仁裡面有知，知裡面有仁」，說的正是「仁」與「知（智）」互
相涵攝的道理。它們所以能這樣彼此涵攝，是由於它們能一直互動的緣
故，所謂「二者不為不相悖，而反相為用」，說的就是這種互動之關
係。然而，從詞面上看來，據孔子所言，是要先「舉直錯諸枉」（知），
然後才「能使枉者直」（仁），循的乃是「由知（智）而仁」的順序，
怎麼可能看出彼此在互動呢？要辨明這個問題，就得談到孔子相關的天
人觀了。

　　眾所週知，《論語》一書中，談的大都是屬於人道的事理，很少直
接論及天道，所以子貢說孔子之「言性與天道」，是「不可得而聞」（公
冶長）的；不過，談人道一定要有天道之依據，因為天道與人道本來就
是對應而循環的；因此從孔子或其弟子的一些言論中，依然可約略窺知
這種對應而循環的天人關係。《論語・子罕》載：

> 顏淵喟然歎曰：「仰之彌高，鑽之彌堅。瞻之在前，忽焉在後。
> 夫子循循然善誘人，博我以文，約我以禮，欲罷不能。既竭吾
> 才，如有所立，卓爾。雖欲從之，末由也已。」

在這一章裡，最值得注意的，就是聖門教人之法：「博我以文，約我以
禮」。對這兩句話，朱熹解釋說：

---

158 《四書集注》，頁 139。

博文、約禮，教之序也。言夫子道雖高妙，而教人有序也。侯氏
（仲良）曰：「博我以文，致知、格物也；約我以禮，克己復禮
也。」[159]

所謂「致知、格物」，指的是「知（智）」之事；而「克己復禮」，說的
是「仁」之事。由「致知、格物」而「克己復禮」，循的正是「由知（智）
而仁」的人為途徑，所以朱熹說是「教之序」，這和上述幾章所著眼的
一樣，是就人為（教）一面來說的。但是只有作「由知（智）而仁」的
人為之教育努力，而不內接到天然的性能（性）上，以發揮「由仁而知
（智）」之功能，是徒勞無功的。所以朱熹在《語錄》中說：

「博我以文，約我以禮」，聖人教人，只此兩事，須是互相發
明。約禮底工夫深，則博文底工夫愈明；博文底工夫至，則約禮
底工夫密。[160]

他所說的「約禮底工夫深，則博文底工夫愈明」，即「由仁而知（智）」
的「性」（天然）之發用；而「博文底工夫至，則約禮底工夫密」，即「由
知（智）而仁」的「教」（人為）之功能。如此互動而循環，自然使人「欲
罷不能」。

　　如此體會，尤其牽出了「由仁而知（智）」的性能，初看起來，似
乎已超出孔子的思想範疇，但是這種性能之作用，卻可在《論語》中找
到蛛絲馬跡。如〈學而〉篇記：

---

159 同前註，頁 111。
160 《朱子語類》3，頁 963。

　　子曰：「弟子入則孝，出則弟，謹而信，汎愛眾而親仁，行有餘力，則以學文。」

對這章文旨，朱熹《集注》謂：

　　尹氏（焞）曰：「德行，本也；文藝，末也。窮其本末，知所先後，可以入德矣。」洪氏（興祖）曰：「未有餘力而學文，則文滅其質；有餘力而不學文，則質勝而野。」愚謂：「力行而不學文，則無以考聖賢之成法、識事理之當然，而所行或出於私意，非但失之於野而已。」[161]

所謂「德行」，指的是「仁」，為「本」、為「先」、為「質」；所謂「文藝」，指的是「知（智）」，為「末」、為「後」、為「文」。可見孔子這幾句話，說的是「先本（質）後末（文）」，亦即「由仁而知（智）」之事，乃是著眼於人天然之性能來說的，這對未學或學之效果未顯著前的一般「弟子」而言，特別顯得重要[162]。而這種「由仁而知（智）」之序，也可從〈憲問〉篇的一章文字裡看出：

　　子曰：「君子之道三，我無能焉：仁者不憂，知者不惑，勇者不懼。」子貢曰：「夫子自道也。」

孔子談「知（智）」、「仁」、「勇」三者，另見於〈子罕〉篇，而其序次卻由「知（智）」而「仁」而「勇」，與此不同；這是因為它是著眼

---

161 《四書集注》，頁 57。
162 〈孔子的仁智觀〉，頁 8-15。

於人為教育一面來說的緣故，朱熹注「此學之序也」[163]，即是此意。而在此，則其次序改變為：由「仁」而「知（智）」而「勇」，這顯然是著眼於天然性能一面來說的。朱熹《集注》引尹氏（焞）云：

> 成德以仁為先，進學以知為先，故夫子之言，其序不同者，以此。[164]

孔子在這裡講先「成德」（仁）、後「進學」（知），雖然子貢說是「夫子自道」而提升至聖人層面而言，然而若降低層面來看，不就等於「行有餘力，則以學文」嗎？

2 「天（德、性）」與「人（教）」

上文說過，人為教育的努力是要內接於天然的性能之上的，也就是說：「由知（智）而仁」（人）必須與「由仁而知（智）」（天）接軌，才能使「仁」與「知（智）」不斷地產生互動、循環而提升的作用。這種接軌之線索，可由〈述而〉篇所載內容中探出：

> 子以四教：文、行、忠、信。

對於這一章，何晏注云：「四者有形質，可舉以教。」[165] 所謂「形」，指外在之行為；所謂「質」，指內在之本質。邢昺加以申釋云：

---

163 朱熹：「明足以燭理，故不惑；理足以勝私，故不憂；氣足以配道義，故不懼；此學之序也。」，見《四書集注》，頁 115。

164 同前註，頁 155。

165 《十三經注疏・論語》，頁 63。

此章記孔子行教，以此四事為先也。文，謂先王之遺文；行，謂
德行：在心為德，施之為行；中心無隱，謂之忠；人言不欺，謂
之信。此四者有形質，故可舉以教也。[166]

他們雖然沒有直接指出何者為「形」、何者為「質」，但是據其解釋看
來，「文」與「行」為「形」、「忠」與「信」為「質」。而程頤則用本
末切入，以為「教人以學文、修行而存忠信也。忠信，本也」[167]，朱熹
為此作進一步之闡釋說：

文，便是窮理，豈可不見之於行？然既行矣，又恐行之有未誠
實，故又教之以忠信也。所以伊川言以忠信為本，蓋非忠信，則
所行不成故耳。[168]

既以「忠、信」為本，則「文、行」為末。這和何、邢「形質」的說法，
是詞異而意同的。劉寶楠綜合起來，也作了如下說明：

文，謂《詩》、《書》、禮、樂；凡博學、審問、慎思、明辨，皆
文之教也。行，謂躬行也。中以盡心，曰忠。恆有諸己，曰信。
人必忠信，而後可致知、力行，故曰「忠信之人，可以學禮。」
此四者，皆教成人之法，與教弟子先行後學文不同。[169]

大致而言，他和何、邢、程、朱一樣，僅著眼於人為教育一面，以「由

---

166 同前註。
167 《四書集注》引，頁100。
168 《朱子語類》3，頁895。
169 《論語正義·八》，頁12-13。

末（形）而本（質）」，也就是「由知（智）而仁」的「學之序」，來看待孔子之「四教」。不過，值得注意的是，他的「人必忠信，而後可致知、力行」這句話，卻牽出「由本（質）而末（形）」，也就是「由仁而知（智）」的順序；這和朱熹所說「非忠信，則所行不成」的話，所指相同，是同樣著眼於天然性能一面來說的。這種道理，可由孔子的幾句話，獲得證明。這幾句話，見於〈公冶長〉篇：

> 子曰：「十室之邑，必有忠信如丘者焉，不如丘之好學也。」

這裡所說的「忠信」，乃就人之天然性能來說，但必須不斷予以開發，才能由偏而全地呈顯其整體功能，所以這裡所說的「忠信」，是著眼於未開發（未學）時來說，與「四教」中的「忠信」，乃著眼於開發（已學）後而言者，是有所不同的。朱熹注云：

> 言美質易得，至道難聞。學之至則可以為聖人，不學則不免為鄉人而已；可不勉哉！[170]

所謂「學之至」，指的是開發之終極處，所以「可以為聖人」；所謂「不學」，指的是未開發處或開發的起點（含過程），所以「不免為鄉人」。可見聖人的境界，是要好學不已，才能到達的。劉寶楠說：「忠信者，質之美者也。然有美質，必濟之以學，斯可袪其所蔽，而進於知、仁之道。」[171] 所謂「知、仁之道」，即「仁且智」的聖道。而這種聖道，是要「仁」與「知（智）」互動，以人為教育（「由知（智）而仁」）

---

170 《四書集注》，頁 86。
171 《論語正義・六》，頁 22。

之工夫，激發天然性能（「由仁而知（智）」）之潛力，使它們產生「由人而天」、「由天而人」的循環而提升之螺旋作用[172]，到了最後將「仁」與「智」完全融合為一，才能獲得。《論語‧述而》篇載：

> 子曰：「若聖與仁，則吾豈敢？抑為之不厭，誨人不倦，則可謂云爾已矣。」公西華曰：「正唯弟子不能學也。」

《孟子‧公孫丑》上有類似之記載：

> 昔者，子貢問於孔子曰：「夫子聖矣乎？」孔子曰：「聖，則無不能。我學不厭，而教不倦也。」子貢曰：「學不厭，智也；教不倦，仁也。仁且智，夫子既聖矣。」

可見孔子由於「好學」、「誨人」不已，所以最後成為「仁且智」的聖人，這是「仁」與「智」融合的最高境界，是令人「心鄉（嚮）往之」（《史記‧孔子世家贊》）的。

如此看來，孔子之「四教」，主張先由「文」、「行」（形、末）而「忠信」（質、本），其順序雖是「由知（智）而仁」，卻因「人必忠信，而後可致知、力行」（由人而知（智）），所以就使得天、人接軌而互動，形成了先「由仁而知（智）」而後「由知（智）而仁」之順序，並且由

---

172 凡相對相成的兩者，如仁與智、明明德與親民、天（自誠明）與人（自明誠）等，都會產生互動、循環而提升的作用，而形成螺旋結構。參見陳滿銘：〈談儒家思想體系中的螺旋結構〉，頁 1-36。而所謂「螺旋」，本用於教育課程之理論上，早在十七世紀，即由捷克教育家夸美紐思所提出，乃「根據不同年齡階段（或年級），遵循由淺入深，由簡單到複雜，由具體而抽象的順序，用循環、往復螺旋式提高的方法排列德育內容。螺旋式亦稱圓周式」，見《簡明國際教育百科全書》（北京市：新華書局北京發行所，1991 年 6 月一版一刷），頁 611。

此由偏而全地帶動著它們循環而提升，以臻於「仁且智」之至聖領域。

　　其實，孔子之「四教」，若仔細推敲，則本來就已透出了天、人接軌而互動的訊息。這種訊息，首先要藉由「忠」與「信」兩者之關係來探得，這就必須從本末、內外的角度切入來看。「忠」與「信」在《論語》一書中，大都作為同義之合義複詞來用，以廣泛地指做人做事的道理，而未強分其本末、內外，所謂「主忠信」（〈學而〉、〈顏淵〉）、「言忠信」（〈衛靈公〉），便是如此。但是「四教」中的「忠」與「信」，分別為「四教」之一，則須注意到它們的本末內外。對此，在《朱子語類》中載有幾則朱熹的論述，可作參考：

> 信者，忠之驗。忠只是盡己。因見於事而信，又見得忠如此。
> 忠、信只是一事。但是發於心而自盡，則為忠；驗於理而不違，則為信。忠是信之本，信是忠之發。
> 忠、信只是一事，而相為內外始終本末。有於己為忠，見於物為信。做一事說，也得；做兩事說，也得。[173]

朱熹以為「忠」由於落在「己」、「心」上說，因此為「本」為「內」為「始」；而「信」則由於落到「事」、「物」、「理」上說，所以為「末」為「外」為「終」。

　　以此來看待「忠信」，確實可以理清兩者之關係，而且也可因而將此「忠信」二教看成是就「由仁而知（智）」這個層面來說的。如果這種理解不差，則孔子「四教」，是由「文、行」（「由知（智）而仁」）之教來帶動「忠、信」（「由仁而知（智）」）之教，又由「忠、信」（「由仁而知（智）」）之天然性能來促進「文、行」（「由知（智）而仁」）

173 《朱子語類》2，頁485-486。

之人為努力，使它們繼續不斷地產生互動、循環而提升之作用了。

　　其次可藉由下列《中庸》第二十章的一段文字，來加以配合探得：

　　　誠者，天之道也；誠之者，人之道也。誠者，不勉而中，不思而
　　　得；從容中道，聖人也。誠之者，擇善而固執之者也。

試看「文」與「行」，說的該等於是《中庸》所謂的「擇善」（博學、
審問、慎思、明辨）與「固執之」（篤行），所形成的是「由知（智）
而仁」（自明誠）的為學次第，屬「人之道」，也就是「誠之者」。而「忠」
與「信」，若從「偏」的觀點，就「美質」（起點）來看，則說的該等
於是《中庸》所謂的「不勉而中」（安行、仁）與「不思而得」（生知、
智），所指涉的是「由仁而智」（自誠明）的天然潛能，是「誠者」；若
從「全」的觀點，由「學之至」（終點）來看，則說的該等於是《中庸》
所謂的「從容中道」（從心所欲不踰矩），所達到的「仁且智」的最高
境界，為「聖人也」；而此兩者，是全屬於「天之道」的。這樣來看待
孔子的「四教」，雖不能完全切合無間，卻可從中理出一些蘊含之條
理。

3　「仁」、「知（智）」與「德」、「性」

　　既然「仁」與「知（智）」是互動、循環而提升的，那麼此二者，
與「德」或「性」有什麼關係呢？雖然在《論語》一書裡，沒直接談到，
但經由上文之探討，該可以肯定它們都是「德」或「性」的兩大內容，
只差還沒有把它們明朗化而說出口而已。要明朗化而清楚地說出口，這
就有待《中庸》了。《中庸》開宗明義說：

　　　天命之謂性。

這是驚天動地的一句話，終於明白地確定了人（物）之「性」是天所
「命」的。對此，徐復觀闡釋說：

> 孔子所證知的天道與性的關係，乃是「性由天所命」的關係。天
> 命於人的，即是人之所以為人之性。這一句話，是在子思以前，
> 根本不曾出現過的驚天動地的一句話。「天生蒸民」、「天生萬物」
> 這類的觀念，在中國是出現得非常之早。但這只是泛泛地說法，
> 多出於感恩的意思，並不一定會覺得由此而天即給人與物以與天
> 平等的性。有如人種植許多生物但這些生物，並不與人有什麼內
> 在的關連。所以在世界各宗教中，都會認為人是由神所造。但很
> 少能找出神造了人，而神即給人與神自己相同的性的觀念，說得
> 像《中庸》這樣明確。[174]

如此經由「性」將天與人、物從內在打成一片，使得天之普遍性，進入
了人與物之中，而成就其特殊性[175]。就單以號稱「萬物之靈」的人來
說，這種由「天命」所成就「人」的特殊性之「性」，究竟有什麼內涵
呢？也就是說，究竟天在「性」中「命」什麼內容給人，讓人所得呢？
這就要看《中庸》第二十五章的說法了：

> 誠者，非自成己而已也，所以成物也。成己，仁也；成物，知
> 也；性之德也，合外內之道也。

---

174 《中國人性論史‧先秦篇》，頁 117。
175 徐復觀：「天即為一超越而普遍性的存在；天進入於個人生命之中，以成就各個體之
　　特殊性。而各個體之特殊性，即由天而來，所以在特殊性之中，同時具有普遍性。
　　此普遍性不在各個體的特殊性之外，所以此普遍性即表現而為每一人的『庸言』、『庸
　　行』。各個體之特殊性，內涵有普遍性之天，或可上通於普遍性之天，所以每一人的
　　『庸言』、『庸行』，即是天命的呈現、流行。」同前註，頁 119。

鄭玄注此云：

> 以至誠成己，則仁道立；以至誠成物，則知彌博；此五性之所以
> 為德也，外內所須而合也。外內，猶上下。[176]

所謂「五性」，即「仁、義、禮、智、信」，如此解釋「性之德」，除了
「仁」與「智」外，又牽出了「禮」、「義」、「信」，顯然不合《中庸》
作者之原意。而朱熹則注云：

> 誠雖所以成己，然既有以自成，則自然及物，而道亦行於彼矣。
> 仁者，體之存；知者，用之發；是皆吾性之所固有，而無內外之
> 殊。[177]

這就扣緊了《中庸》文本，將「性」落於「仁」與「知（智）」，配合「體」
與「用」加以解釋。對此，王船山也作了如下之闡釋：

> 有其誠，則非但成己，而亦有以成物矣；以此誠也者，足以成
> 己，而無不足於成物，則誠之而底於成，其必成物審矣。成己
> 者，仁之體也；成物者，知之用也：天命之性、固有之德也。而
> 能成己焉，則仁之體立也；能成物焉，則知之用行也。仁、知咸
> 得，則是復其性之德也。統乎一誠而已，物胥成焉，則同此一
> 道，而外內固合焉。[178]

---

176 《十三經注疏・禮記》，頁 896。
177 《四書集注》，頁 42。
178 王船山：《四書纂疏・論語》，《讀四書大全說》卷三（臺北市：河洛圖書出版社，
　　1974 年 5 月臺影印初版），頁 299-300。

可見「仁」與「知（智）」，同是「性之德」，乃「吾性之所固有」，而一統於「誠」。也就是說，「仁」與「知（智）」，為「性」（德）的真實內容，而「誠」是人類「仁」與「知（智）」德性的顯露，是可以由此來內以成己、外以成物的。因此徐復觀解釋說：

> 仁、知皆是性的真實內容，即是性的實體。誠是人性的全體顯露，即是仁與知的全體顯露。因為仁與知，同具備於天所命的人性、物性之中；順著仁與知所發出的，即成為具有普遍妥當性的中庸之德之行；而此中庸之德之行，所以成己，同時即所以成物，合天人物我於尋常生活之中。[179]

而「誠」在《中庸》裡，有時雖用於統合「仁」與「知（智）」，有時卻只用於專指「仁」，而另以「明」來指「知（智）」，《中庸》第二十一章就這樣以「誠」、「明」結合「仁」、「知（智）」的德性來談，凸顯出它們的天人互動、循環而提升的關係：

> 自誠明，謂之性；自明誠，謂之教。誠則明矣，明則誠矣。

從這幾句話裡，可以曉得，人能由「誠」而「明」，乃出於先天性能（天）的作用，而由「明」而「誠」，則是成自後天人為（人）的教育[180]。而

---

[179] 《中國人性論史·先秦篇》，頁 156。
[180] 唐君毅：「《中庸》謂此性為天命之性。至於就此性之表現言，則有二形態：其一形態為直承其為絕對之善，而自然表現為一切善德善行。此即吾人於〈原心篇〉下所謂直道的順天德、性德之誠，以自然明善，其極為不思而中、不勉而得，至誠無息之聖境，是所謂『自誠明，謂之性』也。至誠無息者，其生心動念，無不為能自誠之性之直接表現，而『明著於外』者。《中庸》於此乃更不言心不言意念，而只言明。明即心知之光明，人至誠而無息，則其心知即只是一充內形外之光明，以表現此自

「誠」與「明」，是在「天」與「人」之作用下，可以互動、循環而提升的，所謂「誠則明矣，明則誠矣」，說的就是這個道理。如此結合《中庸》第二十五章「性之德」的說法，就可確定「性」之內涵有兩種：「一是屬『仁』的，即仁性，乃人類與生俱來的一種成己（成德）力量；一是屬「知」的，即知性，為人類生生不已的一種成物（認知）動能。前者可說是『誠』的動力，後者可說是『明』的泉源；兩者非但為人人所共有，而且也是交互作用的，也就是說，如果顯現了部分的仁性（誠），就能連帶地顯現部分的知性（明）；同樣地，顯現了部分的知性（明），就能連帶地顯現部分的仁性（誠）。正由於這種相互的作用，有先後偏全知差異，故使人在盡性上也就有了兩條內外、天人銜接的路徑：一是由誠（仁性）而明（知性），這是就先天潛能的提發來說的；一是由明（知性）而誠（仁性），這是就後天修學的努力而言的」[181]。而這兩種「性」的內涵，所謂「仁性」（誠），說的就是孔子口中的「仁」之德；所謂「知（智）性」（明），說的就是孔子口中的「知（智）」之德。也就是說，《中庸》說的「誠」、「仁」，等於是《論語》之「仁」；《中庸》說的「明」、「知（智）」，等於是《論語》之「知（智）」。所以徐復觀以為：

> 誠是實有其仁，「誠則明矣」（二十一章），是仁必涵攝有知；因為明即是知。「明則誠矣」（同上），是知則必歸於仁。誠、明的不可分，實係仁與知的不可分。[182]

誠之性，此外即無心可說。是為由誠而明。另一形態為人之未達至誠，而其性之表現，乃只能通過間雜之不善者，而更超化之，以去雜存純，以由思而中、勉而得。此即吾人於〈原性篇〉所謂由擇乎正反兩端，以反反而成正之工夫。人在此工夫中，乃以心知之光明開其先，而歷曲折細密之修養歷程，以至於誠。即所謂『自誠明，謂之教』，致曲以有誠也。」見《中國哲學原論・原性篇》，頁 63-64。

181 《中庸思想的研究》，頁 123。
182 《中國人性論史・先秦篇》，頁 156。

這種「誠」（仁）與「明」（智）互動、循環而提升，以至於最後合而
為一的境界，可由《中庸》第三十章所載讚美孔子之辭中獲知：

> 仲尼祖述堯舜，憲章文武（成己、仁）；上律天時，下襲水土（成
> 物、智）；辟如天地之無不持載，無不覆幬，辟如四時之錯行，
> 如日月之代明；萬物並育而不相害，道並行而不相悖。小德川流
> （智），大得敦化（仁），此天地之所以為大也（誠明合一、配天
> 配地）。

對這章話，王船山曾總括起來解釋說：

> 小德、大德，合知、仁、勇於一誠，而以一誠行乎三達德者
> 也。[183]

而唐君毅也加以申釋說：

> 所謂「萬物並育而不相害，道並行而不相悖。小德川流，大德敦
> 化，此天地之所以為大也」，一切宗教的上帝，只創造自然之萬
> 物。而中國聖人之道，則以贊天地化育為心，兼持載人文世界、
> 人格世界之一切人生。故曰「大哉聖人之道，洋洋乎發育萬物，
> 峻極于天。悠悠大哉，禮儀三百，威儀三千，待其人而後行」，
> 因中國聖人之精神，不僅是超越的涵蓋宇宙人生人格與文化，而
> 且是以贊天地化育之心，對此一切加以持載。故不僅有高明一
> 面，且有博厚一面。「高明配天，博厚配地」、「崇效天，卑法

---

183 《讀四書大全說》，頁331。

地」，高明配天、崇效天者，仁、智之所無所不覆也；博厚配
地、卑法地者，禮義自守而尊人，無所不載也。[184]

可見孔子之偉大，就在於「好學」不已，在「仁」與「智」、「天」（自
誠明）與「人」（自明誠）的互動、循環而提升之螺旋作用下，終於合
「仁」（誠）與「智」（明）於「一誠」（至誠），而無所不覆、無所不載，
達於配天配地（與天地參）的最高境界，這對其學說而言，是一個生命
的真實見證[185]。

　　由此看來，《中庸》的誠明思想，可說淵源於孔子的仁智觀，而《論
語》的「天生德於予」這句話，也就是《中庸》「天命之謂性」的直接
源頭了。

　　綜上所述，可知《論語》中的「德」，有的指外在之行為，有的則
指內在的性能。而其中指內在性能的「德」，孔子雖沒明言其真實內
涵，卻可由許多相關之言論中，推知它所指的，即是可以互動、循環而
提升的「仁」與「知（智）」，也就是說，它既能發揮「由仁而智」的
天然功能，又可帶動「由智而仁」的人為作用。如此，則和《中庸》所
謂「成己，仁也；成物，知（智）也；性之德也，合外內知道也」及「自
誠明（由仁而智），謂之性；自明誠（由智而仁），謂之教。誠則明矣，
明則誠矣（仁智合一）」的說法，血脈是相連的，換句話說，它是與《中
庸》那統攝「仁」（誠）與「知（智）」（明）的「天命」之「性」，有
著直承之關係的。因此《論語》「天生德於予」這句話，可說直接影響
《中庸》之作者，而進一步地由孔子之「予」，推擴至所有之人（物），
將它說成「天命之謂性」了。

---

184 唐君毅：《人文精神之重建》（香港：新亞研究所，1955 年 3 月初版），頁 228。
185 此見證又見於《論語·為政》：「子曰：『吾十有五而志於學，三十而立，四十而不惑，
　五十而知天命，六十而耳順，七十而從心所欲、不踰矩。』」說詳陳滿銘：〈談儒家
　思想體系中的螺旋結構〉，頁 28-32。

第三章
《孟子》的義理螺旋結構

在此，就其「〈養氣章〉」與「義利之辨」兩層進行研討，以凸顯《孟子》一書主要的義理螺旋結構。

第一節　《孟子・養氣》章

自古以來，孟子的養氣說，和他的性善論一樣，一直受到眾多學者的重視，也很自然地對它加以論述的，便相應地多而精[1]，似乎沒有留下任何空間可談了。不過，若試著從不同的角度去探析，則或許能呈現一些不同的結果，有助於人對孟子養氣說的了解。因此本文即由其篇章結構（含內容與形式）切入，將《孟子・養氣》章作一分析，以探其究竟。

一　「篇」結構

《孟子》的〈養氣〉章，就「篇」來看，則可用下表來呈現：

---

[1] 各家注疏，如趙岐注、孫奭疏的《孟子注疏》、朱熹《孟子集註》、趙順孫《孟子纂疏》及焦循《孟子正義》等，皆作了疏理；而近、今人，如徐復觀、戴君仁、錢穆、胡簪雲、何敬群、周群振、毛子水、王文欽、楊一峰、程兆熊、王道、左海倫、蔡仁厚、萬先法、曾昭旭、余培林等，也作了精要的闡釋。

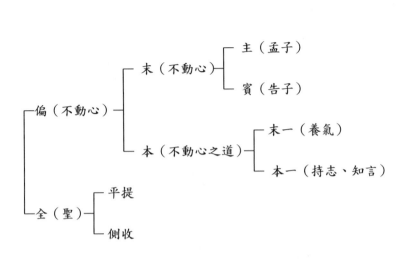

由上表可知，《孟子》的〈養氣〉章，大約可分為兩大部分：先用「先偏後全」[2]的結構組合而成的。其中的「偏」，又由「先末後本」[3]的順序來安排：「末」自「公孫丑問曰」起至「告子先我不動心」止，先提出本章的主題「不動心」，以生發下面的議論；「本」自「曰：不動心有道乎」起至「必從吾言矣」止，具論「不動心」之道，亦即養氣（勇）、持志（仁）、知言（智），乃本章之主體所在。而「全」，則自「宰我、子貢善為說辭」起至「未有盛於孔子也」止，交代了「不動心」（養氣、持志、知言）的最終成效，就在於成為一個聖人，也藉此來讚美孔子「仁且智（含勇）」的聖人境界。這樣由「養氣」（持志、知言）而「不動心」，又由「不動心」而「仁且智（含勇）」（聖），其本末終

2　這所謂的「偏」，是指局部或特例；而「全」，是指整體或通則。作者在創作詩文之
　　際，往往會用「局部」與「整體」、「特例」與「通則」的相應條理來組合情意材料。
　　它雖和本末、大小等法，有一點類似，但「本末」比較著眼於事、理的終始，而「大
　　小」則比較著眼於空間的寬窄與知覺的強弱，和「偏全」比較著眼於事、理、時、
　　空的部分與全部、特殊與一般的，有所不同。參見陳滿銘：〈論幾種特殊的章法〉，
　　臺灣師大《國文學報》31 期（2002 年 6 月），頁 176-181。
3　本末法的結構類型之一，參見陳滿銘：《章法學新裁》（臺北市：萬卷樓圖書公司，
　　2001 年 1 月初版），頁 326-334；另參見仇小屏：《篇章結構類型論》（上）（臺北市：
　　萬卷樓圖書公司，2000 年 2 月初版），頁 181-198。

始是極其清楚的。

二 「章」結構

《孟子》這章文字，既然採「先偏後全」的結構組成，底下便分「偏」和「全」兩個部分加以探析：

（一）「偏」的部分

1 就「末」來看：這個部分的文字是這樣子的

> 公孫丑問曰：「夫子加齊之卿相，得行道焉，雖由此霸王，不異矣。如此，則動心否乎？」
>
> 孟子曰：「否。我四十不動心。」
>
> 曰：「若是，則夫子過孟賁遠矣。」
>
> 曰：「是不難。告子先我不動心。」

這段文字，通常被視為全文的引子，可用下表來呈現：

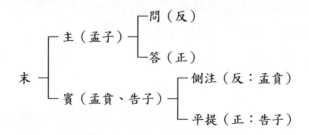

這短短的一段，由公孫丑之二「問」與孟子之二「答」，採「先主後賓」[4]

---

4 賓主法的結構類型之一，參見陳滿銘：《章法學新裁》，頁 89-99；另參見仇小屏：《篇章結構類型論》（下），頁 374-404。

的順序來安排。它首先就「主」（孟子），採「先反後正」的形式，由公孫丑之第一「問」引生孟子之第一「答」，提明「不動心」的一章主題；接著以「先側注後平提」的形式，由公孫丑之第二「問」帶出孟子之第二「答」，指出自己（孟子）要遠過孟賁不難，卻後於告子之「不動心」，藉此將「特例」變成「通則」，從孟子、告子身上推擴到一般情況，以備作進一步之論述。

2　就「本」來看：這個部分主要論「不動心」之道，可依據其「先末（一）後本（一）」的結構，分成兩半：

（1）就「末（一）」來看：這段文字是這樣子的：

> 曰：「不動心有道乎？」
>
> 曰：「有。北宮黝之養勇也，不膚撓，不目逃，思以一豪挫於人，若撻之於市朝；不受於褐寬博，亦不受於萬乘之君；視刺萬乘之君，若刺褐夫；無嚴諸侯，惡聲至，必反之。孟施舍之所養勇也，曰：『視不勝猶勝也，量敵而後進，慮勝而後會，是畏三軍者也。舍豈能為必勝哉？能無懼而已矣。』孟施舍似曾子，北宮黝似子夏。夫二子之勇，未知其孰賢，然而孟施舍守約也。昔者曾子謂子襄曰：『子好勇乎？吾嘗聞大勇於夫子矣：自反而不縮，雖褐寬博，吾不惴焉？自反而縮，雖千萬人，吾往矣。』孟施舍之氣，又不如曾子之守約也。」

此論「不動心」之首要在於「養氣（勇）」，可用下表來呈現：

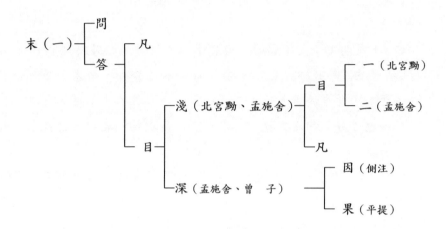

這一段文字，由公孫丑與孟子之一問一答所組成，其中孟子之「答」，是採「先凡後目」的順序回答。孟子在此，首先以一「有」字，一面上承公孫丑之「問」作一回應，一面又下啟後面的議論，作一總冒，為「凡」的部分。接著用「先目（一）後凡（一）」的順序，分別論述北宮黝與孟施舍的「養勇」（目一），並加以比較，認為孟施舍較能「守約」（凡一）；這是就「淺」來說的部分。然後以「先側注後平提」[5]的形式，論述曾子有關「養勇」的說法，並和孟施舍加以比較，認為孟施舍在「守約」上又遜曾子一籌，因為孟施舍的「養勇」，只是操持一股無所畏懼盛氣，而曾子卻以義理之曲直為斷；這是就「深」[6]來說的部分。如此一層深一層地來論述[7]，將「養勇」須「守約」的意思，表達得十

---

5 平側法的結構類型之一，參見陳滿銘：《章法學新裁》，頁 348-349；另參見仇小屏：《篇章結構類型論》（下），頁 503-529。

6 「淺」，指「先淺後深」的「淺」。而「先淺後深」為淺深法的結構類型之一，參見陳滿銘：《章法學新裁》，頁 327；另參見仇小屏：《篇章結構類型論》（上），頁 199-207。

7 萬先法：「孟子講北宮黝等三人之勇，是一層深一層來講的。」見〈孟子知言養氣章

分明白。

（2）就「本（一）」來看：此段文字是這樣子的：

曰：「敢問夫子之不動心，與告子之不動心，可得聞與？」

「告子曰：『不得於言，勿求於心；不得於心，勿求於氣。』不得於心，勿求於氣，可；不得於言，勿求於心，不可。夫志，氣之帥也；氣，體之充也。夫志至焉，氣次焉。故曰：持其志，無暴其氣。」

「既曰：『志至焉，氣次焉。』又曰：『持其志，無暴其氣。』何也？」

曰：「志壹則動氣，氣壹則動志也。今夫蹶者趨者，是氣也，而反動其心。」

「敢問夫子惡乎長？」

曰：「我知言，我善養吾浩然之氣。」

「敢問何謂浩然之氣？」

曰：「難言也。其為氣也，至大至剛，以直養而無害，則塞於天地之間。其為氣也，配義與道，無是，餒也。是集義所生者，非義襲而取之也。行有不慊於心，則餒矣。我故曰：告子未嘗知義，以其外之也。必有事焉而勿正；心勿忘，勿助長也。無若宋人然；宋人有閔其苗之不長而揠之者，芒芒然歸，謂其人曰：『今日病矣，予助苗長矣！』其子趨而往視之，苗則槁矣。天下之不助苗長者寡矣。以為無益而舍之者，不耘苗者也；助之長者，揠苗者也；非徒無益，而又害之。」

「何謂知言？」

曰：「詖辭知其所蔽，淫辭知其所陷，邪辭知其所離，遁辭知其

所窮。生於其心，害於其政；發於其政，害於其事。聖人復起，
必從吾言矣。」

的順序加以組合的，可用下表來呈現：

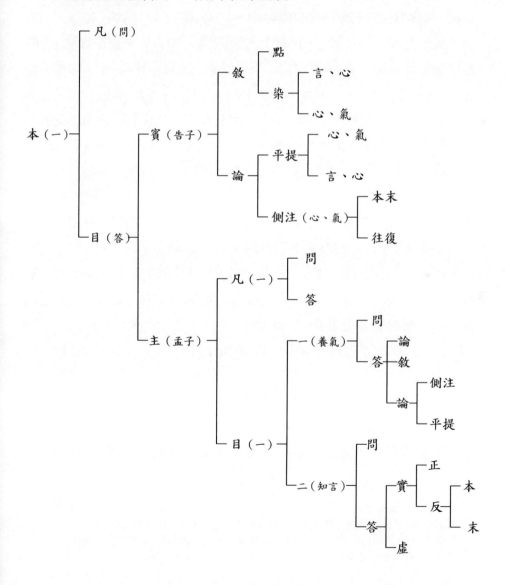

它首先回應到一開端的「不動心」，來談告子與孟子的不同，以統攝底下的議論；這是「凡」的部分。其次用「先賓（告子）後主（孟子）」的順序，針對公孫丑之「問」加以回答。其中的「賓」，自「告子曰」起至「而反動其心」止，主要藉告子之說法，在論持志與養氣的關係，是採「先敘後論」的順序加以處理的。它先引告子「言」與「心」、「心」與「氣」之說，為「敘」，再就此生發議論，採「先平提後側注」[8]的順序來呈現，為「論」。其中自「不得於心」起至「不可」止，論述「心與氣」、「言」與「心」，為「平提」；自「夫志，氣之帥也」起至「而反動其心」止，側於「心與氣」上，就其本末、往復的關係加以論述，為「側注」。經過這番論述，「養勇（氣）」必先「持志」的意思，闡釋得很清晰，而「持志」與「守約」二而一的關係，也不言而喻。

　　至於其中的「主」，自「敢問夫子惡乎長」起至「必從吾言矣」止，主要藉孟子自身之見解，在論「知言」與「養氣」的關係，是用「先凡（一）後目（一）」的形式來組合的。其中公孫丑「惡乎長」之「問」與孟子「我知言」之「答」，提出「知言」與「養氣」的兩個論題，以統括下文，為「凡（一）」；而公孫丑「敢問何謂浩然之氣」之「問」與孟子「難言也」之「答」，為「目（一）」之一；至於公孫丑「何謂知言」之「問」與孟子「詖辭知其所蔽」之「答」，則為「目（一）」之二。

　　就「目（一）」之一來看，孟子之「答」，是用「論、敘、論」[9]來形成結構的。它的頭一個「論」，自「難言也」起至「勿助長」止，從正面來論「浩然之氣」，指出它「至大至剛」、「配義與道」，而由此以

8　平側法的結構類型之一，與「先側注後平提」正相反。參見陳滿銘：《章法學新裁》，頁 348-349；另參見仇小屏：《篇章結構類型論》（下），頁 503-529。

9　敘論法的結構類型之一，由一順一逆形成，參見陳滿銘：《章法學新裁》，頁 407-444；另參見仇小屏：《篇章結構類型論》（上），頁 267-288。

至於「不動心」，是與告子義外的「不動心」，是有所不同的。中間的
「敘」，自「無若宋人然」起至「苗則槁矣」止引述宋人揠苗助長的故
事，從而帶出下文的議論。而後一個「論」，則自「天下之助苗長者寡
矣」起至「而又害之」止，針對宋人的故事，呼應上文的「勿忘」、「勿
助長」，從反面來論「浩然之氣」，使人由此掌握「養氣（勇）」的體與
用。

就「目（一）」之二來看，孟子之「答」，是以「先實後虛」[10]形
成其結構的。其中的「實」，自「言皮辭知其所蔽」起至「害於其事」，
又採「先正後反」的順序來安排。所謂「正」，指「詖辭」四句，是就
能「知言」者來說的；所謂「反」，指「生於其心」四句，是就本末來
說不能「知言」者之害的。而「虛」，則指「聖人」二句，在此，孟子
假設後世有聖人復起，就必定會肯定他的言論，以增強說服力。

（二）「全」的部分

這個部分，以「聖」（仁且智）[11]統合上文所論的「不動心」與「不
動心」之道（養氣、持志、知言）。其文字是這樣子的：

> 「宰我、子貢善為說辭，冉牛、閔子、顏淵善言德行。孔子兼之
> 曰：『我於辭命，則不能也。』然則夫子既聖矣乎？」

---

10 虛實法的結構類型之一，參見陳滿銘：《章法學新裁》，頁 99-110；另參見仇小屏：
《篇章結構類型論》（下），頁 320-340。

11 這種至聖的境界，從《孟子·公孫丑上》的一段話裡，可獲得進一步的了解，這段
話是：「昔者，子貢問於孔子曰：『夫子聖矣乎？』孔子曰：『聖，則吾不能。我學不
厭，而教不倦也。』子貢曰：『學不厭，智也；教不倦，仁也。仁且智，夫子既聖
矣！』」這段話明白地指出了孔子是「仁且智」的聖人，這是「仁」與「智」融合的
最高境界。參見陳滿銘：〈孔子的仁智觀〉，《國文天地》12 卷 4 期（1996 年 9 月），
頁 8-15。

曰：「惡，是何言也！昔者子貢問於孔子曰：『夫子聖矣乎？』孔曰：『聖則吾不能，我學不厭而教不倦也。』子貢曰：『學不厭，智也；教不倦，仁也。仁且智，夫子既聖矣。』夫聖，孔子不居。是何言也！」「昔者竊聞之：子夏、子游、子張，皆有聖人之一體；冉牛、閔子、顏淵，則具體而微。敢問所安？」

曰：「姑舍是。」

曰：「伯夷、伊尹何如？」

曰：「不同道。非其君不事，非其民不使；治則進，亂則退，伯夷也。何事非君，何使非民；治亦進，亂亦進，伊尹也。可以仕則仕，可以止則止；可以久則久，可以速則速，孔子也。皆古聖人也，吾未能有行焉。乃所願，則學孔子也。」「伯夷、伊尹於孔子，若是班乎？」

曰：「否。自有生民以來，未有孔子也。」

曰：「然則有同與？」

曰：「有。得百里之地而君之，皆能朝諸侯，有天下；行一不義，一不辜，而得天下，皆不為也。是則同。」

曰：「敢問其所以異？」

曰：「宰我、子貢、有若，智足以知聖人，汙不至阿其所好。宰我曰『以予觀於夫子，賢於堯舜遠矣。』子貢曰：『見其禮而知其政，聞其樂而知其德，由百世之後，等百世之王，莫之能違也。自生民以來，未有夫子也。』有若曰：『豈惟民哉？麒麟之於走獸，鳳凰之於飛鳥，泰山之於丘垤，河海之於行潦，類也。聖人之於民，亦類也。出乎其類，拔乎其萃，自生民以來，未有盛於孔子也。』」

這一大段文字，用「先平提後側收」[12]的形式加以組成，可用下表來呈現：

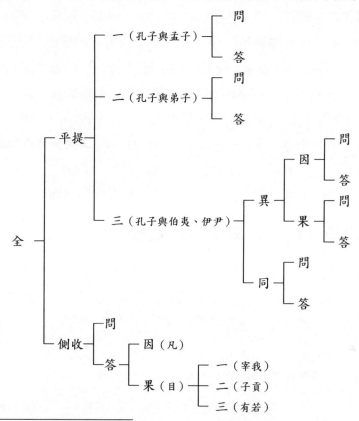

12 辭章中有一種「平提側注」的篇章修飾方法，宋文蔚在《評注文法津梁》裡解釋這
種方法說：篇中有兩項或三項者，如義均平列，則於總提後平分各項，用意詮發；
若義有輕重，或偏重一項，則開首用筆平提，以下或用串說，或用側注，均無不
可。又有擇其最重要一項，用特筆提起，再分各串項者，尤見用法變化。這是說：
將所要論說或敘述的幾個重點，以平等地位提明的，叫「平提」；而照應題面，對其
中的一點或兩點加以關注的，叫「側注」。這種篇章修飾的方法，如單就「側注」的
部分而言，則稱為「側接」或「接筆」；如所提重點只限於兩組，則又叫做「兩義相
權」。它無論是形成「先平提後側注」、「先側注後平提」、「平提、側注、平提」或「側
注、平提、側注」等結構，在辭章裡，都隨處可見，沒什麼稀奇。但將所要論說或
敘述的幾個重點，以同等的地位加以提明，而特別側於其中一點或兩點來收結，卻
有回繳整體之功用的，則很少受到人的注意。見陳滿銘：〈談「平提側收」的篇章結
構〉《第二屆中國修辭學學術研討會論文集》（高雄市：高雄師範大學國文系，2000
年6月）頁193-213。

其中「平提」的部分，自「宰我、子貢善為說辭」起至「是則同」止，用五問五答的形式，分論孔子與孟子、孔子與弟子和孔子與伯夷、伊尹之間的同異，而重點置於孔子「仁且智（含勇）的聖德，以回應「偏」部分的「不動心」（「養氣（勇）」、「持志（仁）」、「知言（智）」。而「側收」的部分，則自「敢問其所以異」起至「未有盛於孔子也」止，表面上看來，只是側就孔子與伯夷、伊尹之「異」來說，而意思卻概括了孔子與孟子、弟子之「異」。它以「先因後果」的結構，分別舉宰我、子貢、有若之言，來讚美孔子之聖，而由此交代「不動心」（養氣、持志、知言）的終極境界，把〈養氣〉這一章收結得極為圓滿。

三　從篇章結構看孟子的養氣思想

　　篇章的內容與形式，是分割不開的，因為內容須靠形式來呈現，而形式也要內容來支撐，兩者的結構可說是疊合無間的[13]。尤其是從「章法」切入，由於它是「客觀的存在」[14]，與自然規律相對應，最能凸顯

---

13 篇章結構，是指篇章中組織其內容與形式的一種型態，而內容與形式，是相疊合的。參見陳滿銘：〈談篇章結構〉（上）、（下），《國文天地》15卷5、6期（1999年10、11月），頁65-77、57-66及〈談縱橫向疊合的篇章結構〉，《國文天地》16卷7期（2000年12月），頁100-106。

14 王希杰指出「『章法』一詞是多義的。『章法』，是文章之法，但是，有兩種『章法』：一種是客觀存在的『章法』，它顯然是與文章同時出現的。有文章就有章法，不同的文章有不同的章法，但是沒有完全沒有章法的文章，不過是章法的好和壞罷了。另一種『章法』是研究者的認識和主張，是知識和理論，是文章的研究者的辛勤勞動的成果，它當然是文章出現之後的事情。後一種『章法』，即對章法的研究也是早就有了的，中國古人對章法的論述很多。但是『章法學』的誕生是比較晚的事情。章法學作為一門學問，不是有關部門章法的個別的知識，而是章法知識的總和，是一種概念的系統。章法學是一門實用性很強的學問，也有極高的學術價值。它同文章學、修辭學、語用學、文藝學、美學、邏輯學等都具有密切關係。章法學已經初步形成了一門科學。陳滿銘教授初步建立了科學的章法學體系。……陳滿銘教授創建了章法學的四大律，……這是陳教授及其弟子的章法學大廈的四根支柱。這是陳滿銘教授對章法學的貢獻。中國傳統的章法研究已經是很豐富的了，文論、詩話、詞話、曲話、藝概中就有許多關於章法的言論。劉勰的《文心雕龍》中對章法的研究

思想情意的條理。所以由篇章結構來掌握其思想情意，是最好不過的。
以下就以三種篇章結構來探討孟子的養氣思想。

（一）從本末結構看

　　試由全篇來看《孟子・養氣》章的思想內容，若不考慮其互動、循環而提升的關係，則所形成的是「先本後末」的結構。其中「偏」（起點）是「本」，論的是邁入聖域的基礎——「不動心」，而「全」（終點）則為「末」，論的是「不動心」的最後歸趨——「聖」。孟子所謂的「不動心」，即孔子所說的「不惑」[15]；所謂的「聖」（仁且智），即孔子所說的「從心所欲不踰矩」[16]。《論語・為政》說：

> 子曰：「吾十有五而志於學；三十而立；四十而不惑；五十而知天命；六十而耳順；七十而從心所欲，不踰矩。」

說的便是這個道理。

　　再由「本末」來看它章節的內容，所形成的是「先末後本」的結構。它先在「末」的部分，先提「不動心」；再由「本」的部分，說明「不動心」之道就在於「養氣」（勇）、「持志」（仁）、「知言」（智）。這樣

已經是很像樣的了，有一些非常精彩的觀點。但是像陳教授這樣一來以四大規律來建立章法學理論大廈，這還是第一次。如果說唐鉞、王易、陳望道等人轉變了中國修辭學，建立了學科的中國現代修辭學，我們也可以說，陳滿銘及其弟子轉變了中國章法學的研究大方向，建立了科學的章法學，把漢語章法學的研究轉向科學的道路。」見〈章法學門外閒談〉，《國文天地》18 卷 15 期（2002 年 10 月），頁 92-101。

15 朱熹：「四十強仕，君子道明德立之時。孔子四十而不惑，亦不動之謂。」見《四書集注》（臺北市：學海出版社，1984 年 9 月初版），頁 232。

16 朱熹：「隨其心之所欲，而自不過於法度，安而行之、不勉而中也。」同前註，頁61。所謂「安而行之」，指「仁」；所謂「不勉而中」，指「智」；而「仁且智」即為「聖」。

由「不動心」而談「養氣」（勇），由「養氣」而談「持志」（仁），由「持志」（仁）而談「知言」（智），用的正是「由末而本」的闡釋手法。如此說來，在這章節裡，「知言」（智）為本，「不動心」為末，而「持志」（仁）、「養氣」（勇），則是其過程了。《朱子語類》第五十二卷說：

> 孟子論浩然之氣一段，緊要全在「知言」上、所以《大學》許多工夫，全在格物、致知。[17]

又說：

> 或問「知言養氣」一章。曰：「此一章專以知言為主。若不知言，則自以為義，而未必是義；自以為直，而未必是直；是非且莫辨矣。」[18]

又說：

> 問：「浩然之氣，集義是用功夫處否？」曰：「須是先知言。知言，則義精而理明，所以能養浩然之氣。知言正是格物、致知。苟不知言，則不能辨天下許多淫、邪、言皮、遁。將以為仁不知其非仁；將以為義，不知其非義，則將何以集義而生此浩然之

---

17 黎靖德編：《朱子語類》四（臺北市：文津出版社，1986 年 12 月出版），頁 1241。
　　對這一點，戴君仁加以申釋說：「朱子文集裡〈與郭沖晦書〉，有一段話，可當作這章書的提要。他說：『孟子之學，蓋以窮理集義為始，不動心為效。蓋唯窮理為能知言，唯集義為能養其浩然之氣。理明而無所疑，氣充而無所懼，故能當大任而不動心。』拿先儒的學說來比，知言相當於格物致知，養氣相當於誠氣正心。拿後儒的學說來比，程伊川所謂『涵養須用敬』，相當於養氣；『進學則在致知』，相當知言。二者都是如車兩輪，如鳥兩翼，不可缺一。」見《戴靜山先生全集》（臺北市：戴靜山先生遺著編審委員會，1980 年 9 月初版），頁 1846。
18 《朱子語類》四，頁 1270。

氣。」[19]

這是極有見地的。《論語・子罕》說：

> 子曰：「知者不惑，仁者不憂，勇者不懼。」

朱熹注說：

> 明足以燭理，故不惑；理足以勝私，故不憂；氣足以配道義，故
> 不懼；此學之序也。[20]

可見知（智）、仁、勇是有先後之序的。而萬先法也說：

> 吾謂知言，大智也。集義，大仁也。浩然之氣，大勇也。智以知
> 仁，勇以行仁，此儒家三達德之教，固已盡備于本章之旨矣。[21]

由此看來，「不動心」之道是形成本末結構的。

（二）從往復結構看

　　所謂「往復」，是往而復來、循環不已的意思。如仁與智，就人為
教上來說，是由智而仁（自明誠）；就天然性分上來說，是由仁而智（自
誠明）。兩者是互動而循環不已，以至於合仁與智為一的。所以《中庸》
第二十一章（依朱子《章句》）說：

19　同前註，頁 1261。
20　《四書集注》，頁 115。
21　〈孟子知言養氣章釋〉，頁 13。

　　自誠明，謂之性；自明誠，謂之教；誠則明矣，明則誠矣。

這所謂的「明（智）則誠（仁）」、「誠（仁）則明（智）」，說的不就是「性」（天然）與「教」（人為）互動而循環不已的結果嗎？其實，這種往復的作用，孟子也曾就「志」與「氣」加以說明過，他說：

　　志壹則動氣，氣壹則動志。

朱熹注說：

　　言志之所向專一，則氣固從之；然氣之所在專一，則志亦反為之動。[22]

《朱子語類》卷五十二也說：

　　持志養氣二者，工夫不可偏廢。以「氣一則動志，志一則動氣」觀之，則見交相為養之理矣。[23]

22　《四書集注》，頁 234。對這種作用，陳大齊從心理與生理加以解釋說：「我們平常總以為樂了纔笑，悲了纔哭，亦即只知道心理上的變化之會引發生理上的變化。但亦有心理學家，作相反的主張，謂笑了纔樂，哭了纔悲，以生理上的變化心理上變化的起因。事實告訴我們：表情確能影響感情，令其有所昇降，愈笑則愈樂，愈哭則愈悲，忍住不笑不哭，其樂與悲亦逐漸退而卒至消失。孟子已見及此，亦承認生理上的變化足以引發心理上的變化，所以緊接下去說道：『氣壹則動志也』，並且舉『今夫蹶者趨者，是氣也，而反動其心』為例證。心理上的變化與生理上的變化，可以互相影響，可以互為因果。」見《淺見集》（臺北市：臺灣中華書局，1968 年 4 月初版），頁 227-228。

23　《朱子語類》四，頁 1239。

而徐復觀更說：

> 此二語乃說明志與氣可以互相影響，氣並非是完全被動的地位，二者須交互培養。[24]

所謂「反」、「交相為養」，所謂「互相影響」、「交互培養」，便指出了這往復的作用。由此將往復的作用，擴而大之，則「知言」（智）與「持志」（仁）、「持志」（仁）與「養氣」（勇），也應是如此，如上圖，它們是兩兩交互作用，而形成往復結構的[25]。

（三）從偏全結構看

偏全是以本末、往復為基礎的一種結構。這所謂的「偏」，指的是「部」，為起點、過程；所謂的「全」，指的是「整體」，為終點。拿仁與智作為例子，就「全」的觀點來說，說的是大仁與大智；就「偏」的觀點來說，說的是小仁與小智。而大仁與大智，是須經由小智與小仁、小仁而小智，交相作用，逐漸循環、擴充，才能達到的[26]。用這種觀點來看〈養氣〉章，「偏」是指「不動心」和「不動心」之道（知言、持志、養氣）。它們是經由不斷的互動、循環（偏），以至於邁入聖城（全）的。《中庸》第三十章說：

> 仲尼祖述堯舜，憲章文武（成己——仁）；上律天時，下襲水土

---

24 徐復觀：〈孟子知言養氣章試釋〉，《中國思想史論集》（臺北市：學生書局，1975 年 5 月四版），頁 143。

25 陳滿銘：〈從修學的過程看智仁勇的關係〉（上）、（下），《孔孟月刊》17 卷 12 期、18 卷 1 期（1979 年 8、9 月），頁 33-35、30-34。

26 〈孔子的仁智觀〉，頁 8-15。

（成物——智）；辟如天地之無不持載，無不覆幬，辟如四時之錯行，如日月之代明；萬物並育而不相害，道並行而不相悖，小德川流，大德敦化，此天地之所以為大也（配天、配地）。

對這段話，王夫之在其《讀四書大全說》裡，曾總括起來闡釋說：

> 小德、大德，合知、仁、勇於一誠，而以一誠行乎三達德者也。[27]

而唐君毅也以為：

> 所謂「萬物並育而不相害，道並行而不相悖。小德川流，大德敦化，此天地之所以為大也。」一切宗教的上帝，只創造自然之萬物。而中國聖人之道，則以贊天地化育之心，兼持載人文世界，人格世界之一切人生。故曰：「大哉聖人之道，洋洋乎發育萬物，峻極于天。悠悠大哉，禮儀三百，威儀三千，待其人而後行。」因中國聖人之精神，不僅是超越的涵蓋宇宙人生人格與文化，而且是以贊天地化育之心，對此一切加以持載。故不僅有高明一面，且有博厚一面。「高明配天，博厚配地。」「崇效天，卑法地。」高明配天，崇效天者，仁智之無所不覆也。博厚配地，卑法地者，禮義自守而尊人，無所不載也。[28]

足見孔子的偉大，是靠「好學」不已，經由「智」、「仁」、「勇」三者，

---

27 王船山：《讀四書大全說》（臺北市：河洛圖書出版社，1974 年 5 月臺影印初版），頁 331。

28 唐君毅：《人文精神之重建》（香港：新亞研究所，1955 年 3 月初版），頁 228。

在「天」與「人」的互動、循環而提升的螺旋作用[29]下，終於合「智」、「仁」、「勇」而為「聖」(一誠)，而達於配天配地(與天地參)的境界。孟子會說：「乃所願，則學孔子也。」又說：「自有生民以來，未有孔子也。」不是由於這個緣故嗎？

可見《孟子‧養氣》這一章的篇章，雖相當複雜，卻依然有條理可循。我們試著疊合內容與形式切入[30]，就「篇」而言，發現它形成偏全結構；就「章」而言，發現它形成了本末、凡目、因果、問答、平側、正反、淺深、點染、敘論、平列及往復等大小層級不同的結構。而其中又以「本末」、「往復」、「偏全」三者，對孟子這一章的思想脈絡來說，最關緊要，是可藉以理清「知言」、「持志」、「養氣」、「不動心」與「聖」的關係的。

綜上所述，《孟子‧養氣》這一章的篇章，雖相當複雜，卻依然有條理可循。我們試著疊合內容與形式切入，就「篇」而言，發現它形成偏全結構；就「章」而言，發現它形成了本末、凡目、因果、問答、平側、正反、淺深、點染、敘論、平列及往復等大小層級不同的結構。而其中又以「本末」、「往復」、「偏全」三者，對孟子這一章的思想脈絡來說，最關緊要，是可藉以理清「知言」、「持志」、「養氣」、「不動心」與「聖」的關係的。

---

29 凡相對相成的兩者，如仁與智、明明德與親民、天(自誠明)與人(自明誠)等，都會產生互動、循環而提升的作用，而形成螺旋結構。參見陳滿銘：〈談儒家思想體系中的螺旋結構〉，臺灣師大《國文學報》29 期(2000 年 6 月)，頁 1-36。而所謂「螺旋」，本用於教育課程之理論上，早在十七世紀，即由捷克教育家夸美紐思所提出，乃「根據不同年齡階段(或年級)，遵循由淺入深，由簡單到複雜，由具體而抽象的順序，用循環、往復螺旋式提高的方法排列德育內容。螺旋式亦稱圓周式」，見《簡明國際教育百科全書》(北京市：新華書局北京發行所，1991 年 6 月一版一刷)，頁 611。又，相對於人文，科技界亦發現生命之「基因」和「DNA」等都呈現螺旋結構。參見約翰‧格里賓著、方玉珍等譯：《雙螺旋探密——量子物理學與生命》(上海市：上海科技教育出版社，2001 年 7 月)，頁 271-318。
30 〈談縱橫向疊合的篇章結構〉，頁 100-106。

第二節　《孟子》義利之辨

　　義利之辨，在《四書》中，以《孟子》對「義」與「利」之取捨，辨得最為清楚，影響既深且遠，而歷代的學者對此也探討得異常精詳，實在已沒有再予置喙之餘地。不過，《孟子》這種義利之辨，上承《論語》、下起《大學》，是留有一些空間來談它們的關聯性的。本節即著眼於此，鎖定重要而有代表性之文本，從其義理之邏輯結構切入，並各附以結構分析表，先概介「《孟子》的義利之辨」，再辨明「《孟子》義利之辨與《論語》」，然後探析「《孟子》義利之辨與《大學》」，以見《孟子》義利之辨與《論語》、《大學》間的血緣關係。

一　《孟子》的義利之辨

　　《孟子》義利之辨，主要見於〈梁惠王〉上的一段話：

> 孟子見梁惠王，王曰：「叟！不遠千里而來，亦將有以利吾國乎？」
> 孟子對曰：「王！何必曰利？亦有仁義而已矣。王曰：『何以利吾國？』大夫曰：『何以利吾家？』士庶人曰：『何以利吾身？』上下交征利而國危矣。萬乘之國，弒其君者，必千乘之家；千乘之國，弒其君者，必百乘之家。萬取千焉，千取百焉，不為不多矣。苟為後義而先利，不奪不饜。未有仁而遺其親者也，未有義而後其君者也。王亦曰仁義而已矣，何必曰利？」

此則文字，如從其義理的邏輯層次切入，可用如下結構表加以呈現：

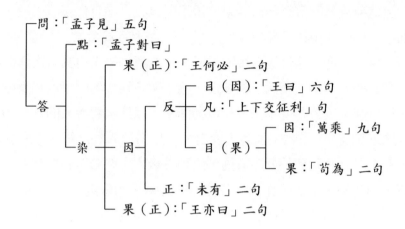

　　作者在此，先以梁惠王之問帶出孟子之答，而孟子之答乃是本則文字的
主體所在。這個主體，除了在形式上用「先點後染」之結構[31]加以統合
外，主要是用「果、因、果」來形成其義理之核心結構。其中頭一個
「果」，孟子用以提出論點，希望梁惠王能以「仁義」代「利」來治國。
而「因」的部分，則用以提出論據，採「先反後正」之結構，先從反面，
將「王」、「大夫」、「士庶人」與「萬乘」、「千乘」、「百乘」兩相對應，
分三層聚焦於「上下交征利而國危矣」一句話來說明；然後轉入正面，
以「未有仁而遺其親者也，未有義而後其君者也」兩句，指出用「仁義」
代「利」之好處，就在於人人「不遺其親」、「不後其君」，使得國治而
民安。有了這正面之兩句作橋樑，便很自然地帶出後一個「果」來，以
回應頭一個「果」，圓滿作收。

---

31 章法結構之一，見陳滿銘：〈論幾種特殊的章法〉，臺灣師大《國文學報》31 期（2002
　　年 6 月），頁 193-222。到目前為止，所能掌握的章法約有四十種類型及其結構約一
　　百六十種，見陳滿銘：《章法學論粹》（臺北市：萬卷樓圖書公司，2002 年 7 月初
　　版），頁 1-488。

　　由這種義理的邏輯結構看來，孟子所以說「亦有仁義而已矣，何必曰利」（正），是因為看到了當時「上下交征利而國危矣」（反）的一些通例。這種道理，是最適合用因果或正反的章法來呈現其層次邏輯的。也正因為如此，孟子在此，僅涉及「義」與「利」的因果或正反關係，而未明白談到其公私或本末、先後的問題，以致引起後人的一些猜測。馮友蘭就說：「孟子雖主張義，反對利，然對於義利之辨，未有詳細說明，亦未將公利私利，分開辯論，故頗受後人之駁詰。」[32] 這種「駁詰」雖有，卻多的是為孟子作了一些補充的說明。如朱熹注云：「此章言仁義根於人心之固，有天理之公也；利心生於物我之相形，人欲之私也。循天理則不求利，而自無不利；徇人欲則求利未得，而害已隨之，所謂毫釐之差、千里之謬。此孟子之書所以造端託始之深意，學者所精察而明辨也。」又引程頤云：「君子未嘗不欲利，但專以利為心，則有害。惟仁義則不求利，而未嘗不利也。當是之時，天下之人惟利是求，而不復知有仁義，故孟子言仁義，而不言利，所以拔本塞源而救其弊，此聖賢之心也。」[33] 很顯然地，朱熹特從「公」（天理）與「私」（人欲）來看待「義」與「利」，而程子則又涉及「仁義則不求利，而未嘗不利」的觀點，與「惟利是求，而不復知有仁義」的時弊，以闡明孟子所以如此說的原因。又如勞思光也扣緊「公私」來辨「義利」，他說：「人之為不善，全由溺於物，蔽於私而起。故亦可以『義利』之對別說。……義即理，有普遍性；利則只有特殊性。特殊性不能作為價值規範之基礎；循利而行，必見爭攘。故出一『奪』字。循利必生奪，以利必為私故也。義利之變亦即公私之別。」[34] 如此以「普遍性」、「特殊性」來區

32　馮友蘭：《馮友蘭選集》上卷（北京市：北京大學出版社，2000 年 7 月一版一刷），頁 74。
33　《四書集注》，頁 198。
34　勞思光：《新編中國哲學史》第一卷（臺北市：三民書局，1981 年 1 月初版），頁

分「公義」、「私利」，的確能分辨得很清楚。而錢穆則引《孟子·盡心上》的另一章文字擴充解釋說：

> 孟子曰：「雞鳴而起，孳孳為善者，舜之徒也。雞鳴而起，孳孳為利者，蹠之徒也。欲知舜與蹠之分，無他，利與善之間也。」程子曰：「利與善，公私而已矣。」今按：即以孟子之言釋之，則口之於味，目之於色，耳之於聲，鼻之於臭，四肢於安逸，皆利也；仁之於父子，義之於君臣，禮之於賓主，智之於賢者，聖人之於天道，皆善也。利者，發乎吾之欲，其營謀極乎我之身，其道將奪之人以益之己者也；善者，發乎吾之情，其是越乎我之體，其道將竭之己以獻之人者也。故程子以公私為判也。[35]

他雖然沒有明說是在辨「義利」，但所謂「善」，即「義」或「仁義」。而「善」與「利」，既然說是「以公私為判」，說的不就是「義」（仁義）與「利」嗎？可見《孟子》「口味」（〈告子上〉）與「雞鳴」（盡心上）兩章之義理，是可和「孟子見梁惠王」一章互相發明的。因此，王開府也引「雞鳴」章說：

> 孟子說：「周於利者，凶年不能殺；周於德者，邪世不能亂。」（〈盡心下〉）可見孟子認為「利」和「德」都是必需的，他並非反對一切利。他所反對的是不顧仁義，而唯利是圖。所以說「雞鳴而起……」孟子於七篇的第一章，舊開宗明義地明辨義利，所謂「王何必曰利？亦有仁義而已矣。」這句話真是暮鼓晨

169-170。
[35] 錢穆：《四書釋義》（臺北市：臺灣學生書局，1978 年 7 月再版），頁 281。

鐘，震聲發聵，不僅是對戰國的亂世而發，也是對一切世代而發。凡言利，終究以私利為先「王曰：『何以利吾國？』大夫曰：『何以利吾家？』士庶人曰：『何以利吾身？』」其結果沒有不「上下交征利，而國危矣。」如此一來，又有何真正的利可得？凡行仁義，則必不「遺其親」、「後其君」，乃真正有利於吾身、吾家、吾國。所以不言利而利自在其中。[36]

所謂「不言利而利自在其中」，說的就是程頤「仁義則不求利，而未嘗不利」、朱熹「循天理則不求利，而自無不利」的意思，這就涉及「義先利後」、「義本利末」的問題。實在說來，若單單從《孟子》「孟子見梁惠王」章的邏輯結構來看，是看不出這種「義利」的本末、先後之關係來的。

二　《孟子》義利之辨與《論語》

　　《論語》中談「義」者有十幾章、談「利」者有數章，而將「義」與「利」對舉者，則很少，只見於如下兩章：

　　　　子曰：「君子喻於義，小人喻於利。」（〈里仁〉）
　　　　（子）　曰：「今之成人者何必然？見利思義，見危授命，久要不忘乎平生之言，亦可以為成人矣。」（〈憲問〉）

對於〈里仁〉一章，朱熹注云：「義者，天理之所宜。利者，人情之所欲。程子（頤）曰：『君子之於義，猶小人之於利也。唯其深喻，是以

36　王開府：《四書的智慧》（臺北市：萬卷樓圖書公司，1995 年 11 月初版），頁 229-230。

篤好。』楊氏（時）曰：『君子有舍生而取義者，以利言之，則人之所
欲無甚於生，所惡無甚於死，孰肯舍生而取義哉？其所喻者義而已，不
知利之為利故也，小人反是。』[37] 這就是說：君子所知所好者為「天
理之所宜」、小人所知所好者為「人情之所欲」，因此君子肯「舍生而
取義」、小人卻不肯。而「天理之所宜」與「人情之所欲」，是帶有一
公一私或一正一反的關係的，可藉此畫成如下結構表，以呈現其邏輯層
次：

```
     ┌─ 點：「子曰」
     │          ┌─ 公（正）：「君子喻於義」
     └─ 染 ─────┤
                └─ 私（反）：「小人喻於利」
```

如此看待這一章，雖單純，卻應是最合孔子之原意的。而由此引申開
來，便有一些不同的體會，如董仲舒即云：「明明求仁義，常恐不能化
民成俗者，卿大夫之意也；明明求財利，常恐困乏者，庶人之事
也。」[38] 這顯然是以「位」說，如果這樣，則《論語》此章所形成的是
「先貴後賤」之邏輯結構。

又如《朱子語類》載：「問：『君子喻於義』。義者，天理之所宜，
凡事只看道理之所宜為，不顧己私。利者，人情之所欲得，凡事只在私
意，但取其便於己則為之，不復顧道理如何？』曰：『義利也未消說得
如此重。義利猶頭尾然。義者，宜也。君子見得這事合當如此，卻那事
合當如彼，但裁處其宜而為之，則何不利之有？君子只理會義，下一截

37 《四書集注》，頁 77。
38 楊惲：〈報孫會宗書〉引，見《昭明文選譯注》第五冊（長春市：吉林文史出版社，
　　1994 年 11 月一版一刷），頁 558。

利處更不理會。小人只理會下一截利，更不理會上一截義。」」[39] 所謂
「義利猶頭尾然」，所謂「上一截義」、「下一截利」，就是把「義」與
「利」看作「頭」與「尾」、「上」與「下」的關係。如此則《論語》此
章所形成的是「先上（頭）後下（尾）」之邏輯結構。本來，「頭」與
「尾」、「上」與「下」，是一體的，不是截然分開的，但由朱熹的說明
看來，卻沒有「頭」與「尾」、「上」與「下」兩兩互通而貫串之意；
因此和「本」與「末」或「先」與「後」的邏輯層次是有所不同的。

　　再如趙杏根解釋《論語》此章云：「『君子喻於義』，故勸說君子，
當以義喻之，強調義當如此，方能成功。當然，君子亦不能如《淮南
子》卷十〈謬稱訓〉所云『思義而不慮利』，然定是以義為先，以義為
重，利不能悖於義。……至於勸說小人，當喻之以利，據具體情況剖析
其義而導之以義，則可望成功。」[40] 他從「先義後利」的觀點來解釋，
明顯地，這就涉及了「義本利末」的邏輯思維。

　　這種思維，就像王陽明《傳習錄》所載的：「問：『聲、色、貨、
利，恐良知亦不能無。』先生曰：『固然。但初學用功，卻須掃除蕩滌，
勿使留積，則適然來遇，始不為累，自然順而應之。良知只在聲、色、
貨、利上用功，能致得良知，精精明明，毫髮無蔽，則聲、色、貨、利
之交，無非天則流行矣。』」[41] 陽明所認為的「良知」，是「義」的源頭，
能先「致得良知」，掌握得了「義」，然後「聲、色、貨、利之交」，才
能「無非天則流行」，這表示的就是「義本利末」、「義先利後」的道理。
如此則《論語》此章所形成的是「先本（先）後末（後）」之邏輯結構。

　　對於〈憲問〉章之「見利思義」一句，鄭玄注云：「馬（融）曰：『義

---

39 《朱子語類》2，頁 702。
40 趙杏根：《論語新解》（合肥市：安徽大學出版社，1999 年 12 月一版一刷），頁 69。
41 王守仁：《王陽明全集》上（上海市：上海古籍出版社，1997 年 2 月一版三刷），頁
　　122。

然後取，不苟得。」」[42] 所謂「義然後取」，語出《論語》「見利思義」
章之下一章；「不苟得」，語本《禮記‧曲禮上》「臨財毋苟得」；從詞
面上即凸顯了「先義後利」之義理邏輯。而孔子之所以說「見利思義」，
乃「退後說」[43]、「降格言之」[44]，這可從如下的全章義理結構表中探
出：

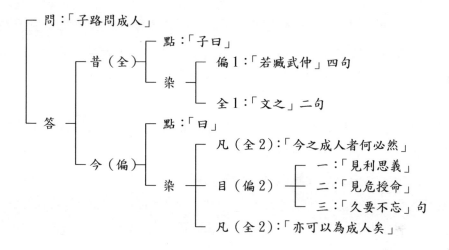

在此，所謂「全」指古代理想中的「成人」、「偏」指現代「降格言之」
（退後說）的「成人」；所謂「全1」對應於「全」來說、「偏1」指「全
1」中的一偏之德（智、廉、勇、藝）；所謂「全2」對應於「偏」（降格）
來說、「偏2」指「偏」（降格）亦即「全2」中的一偏之德（廉、勇、
信）。其中「偏1」中的「廉」，以「不欲」為說；「偏2」中的「廉」，
以「見利思義」為說，若僅著眼於「廉」來看，則「不欲」之「廉」為
「全」，是說不會有獲得私利的慾望，可以視為「本」；而「見利思義」

42　鄭玄：《論語注》，《十三經注疏》8（臺北市：藝文印書館，1965年三版），頁125。
43　《朱子語類》3，頁1125。
44　錢穆：《論語新解》（臺北市：東大圖書公司，1988年4月初版），頁501。

之「廉」為「偏」，是說見到了私利要考慮是否合於公義，可以視為「末」。如此看來，「見利思義」對「不欲」而言，的確是「降格」（退後）了。

除了上述兩章之外，還有一些篇章是涉及「義」與「利」的。其中最重要的，莫過於〈里仁〉的這一章：

> 子曰：「富與貴是人之所欲也，不以其道得之，不處也；貧與賤是人之所惡也，不以其道得之，不去也。君子去仁，惡乎成名！君子無終食之間違仁，造次必於是，顛沛必於是。」

朱熹注此云：「不以其道得之，謂不當得而得之。然於富貴則不處，於貧賤則不去，君子之審富貴而安貧賤也如此。……言君子所以為君子，以其仁也。若貪富貴而厭貧賤，則是自離其仁，而無君子之實矣，何所成其名乎？……蓋君子之不去乎仁如此，不但富貴、貧賤取舍之間而已也。言君子為仁，自富貴、貧賤、取舍之間，以至於終食、造次、顛沛之頃，無時無處而不用其力也。然取舍之分明，然後存養之功密；存養之功密，則其取舍之分益明矣。」[45] 要「富貴、貧賤」之間「取舍之分明」，就是須以「道」（「仁」）[46] 為依歸。亦即合於「道」（「仁」）則「取」，不合於「道」（「仁」）則「舍」（捨）；此即「臨財毋苟取」、「臨

45　《四書集注》，頁 77。

46　這一章最值得注意的是：孔子先說兩次「道」，後來卻換成「仁」來說。很明顯地，在孔子看來，所謂「君子去仁」，就是「君子去道」的意思。因此何晏在《論語注疏》中說：「唯行仁道，乃得君子之名，若違去仁道，則於何得成名為君子乎？」如此將「仁」與「道」合用，雖不能確定「仁」就是「道」，但已可藉以看出兩者密切之關係。而錢穆在其《論語要略》（收入《四書釋義》）則直接地釋此章說：「據此，則孔子之所謂道，即仁也。」（頁 104）可見孔子在此所謂之「道」，就是「仁」或「仁義」。見陳滿銘：〈論《論語》中的「道」〉，《孔孟月刊》40 卷 6 期（2002 年 2 月），頁 12。

「難毋苟免」之意。

　　楊伯峻為此章作〈餘論〉說：「這裡告訴人們面臨富貴不要苟取，面臨窮困不要苟避。以仁居心，唯義是適。這也是孔子的『仁』的思想的一個方面。」[47] 所謂「以仁居心，唯義是適」，就是一切「以「道」（「仁」）為依歸」、「合於「道」（「仁」）則「取」，不合於「道」（「仁」）則「舍」（捨）的意思。而「仁」可說是「義」的根本。朱子注「君子喻於義」時說：「義者，天理之所宜」，是因為唯有深喻「天理之所宜」，才能使所做之事合乎「仁」的要求，所以陳大齊加以闡釋說：「君子所應喻而不忽的，只是義，故所持以應付一切的，亦必是義。君子所持以成事的，既必是義，而所成的事，又只是仁。合而言之，義所成的，只是仁，不是仁以外的事情。所以義是不能有離於仁的。」[48] 可見君子居於「富貴、貧賤取舍之間」，必須「以仁居心，唯義是適」，這在義理邏輯上，就涉及了「本末」、「先後」之層次。

　　據此則其義理結構可呈現如下表：

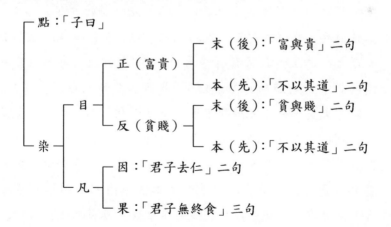

47 楊伯峻：《論語譯注》（臺北市：河洛圖書出版社，1978 年 12 月臺排印初版），頁 39。
48 《孔子學說》，頁 170。

這章文字，雖然將「富與貴」、「貧與賤」作成對比，卻以「道」（仁義）來「一以貫之」，其中「富與貴」與「貧與賤」為「末」（後）、「道」（仁義）為「本」（先）。這樣用「本末」（先後）形成其義理的邏輯結構，將「臨財毋苟取」、「臨難毋苟免」的意思，表達得很深入。

　　從上引《論語》的三章文字裡，可發現他們主要是以「公」（正）與「私」，「反」、「本」（先）與「末」（後）的邏輯結構，來說明「義」與「利」的。這和《孟子》「孟子見梁惠王」章用「因果」或「正反」關係，來呈現其義理結構，而未直接涉及其「公私」或「本末」、「先後」層次的，顯然有所不同。也就是說：《孟子》承《論語》之說，以辨「義」與「利」，卻從另外角度切入，來看待「義」與「利」，進一步地由孔子之「罕言利」（〈子罕〉）而「不言利」，這是有著時代因素的。因為孟子之時，各國皆以富國強兵為利，若以「利」為號召，則都「懷利以相接」，終至獲得「不利」的後果。《孟子·告子下》有段記載：

> 宋牼將之楚，孟子欲於石丘，曰：「先生將何之？」曰：「吾聞秦楚搆兵，我將見楚王，說而罷之。楚王不悅，我將見秦王，說而罷之。二王，我將有所遇焉。」曰：「軻也，請無問其詳，願聞其指。說之將何如？」曰：「我將言其不利也。」曰：「先生之志則大矣，先生之號則不可。先生以利說秦楚之王，秦楚之王悅於利以罷三軍之師，是三軍之士樂罷而悅於利也。為人臣者，懷利以事其君；為人子者，懷利以事其父；為人弟者，懷利以事其兄；是君臣、父子、兄弟終去仁義，懷利以相接。然而不亡者，未之有也。先生以仁義說秦楚之王，秦楚之王悅於仁義以罷三軍之師，是三軍之士樂罷而悅於仁義也。為人臣者，懷仁義以事其君；為人子者，懷仁義以事其父；為人弟者，懷仁義以事其兄；是君臣、父子、兄弟去利，懷仁義以相接也。然而不王者，未之有也。何必曰利？」

本來設法讓秦楚罷兵，是件好事，因為「爭地以戰，殺人盈野；爭城以戰，殺人盈城」（《孟子·離婁上》），這是孟子所最不願見到的，而孟子在此卻不滿宋牼去見秦楚之王「說而罷之」，乃由於「牼之以利害計較為前提」[49]、「以『言其不利』為號召」[50] 的緣故。

這樣看來，《孟子》雖承《論語》之說，以辨「義」與「利」，卻從另外角度切入，來看待「義」與「利」，進一步地由孔子之「罕言利」（〈子罕〉）而「不言利」，確是有著時代因素的。

三 《孟子》義利之辨與《大學》

《大學》在〈傳〉之十章（依朱熹《大學章句》），採「先凡後目」之結構，論治國平天下的道理。所謂「凡」，指的是「絜矩之道」（恕道）；所謂「目」，指的是「臨民」、「用人」、「生財」等事[51]，而以「絜矩之道」（恕道，亦即「德」）前後加以貫串，並且與其他章節互相呼應[52]。其中論到「生財」的有兩節，其一是：

---

49 錢穆：「孟子固亦反對戰爭，其所不滿於宋牼者，乃在以利害計較為前提耳。墨家學派，凡事以利害計較為前提，孟子則以吾心之真仁至感為前提，此其最不同之處也。」見《四書釋義》，頁 216。

50 王開府：「孟子不反對罷兵之利，但反對『言其不利』為號召，因為『悅於利，以罷三軍之師』，雖得一時之利，必導致『君臣、父子、兄弟終去仁義，懷利以相接。然而不亡者，未之有也。』這才是真正的不利。」見《四書的智慧》，頁 230。

51 高明：「在『所謂平天下在治其國者……』一段裡，又錯綜敘述臨民、用人、生財之道，終於暗示出『明明德』、『親民』、『止於至善』的真理。」見《高明文輯》上冊（臺北市：黎明文化事業公司，1978 年 3 月初版），頁 240。

52 《大學》的末章論治國平天下，以為最要緊的是「君子有絜矩之道」，這「絜矩之道」，據《大學》本文的解釋是：「所惡於上，毋以使下；所惡於下，毋以事上；所惡於前，毋以先後；所惡於後，毋以從前；所惡於右，毋以交於左；所惡於左，毋以交於右。」照這個解釋看來，所謂的「絜矩之道」，說的就是上章所謂「君子有諸己而后求諸人，無諸己而后非諸人」的「恕」道。這個「恕」道，不僅是修身齊家的動力，足以使人端正身心，免於犯上「人莫知其子之惡，莫知其苗之碩」（《大學》第八章）的偏差；更是治國平天下的一個根本力量。所以《大學》的作者在解釋「絜矩之道」後，便接著引證說：「《詩》云：『樂只君子，民之父母』，民之所好好之，

有德此有人，有人此有土，有土此有財，有財此有用。德者，本
也；財者，末也，外本內末，爭民施奪。故財聚則民散，財散則
民聚。是故言悖而出者，亦悖而入；貨悖而入者，亦悖而出。

　　這段文字論的是「因財貨以明能絜矩與不能者之得失」[53]。作者在
這裡，一開始雖用層遞的技巧，平提了「德」、「人」、「土」、「財」與
「用」，後來卻專力側注於「德」與「財」、「用」之上，指出「有國者」
須務本而節用，內德而外財，以使「府庫之財無悖出之患」[54]，說的無
非是「德者本也，財者末也」的道理，以見「絜矩之道」的重要。陳榮
釋此云：「這一段說：道德是本，財富是末。儻使以本為外，以末為
內，就是本末倒置，輕道德而重財富，這就是和民眾爭利而出之以劫掠
的作法了。當然，這結果是很壞的，所以在上的好聚斂財富，那民眾就
離散了；反之，財富散在民間，而民眾就歸附了。所以凡事情不合理而
出的，必然不合理而入。就是我以不合理待人，人必然也以不合理報復
我。拿貨利來說，財貨從不合理收聚得來的，必然也不合理散出去。民
眾毒恨在上的人橫征苛斂，一旦作亂，把人君的財貨搶奪了去，這就較

民之所惡惡之，此之謂民之父母。《詩》云：『節彼南山，維石巖巖，赫赫師尹，民
具爾瞻』，有國者不可以不慎；辟，則為天下僇矣。《詩》云：『殷之未喪師，克配上
帝，儀監于殷，峻命不易』，道得眾則得國，失眾則失國。是故君子先慎乎德，有德
此有人，有人此有土，有土此有財，有財此有用。」這裡所謂的「先慎乎德」之
「德」，說的便是「恕」的本原，乃是就「誠於中」的「恕」，亦即「明德」來說的；
所謂的「民之所好好之，民之所惡惡之，此之謂民之父母」、「得眾則得國」、「有德
此有人，有人此有土，有土此有財，有財此有用」，說的便是「恕」的具體表現與效
果，乃就是「形於外」的「恕」，亦即「親民」來說的；至於所謂的「辟（偏私不恕）
則為天下僇矣」、「失眾則失國」，則是就不行「絜矩之道」，亦即不能「明明德」以
「親民」的後果來說的了。《大學》此章所談的無非是這番道理，與其他各章，可說
脈息相通，是一點也不能割開的。見陳滿銘：《學庸義理別裁》（臺北市：萬卷樓圖
書公司，2002 年 1 月初版），頁 152-153。
53　《四書集注》，頁 14。
54　同前註，頁 16。

不合理的出去，就是所謂悖出了。」[55]

據此則其義理結構，可表示如下表：

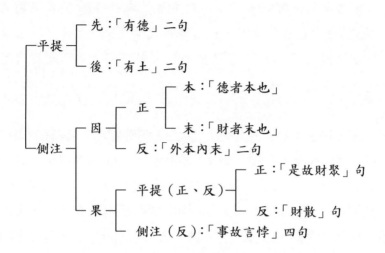

就義理邏輯而言，值得注意的是：《大學》之作者在此，即直接而明白地指出「德」（「絜矩之道」）與「財」（「用」）為「本」與「末」、「內」與「外」的關係，而且用「一正一反」的邏輯結構，加以闡釋。認為如果錯亂了這種關係，「以德為外（末），以財為內（本）」，則是「爭鬥其民，而施之以劫奪之教」，這是因為「財者，人之所同欲，不能絜矩而欲奪之，則民亦起而爭鬥」[56]啊！可見這段文字，主要以「本末」、「內外」來看待「義」（德）與「利」，與《孟子》以「公私（正反）」看待的，有所不同。

其二是：

---

55 陳槃：《大學中庸今釋》（臺北市：正中書局，1966 年 4 月臺增訂校正四版），頁47。

56 以上引文，均見《四書集注》，頁 14。

生財有大道，生之者眾，食之者寡，為之者疾，用之者舒，則財恆足矣。仁者以財發身，不仁者以身發財。未有上好仁而下不好義者也，未有好義其事不終者也，未有府庫 財非其財者也。孟獻子曰：「畜馬乘不察於雞豚，伐冰之家不畜牛羊，百乘之家不畜聚斂之臣，與其有聚斂之臣，寧有盜臣。」此謂國不以利為利，以義為利也。

這則文字，是承上則「德本財末」之意來闡發的。朱熹在「財恆足矣」句下注云：「呂氏（大臨）曰：『國無遊民，則生者眾矣；朝無幸位，則食者寡矣；不奪農時，則為之疾矣；量入為出，則用之舒矣。』愚按：此因有土有財而 言，以明足國之道在乎務本而節用，非必外本內末而後財可聚也。自此以 至終篇，皆一意也。」[57] 他用「務本節用」（正）、「外本內末」（反）之邏輯條理，很能凸顯「德」（義）與「財」（利）的關係。而且從「德行」一面來看，由上則之「德」而說「仁」而說「義」，稱名雖異，但指向卻一致。因此行「絜己之道」，說的也就是求「義」或求「仁義」。所謂「強恕（絜己之道）而行，求仁（義）莫近焉」（《孟子‧盡心上》），說的就是這個意思。

---

57 同前註，頁 15。

　　這樣看來，此則文字之義理結構，經過梳理，可由下表加以呈現：

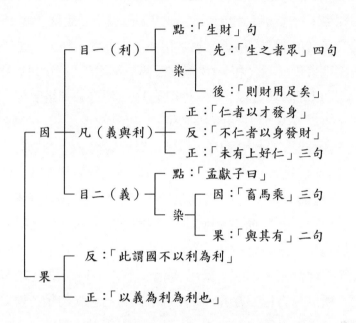

　　可見這段文字，是由「先因後果」的結構組織而成。其中的「因」，主要是為「果」（「以義為利」）提供足夠之論據，乃由「目、凡、目」之結構所組成。在此，《大學》的作者以兩個「目」（目一、目二），一就「利」（財），說明「生財」（公利）之重大原理；一就「義」，引孟獻子之言，說明主政者不搜刮民財，以求私利的德行；而用「凡」的部分，循「德（義）本財（利）末」的義理邏輯，結合「義」與「利」，採「正、反、正」的結構，突出「德本財末」亦即「義本利末」的道理，而這所謂的「財」或「利」，也僅以「國」為對象，著眼於「公」來說。至於「果」的部分，則用「先反後正」的結構，依然以「國」為對象，得出「以義為利」的結論。這所謂的「以義為利」，應涉及「公」與「私」、「本」（先）與「末」（後）的邏輯層次：就「公」與「私」而言，

如「利」屬於「公利」（大利）的話，是合於「義」的，觀於此點，王開府說：「《大學》反對橫征暴斂，與民爭利，而主張『國不以利為利，以義為利也』。『以義為利』，正指出『利』並不一定與『義』衝突。《易經·乾文言傳》說：『利者，義之和也。』可見『利』就是『義』的和諧而完美地實現（義之和）。〈乾文言傳〉又說：『利物足以和義。』則『利物』足以和諧地實現『義』（和義）。『利物』就是所謂『因民之利而利之』或『小人樂其樂而利其利』。利己的『小利』，導致『多怨』甚至『菑害並至』（《大學》），這是『以利為利』；『利物』的大利，則合於『義』，這是『以義為利』。」[58] 可見《大學》的作者在此，並非只是肯定「義」而否定「利」，完全地將「義」與「利」加以截斷。就「本」（先）與「末」（後）而言，則如「義之所安」，即「利之所在」。

關於這點，朱熹就扣到「絜己之道」，照應全章，作了如下說明：「第九章十章齊家、治國，既已言化，平天下只言錯置之理。絜，度也；矩，所以為方也。方者，如用曲尺為方者也。何謂『是以君子有絜矩之道』？上面人既字有孝弟，下面民意有孝弟，只要使之自遂其孝弟之心於天下，便是絜矩。若拂其良心，重賦橫斂以取之，使他不得自遂其心，便是不方。左右前後皆然。言是以者，須是如此。後面說民之父母，所好所惡，皆是要與民同利之一事。且如食祿之家，又畜雞豚牛羊，卻是與民爭利，便是不絜矩。所以道『以義為利』者，『義之方外』也。」[59] 所謂「義之方外」，就是以「仁義」（德）向外推擴的意思。能如此以「恕」（絜矩之道）行「仁義」，則必「利物」而得「大利」。可見「義」與「利」，是有著「本」（先）與「末」（後）的邏輯關係的。

總結起來看，《大學》前後用「本末」、「內外」、「先後」、「公（正）

58　《四書的智慧》，頁 228。

59　《朱子語類》2，頁 367。

私（反）」等邏輯關係來看待「義」與「利」，角度十分多樣，這顯然是承《論語》、《孟子》之說加以開展的。雖然它和《孟子》一樣，都以「國」或「天下」為主要對象，與《論語》著眼於一般人的，有所不同；但比起《孟子》「孟子見梁惠王」章用「因果」或「正反」來呈現其義理結構的，又細密了許多，尤其是「以義為利」之說，比「從頭截斷，只說仁義」而暗暗將「利」含在裡面[60]的，要來得徹底而周延。

綜上所述，可知《孟子》義利之辨，主要出現在〈梁惠王〉上之「孟子見梁惠王」章。孟子在此，說「亦有仁義而已矣，何必曰利」，是用「因果」或「正反」的結構來呈現其層次邏輯，而未直接談到其「公私」或「本末」、「先後」的問題，這是因為孟子特別著眼於時弊，不得不「從頭截斷，只說仁義」，以遊說時君的緣故。而《論語》，雖早於《孟子》，卻因其對象是一般人，故較多面地從「公」（正）與「私」「反」、「本」（先）與「末」（後）的邏輯結構，來探討「義」與「利」的關係。至於《大學》，則雖與《孟子》一樣，也以「國」或「天下」為主要對象，但別從「絜矩之道」切入，前後用了「本末」、「內外」、「先後」、「公（正）私（反）」等邏輯關係，來看待「義」與「利」，這比《論語》與《孟子》之說，顯然又徹底、周延了一些。這樣用義理邏輯，輔以「史」的觀點加以探討，大致可看出先秦與漢初儒家「義利之辨」之發展過程。由此可見用章法來呈現義理邏輯的重要性。

---

60 朱熹：「孟子從頭截斷，只說仁義。說到『未有仁而遺其親，未有義而後其君』，這裡『利』卻在裡面。所以『義』之所安，即『利』之所在。」，同前註。

第四章
《大學》的義理螺旋結構

在此，就「古本與今本」、「朱王格致說」與「恕與大學之道」三端進行研討，以凸顯《大學》一書主要的義理螺旋結構。

第一節　古本與今本

這是在二〇〇〇年十月在臺灣師大國文系「經學研討會」的演講實錄：

一

今天所講的題目是〈微觀古本與今本《大學》〉。現在學生讀的多是今本《大學》，偶爾有些老師會介紹古本《大學》。古本《大學》與今本《大學》最大的不同，在於其文句的順序。《大學》在古時候，只是《禮記》的一篇文章，不分章節。後孔穎達為《禮記》作疏的時候，為了注解的方便，他分了段落，但並不像後來分的那麼嚴格，所以真正為《大學》分段的是朱熹。現在讀的今本《大學》即是朱熹的本子，他認為裡面的文字順序有了問題，有脫簡、也有錯簡，現在就來看看今本《大學》它是如何調整的：第一個調整者，我們看古本「此謂知本，此謂知之至也」這十個字，因為朱熹對格物致知的註解有所不同，所以將此十字移到後面去，也認為「此謂知本」是衍文，而「此謂知之至也」上面有所遺漏，故在「此謂知之至也」前面補了「格致之傳」。我們現在讀今本《大學》這個傳，一定要好好的講，因為是他的格物致知之

說，如果只看他的章句還不夠，還要看他所補的「格致之傳」。為何「此謂知本」是衍文，這我們等會再說。第二個所調整者，就是「所謂誠其意者」到「故君子必誠其意」這裡，將此移到「所謂修身在正其心者，身有所忿懥」上面，也就是「此謂知本」的後面。在「此謂知本」的後面，他補了一個〈格致傳〉，〈格致傳〉之後，才是「所謂誠其意者，毋自欺也」。第三處調整者，從「《詩》云瞻彼淇澳」一直到「此以沒世不忘也」，他也認為是錯簡，而將它移到「與國人交止於信」底下。第四處調整，從「〈康誥〉曰：『克明德』」一直到「是故君子無所不用其極」，被往前移到「此謂知本，此謂知之至也」的上面。由上可知，朱熹調整的幅度是很大的，而主要所調整的是《大學》的前半段。此外，古本《大學》不分段，今本《大學》不但分段，還分經傳，從「大學之道」到「而其所薄者厚未之有也」，是經，而以下為傳，「〈康誥〉曰：『克明德』」是傳的第一章：「湯之盤銘」是第二章；「《詩》云：『邦畿千里』」是第三章；「子曰：『聽訟』」是第四章；第五章補了《格致傳》；第六章闡釋「誠意」之意；第七章闡釋「正心修身」；第八章闡釋「修身齊家」；第九章解釋「齊家治國」；第十章解釋「治國平天下」。

二

　　現在我們緊接著要探討的是，朱熹作這樣的調整有沒有道理？為何要調整呢？主要是朱熹無法解釋所謂「知本」及「知之至也」，尤其是「知本」。照古本《大學》的說法，能掌握本末先後就算是「知本」，就算是「知之至」了，這樣實在是太淺了，所以非調不可。朱熹認為古本《大學》格物致知沒有像後面的綱目那樣清楚地解釋，他認為有問題，所以補了格致之傳。他這麼調有何好處？而他所不足的地方也可以探討。《大學》的改本很多，在朱熹之後也有其他許多改本，根據朱彝尊

《經義考》所蒐集的，將近有一百種。改了之後，對格物致知的說法就有幾十種。這麼多種說法，我們無法一一論述，只能談談朱熹的看法。

談到朱熹，我們很難不談到王陽明。王陽明崇尚古本，王對格物致知的看法與朱熹有何不同？朱熹對格物致知的看法是如何呢？他在《大學》章句中說：「致，推極也；知，猶識也。」更進一步說明說「推極吾之知識，欲其所知無不盡也。」這涵蓋面很大，他要所知無不盡，這跟格物是配合著講的。此外，「物，猶事也。」這說法沒有問題。例如修身的身是物，修身是事，他們之間的關係也就是二而一、一而二的。另外，又補充說「窮至事物之理，欲其極處無不到也。」講求一種完整無缺的道理。此一說法後來被人所批評，因為格物在朱熹的語錄中，又被解釋說格物就是窮理。這樣解釋會有問題，因為如此解釋，重點就變成在「窮」字上，而非「致」字上。王陽明在《大學問》中，對致知的解釋不同於朱熹，他認為知是「吾心之良知焉耳」，那良知是什麼東西？是與生俱來的一種德性，良知者，孟子所謂是非之心。這是大家非常熟悉的，非常有名的說法。此外，王又補充說明，他說「凡意之所發，必有其事」，就是說因為有事，所以使意發動，意所在之事謂之物。其中出現了一些問題，若配合底下的格跟正來說；正，意所在之事，但我們仔細來看王的說法，應該是正意而不是正事。雖然正意了之後，事也會隨著得到正的結果沒有錯，但如果我們從訓詁的角度來看，是會有一些問題的。那就是依他的意思解釋出來，應該是正事，但實際上他講的是正意。「格者，正也」、「正其不正以歸於正」，所以正其不正是去惡，歸之於正是為善。後來我們講王陽明的格物，就是要為善去惡。現在回過頭來看看朱、王二人的說法問題出在那裡？朱熹要擴充知識到無所不到，所以前人就說這樣的格物致知，要做到何年方休？他另外的一些書裡面就說到，他的《大學經研講義》中專講格致，他說「身心性命之格，日用之常，以致天地鬼神之變，鳥獸草木之極」都包含其

中。

　我一開始讀《大學》時，是從朱熹本入手的，到現在為止還是走朱熹的路。我們對朱熹有些懷疑，但不會掩蓋朱子說法的價值。很多人批判朱子的格物，要格到那一年才能完成。朱子的看法，其實只是提出一個格物的目標，因為我們研究學術，重視的是本末、往復、偏全的問題，朱熹的作法是落在「全」的上頭，我們不能說他錯，但是就本來古本的順序來說，「此謂知本，此謂知之至也。」是針對一事一物而談的，那就是說，就《大學》來講，它重視的是學問的入門工夫，所以教導我們如何去認識一事一物的道理，而朱熹是教導我們認識所有事物之理，他是強調學術的終極目標，而忽略了《大學》的入手工夫。朱熹是完全就「人為」這部分來著眼，也就是教育的部分來著眼，至於王陽明，他用良知來講，講究「天性」，朱著眼於「人」，而王著眼於「天」。我們剛才說過，他的格物致知之說，就是正意，正意換句話說，就是誠意。唐君毅先生說過：「格物致知沒有先後」。又說：「今循《大學》言知至而後意誠之意，雖可說為知真至處，即意誠處，剋就二者之相關處言，亦無先後，而格物致知，亦原可無先後。」為何無先後，因為格物之前要先誠意，格物之後也要誠意啊！這就是王陽明強調的：要先立其大者，就是格物致知之前，要先把持住源頭的東西。所以王陽明提到此點，在儒家學術思想上有他的價值。王陽明把握到「自誠明」的真義，那個誠就是誠意，明就是格物致知。朱熹是講「自明誠」。唐君毅先生又說：「然《大學》立言次序，要是先格物，次致知，次誠意，次正心。《大學》言物格而後知至，知至而後意誠，而未嘗言意誠而後知至，知至而後物格。如依陽明之說，循上所論以觀，實以致『知善知惡，好善惡惡。』之知，至於真切處即意誠，意誠然後方得為知之至。又必意誠而知至處，意念所在之事，得其正，而後可言物格。是乃意誠而後知至，知至而後物格。」所以王陽明說的是對的，他注意到天，因為人為

的努力如果沒有天作為源頭，是會落空的，但是落到《大學》來說，那就有問題了；因為《大學》立言次序，是先格物，次致知，次誠意，次正心，這與陽明之說是不同的，所以唐君毅先生說陽明格物致知之說「非《大學》本文之序矣。」探討朱、王之說，顯然都有些問題，因此《大學》古本此時就提供了我們一些線索。

　　對於這個問題，我採取高仲華老師的說法。他說：「《大學》第一段裡明說『知止而後有定』，又說『知所先後，則近道矣』。又說『此謂知本』，而結以『此謂知之至也』，正是上文『物格而後知至，知至而後意誠』的『知至』。『物格而後知至』是與上文『致知在格物』呼應的。自其發動處去說是『致知』；自其結束處去說是『知至』。『知至』是那個知的獲得；『致知』是去獲得那個知。那個知是什麼呢？那便是知止之知，知所先後之知，知本之知。本是出發點，也是基礎；止是終極點，也是目標，而先後則是其中的過程階段，知此三者，然後可說獲得了全部（按：就一事一物言）的知。」這個案語是我下的，指的應該是某事某物比較好，而非一事一物的，因為我們集很多件的事物以成某一類的事物。我們由基層往上提升，那類別就愈來愈少，於是剩下幾個大的原理原則，也就是說，知識是累積提升的，最後成一金字塔。如此看來，古本《大學》對格物致知的處理方式，是用「隱」的處理方式，而非用「顯」，因為古代不只是《大學》而已，其他的書籍很多道理也都是用「隱」的方式來表現。《文心雕龍・隱秀》談的就是這個道理。所以清朝毛先舒說：「余讀《大學》古文，而知元無闕文，無衍文，亦未嘗顛倒錯亂。三代上人文章，或顯或隱，或錯綜，或整次，不拘一方，所以為妙。格致知意在〈誠意章〉中，所謂隱也。誠意自應置在明德、新民、止至善諸說後，與正心修身一串說去，乃先說誠意，而中間將明德、新民、止至善諸旨隨意縱筆，錯落言之，然後乃及正心修身，此所謂錯綜敘法也。所謂修身……以後至末，則整次敘法也。此等文

章，先秦西京固多有之，至韓愈猶存遺法，故不必如後儒操觚，勻齊方板耳。奈何則為易置而增刪之，遂使古人失其本來也哉！」從這段話可以了解，古代典籍的文意多有隱法的使用，《大學》的意旨採用隱法來表現，並非孤例，研究學術很怕遇到孤例，孤例會被認為很主觀。由此可知，問題就出在古本《大學》對格物致知的說法，由於使用隱法，未能說清楚，所以導致後代有所誤解，而有改本的產生。

三

　　第二部分談到這裡告一段落，接著我們來談談篇章結構的部分。這部分主要是補充及回應前頭如高老師等人的說法。我們先看全篇的結構。不論是古本或今本《大學》，都是用演繹法寫成的。它們的不同在總括的部分，它們用「凡」用「目」，「凡」就是總括；「目」就是條分。也就是先總論，然後分論。古本、今本皆然。朱熹所謂的第一章，即所謂〈經〉這一章，就是總括的部分。不過古本的話，一定要將「此謂知本，此謂知之至也」移到前面來，這就是第一段。值得我們注意的，除了「此謂知本，此謂知之至也。」一個是原來（古本），一個是移後（今本）之外，最大的不同，那就是「此謂知本，此謂知之至也」之後，古本馬上接著「所謂誠其意者」根本就沒有談朱熹所謂的三綱，而朱熹馬上談三綱（明明德、親民、止於至善），再談八目。我從前教學是用今本，後來才改用古本迄今。因為我起初覺得古本不如今本來得有條理，它太多變化了。我們看看今本，它在總論部分，先談三綱，接著是本末，然後談八目；而在分論的部分，也是依此順序談下來，這太有條理了，所以我一開始是採用今本教學的。我們再來看古本，由於古本沒有直接談格物致知，所以不必像今本來補格物致知的傳，它的格物致知的意思，就融在「凡」裡面。而〈誠意章〉擴大了，份量佔得很重。各位看「所謂誠其意者」一直到「是故君子無所不用其極」；以及「子曰：『聽

訟』」一直到「大畏民志,此謂知本。」這是古本的〈誠意章〉。這〈誠意章〉中涵蓋了三綱。我從前不能接受此一作法,後來才接受。因為我從章法上發現到古本《大學》的變化,其實也充滿著條理。這就可以解釋三綱為何要放在這裡,而且三綱放在這裡,它有沒有橋樑?待會我們談到義理疏解的時候,會將重點擺在這裡。如果我們不懂章法,一定會覺得三綱被擺在這裡是非常奇怪的。現在我們來看第一段,它在這裡先談目標,再談方法。所謂目標就是三綱;所謂三綱(明明德、親民、止於至善),它們的關係是層進的,而不是並列的。它們是由明明德而親民,而到達止於至善的目標,所以我用目標來標注它們。有了目標,那究竟要如何達成?所以接下來有「方法」、有「步驟」。所以這裡先談知止、知先後,暗藏有致知的意思在裡面。底下條目的部分,就有所謂的八條目。八條目先逆推而後順推。所謂逆推,它是就起點來說;順推是就終點來說,所以致知跟知至不一樣。就如同高老師所說格物跟物格不一樣。這裡的條目分兩層:一個是平提;一個是側收。平提、側收是什麼?就是在提幾個重點之後,只是選擇其中的一樣來說解,但意思卻涵蓋其餘,類似「以偏蓋全」。你看它逆推八目,順推八目,最後是怎麼說的呢?它說「自天子以至於庶人,壹是皆以修身為本。」這只是說到修身那一目而已,但「本」豈單指修身而已!其實這裡就是一種側收法,它雖然只是談到修身為本,但其他的條目也都是本,它是以修身來涵蓋其餘的。例如齊家是治國之本,而修身是齊家之本,正心又是修身之本等等,所以它後面說「其本亂而末治者否矣」,這是我們從文章章法上來解讀這篇文章的結果。所以說章法是很有用的。從這樣看來,我們以為格物致知的說法,是在第一段裡面,這是可以成立的,這就是一種「隱」的寫作手法。

四

　　接著我們來看義理疏解的部分。假使我們體會得沒錯，《大學》的作者是就某事某物，一事一物開始談起，這個我們說是「偏」；而朱熹或者說「欲其所知無不盡也」，或者說「眾物之表裡精粗無不到」，這是自「全」的觀點來說的。由偏到全，有一個過程，其中就是格物致知多少，誠意正心就多少；誠意正心多少，回過頭來提升格物致知的層面。其他的一樣，依此類推：誠意正心多少，修身齊家就多少；修身齊家多少，治國平天下就多少；治國平天下回過頭來，就是格物致知，這是一個循環。我當時就悟出一個道理，一定要涵蓋本末、反覆、偏全的道理，所以其中的道理是一種循環、互動而提升關係，所以最近我用螺旋結構來解釋它。古本《大學》是就「偏」來說，它有它要達到的目標，也就是止於至善。「偏」的明明德、「偏」的親民，慢慢的走向「全」的「止於至善」，這是對的，所以古本《大學》給了我一種省思。第二點是綱目的呼應，誠意主要講的就是「誠於中，形於外」，也就是慎獨。由此以為格物致知就不要慎獨了，實際上不是。我們看古本《大學》所說的「所謂誠其意者，毋自欺也。如惡惡臭，如好好色，此之謂自謙，故君子必慎其獨也。小人閒居為不善，無所不至，見君子而後厭然，掩其不善而著其善，人之視己如見其肺肝然，則何益矣！此謂誠於中，形於外，故君子必慎其獨也。曾子曰：『十目所視，十手所指，其嚴乎！富潤屋，德潤身，心廣體胖，故君子必誠其意。』」所以要誠其意的緣故在這裡。底下又引《詩經》的話：「瞻彼淇澳，菉竹猗猗。有斐君子，如切如磋，如琢如磨。瑟兮僩兮，赫兮喧兮，有斐君子，終不可諠兮。」《大學》作者引了這段話後，他有所解釋，他說：「如切如磋者，道學也。」講的是學問之事，就是一種精益求精內修的工夫。「如琢如磨者，自修也。」一個道學，一個自修，走的是「自明誠」之路，

這是誠其中，講的是明明德，包含格物、致知、誠意、正心、修身這幾個目。「瑟兮僴兮，恂慄也；赫兮喧兮，威儀也。」這講的是形於外，講的是親民，是指齊家治國平天下。接著看「有斐君子，終不可諠兮，道盛德至善，民之不能忘也。」這是講止於至善，無論誠中或形外都好，都要由「偏」走到「全」，到達最高止於至善的地步。所以後面說：「《詩云》；『於戲！前王不忘。』君子賢其賢而親其親，此以沒世不忘也。」這就是補充說明「止於至善」的效果。綜上所述，則格物致知等八目及明明德等三綱，皆已含括在內。這種體會並非只是我個人的主觀看法，透過錯綜的章法，大家皆可看到其中的理路是非常清楚的。像朱子對於三綱八目的安排，秩序井然，而古本《大學》對此的安排，我們必須透過章法及義理的疏通來進行了解。這是古本《大學》與朱子今本的另一個不同點。最後一點就是經跟傳的問題。經跟傳是一個相當大的區分，古本《大學》當作是一篇；今本《大學》分經、傳。經是「孔子之言，而曾子述之」；傳是「曾子之意，而門人述之也」，這就非一人之作了。所以就了解《大學》而言，這是一個重要課題。如果是一人所作，那就不分經傳了。陳澧《東塾讀書記》中說：「〈豳風·七月〉首章鄭箋云：『此章陳人以衣食為急，餘章廣而成之。』然則古人之文有以餘章廣成首章之意者。若朱子但於首章之下云：『餘章廣而成之』而不分經傳，則後人不能疵議矣。」陳氏看出《大學》是以餘章廣成首章，不能分為經傳，這是他的高明處。

　　以上就是我所提出的三點課題。講到這裡，大家可以了解我個人採用古本《大學》的原因，雖然今本有它的好處，可是我總覺得改人家東西是要有充分證據的，所以我還是覺得用古本較好。

附篇章結構系統表供參考：

（一）首段結構

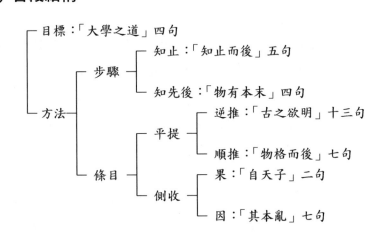

（二）全篇結構

1 古本《大學》篇章結構系統表

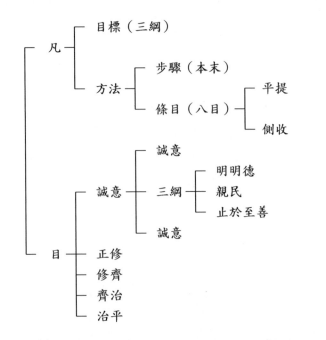

2　今本《大學》篇章結構系統表

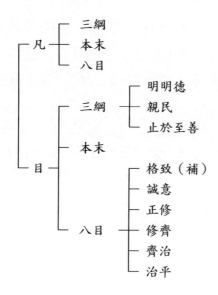

第二節　朱王格致說

　　自古以來，對《大學》「格物」、「致知」的解釋，以朱熹和王陽明的說法最受人重視。而朱、王兩人的說法，因各有所見、所指，致引起後代眾多學者不斷的爭議，就是到了今天，依然論辯不休，留下了相當可觀的爭論文字；一般專門論著不說，就連《中國哲學史》或《中國學術思想史》這一類的書，也無不論述及此，而看法卻不盡相同。由於本文受篇幅和一己能力之限制，實在無法也無意對此作一全面之總檢討，以定其是非；因此僅著眼於局部，將自己在日常教學的困惑中所疏理而得的一點點頭緒，酌參前賢今哲之說，粗略地提出來，俾供有類似困惑的教師或學生作參考而已。

一　朱、王格致說的重點

　　朱熹有關「格物」、「致知」的解釋、推闡，散見於他的相關論著（含黎靖德所編《朱子語類》）與一些書信，數量極為可觀。其中最引人注目而熟知的，就是《大學章句》，他在「致知在格物」下注云：

> 致，推極也。知，猶識也。推極吾之知識，欲其極處無不盡也。格，至也。物，猶事也。窮至事物之理，欲其極處無不到也。

又在第五章「竊取程子之意」以補「格致傳」云：

> 所謂致知在格物者，言欲致吾之知，在即物而窮其理也。蓋人心之靈，莫不有知，而天下之物，莫不有理，惟於理有未窮，故其知有不盡也。是以大學始教，必使學者即凡天下之物，莫不因其已知之理，而益窮之，以求至乎其極。至於用力之久，而一旦豁然貫通焉，則眾物之表裡精粗無不到，而吾心之全體大用無不明矣。此謂物格，此謂知之至也。

據此可知，朱熹認為「格物」是要窮至天下事物之理，以求至乎其極，使眾物之表裡精粗無不到；「致知」是要推致吾心固有之知，以求至乎其極，使吾心之全體大用無不明。林啟彥釋此云：

> 他以為心本有知，惟欲致得心中之知，必須即物而求物之理。若不如此，則心所具之知亦無法發揮知理的能力，萬物之大理因無由認識發現，故必須接觸萬物、窮盡萬物以後，理方從心中的知豁顯出來，這時候心靈的巨大識理作用便能顯露。朱子一方面斷

定辨識真理的力量蘊藏於人的心中，另一方面又承認若不通過經驗和研究事物，則無從得到真理。[1]

如此透過外在的「萬殊之理」以豁醒內在的「一本之知（智）」，將經驗之知（理）轉化為開發之知（智），自然日積月累，就能逐漸融合內外，而有「豁然貫通」的一天。所以能如此，朱熹認為是由於內外、物我一理的緣故。所以他在《朱子語類》卷十八又承程子之說[2]云：

> 格物、致知，彼我相對而言耳。格物所以致知。於這一物上窮得一分之理，即我之知亦知得一分；於物之理窮得二分，即我之知亦知得二分；於物之理窮得愈多，則我之知愈廣。其實只是一理，「才明彼，即曉此」。所以《大學》說「致知在格物」，又不說「欲致其知在格其物」。蓋致知便在格物中，非格之外別有致處也。又曰：「格物之理，所以致我之知。」[3]

可見在朱熹眼裡，物我是一體，而合內外為一的，所謂「才明彼，即曉此」，充分說明了這個道理。既然「格物」所格之「物」，為外在萬殊的事物，所以是就「零細」來說；而「致知」之「知」，既然乃人心內在的靈知，因此是就「全體」來說。關於這點，朱熹說：

1　林啟彥：《中國學術思想史》（臺北市：書林出版公司，1999 年 9 月四刷），頁 208-209。

2　黃錦鋐：「一旦豁然貫通，就要貫通內外，合外內之道，不能說完全求理於外，其實程子在《二程子遺書》第二十五卷上，以提到這個問題了。他說：『致知在格物，非由外鑠我也，我固有之也。』《二程子遺書》第十八卷上也說：『物我一理，才明彼，即曉此，合內外之道也。』朱子繼承這個說法，也認為格物是合內外之道，自然不能求理於外。」見〈大學導讀〉，《四書導讀》（臺北市：文津出版社，1987 年 2 月初版），頁 26-27。

3　黎靖德編：《朱子語類》第二冊（臺北市：文津出版社，1986 年 12 月出版），頁 399。

格物，是物物上窮其至理；致知，是吾心無所不知。格物，是零細說；致知，是全體說。[4]

對這幾句話，姜國柱解釋說：

「格物」是外物上求其至理，是主體意識作用於客觀事物；「致知」是吾心之知，是主體自我認識的過程。因為「心」是虛靈通明的神妙本體，無所不該，所以「致知，是全體說」；「物」是千差萬別的萬殊事物，所以「格物，是零細說」。[5]

這種解釋很合朱熹之原意。從以上的引述裡，可大致看出朱熹「格致」說的重點所在。

王陽明對「格物」、「致知」的解釋、推闡，也散見於他的相關論著（含徐愛所記《傳習錄》）與一些書信，數量亦十分可觀。而他最全面而扼要的說法，見於〈大學問〉，他說：

致者，至也；如云「喪致乎哀」之致。《易》言「知至至之」，「知至」者，知也；「至之」者，致也。致之云者，非若後儒所謂充廣其知識之謂也，致吾心之良知焉耳。良知者，孟子所謂「是非之心，人皆有之」者也。是非之心，不待慮而知，不待學而能，是故謂之良知，乃天命之性，吾心之本體自然靈昭明覺者也。……物者，事也。凡意之所發，必有其事；意所在之事，謂之物。格者，正也；正其不正，以歸於正之謂也。正其不正者，

4　《朱子語類》第一冊，頁291。
5　姜國柱：《中國歷代思想史·宋元卷》（臺北市：文津出版社，1993年12月初版一刷），頁337。

去惡之謂也；歸於正者，為善之謂也；夫是之謂格。[6]

據此可知，王陽明認為「格物」是要「正意所在之事」，「致知」是要「致良知」。而所謂的「良知」，是指道德的主體，是「作為道德判斷的最後、最根本的依據」[7]，是必須通過「格物」的途徑才能呈顯[8]的。因此馮友蘭說：

> 他以為，致良知不能用佛家沉思默慮的方法，致良知，必須通過
> 處理事務的日常經驗。……物有是有非，是非一經確定，良知便
> 直接知之。[9]

至於所謂的「事」，在這段文字裡雖沒交代，但《傳習錄・上》載王陽明在回答徐愛之問時卻這麼解釋：

> 如意在於事親，即事親便是一物；意在於事君，即事君便是一
> 物；意在於仁民愛物，即仁民愛物便是一物；意在於視聽言動，
> 即視聽言動便是一物；所以某說：「無心外之理，無心外之
> 物」。[10]

6　王守仁：《王陽明全書・語錄》卷一（臺北市：正中書局，1979 年 10 月臺六版），
　　頁 121。
7　王開府：「良知是道德判斷的最初根據，也是道德律的先天基礎，它也是一種『知』
　　（是非之知）。特別當《大學》將格物、致知與誠意、正心、修身連貫起來時，能指
　　導誠意、正心、修身的最重要的知，是道德的知（良知或是非之知）。」見《四書的
　　智慧》（臺北市：萬卷樓圖書公司，1995 年 11 月初版），頁 321-322。
8　林啟彥釋「致良知」：「致知並不是向外界事物進行研究學習，來發現知識，獲得事
　　物的道理，而是致良知的致知。致良知須通過格物的途徑才能到達。」見《中國學術
　　思想史》，頁 227-228。
9　馮友蘭：《中國哲學簡史》（北京市：北京大學出版社，2000 年 10 月第五次印刷），
　　頁 269。
10　《王陽明全書・語錄》卷一，頁 5。

可見王陽明所謂的「物（事）」，配合《大學》來看，指的是「身」、
「家」、「國」、「天下」，而所謂的「格物（正事）」，就是「修身」「齊
家」、「治國」、「平天下」。所以徐復觀加以闡釋云：

> 所謂「致知在格物」的「格物」，即不外於「修身」為本，推而
> 至於「齊家」、「治國」、「平天下」。「身」、「家」、「國」、「天下」
> 即是「物」；「修」、「齊」、「治」、「平」之效即是「格物」；「修」、
> 「齊」、「治」、「平」之道即是「致知」；在「修」、「齊」、「治」、
> 「平」之道以外無所謂「致知」；在「修」、「齊」、「治」、「平」
> 之效以外無所謂「格物」。[11]

可見王陽明的「致良知」絕不是「影響恍惚而懸空無實」[12] 的；不過，
所謂「無心外之理，無心外之物」，說明了「格物致知」是要「主觀意
識（吾心）加於客觀事物，使之得其理，而不是於客觀事物求其理、求
其知」[13]。所以王陽明於《傳習錄·中》云：

> 若鄙人所謂致知格物者，致吾新知良知於事事物物也；吾心之良
> 知，即所謂天理也；致吾新知良知於事事物物，則事事物物皆得
> 其理矣。致吾心之良知者，致知也；事事物物得其理者，格物
> 也；是合心與理而為一也。[14]

由此可大致看出王陽明「格致」說的重點。

---

11 徐復觀：《中國人性論史·先秦篇》（臺北市：臺灣商務印書館，1978 年 10 月四
　　版），頁 297。
12 〈大學問〉，《王陽明全書·語錄》，頁 121。
13 《中國歷代思想史·明代卷》，頁 213。
14 《王陽明全書·語錄》，頁 37。

二　朱、王格致說的得失

　　首先看朱熹的說法，他是要人窮盡天下萬事萬物之理（格物），以完全呈顯心靈之知（致知）。若要達成這種目標，才能「誠意」、「正心」，則沒有人能可以做到。對這一點，高明就提出質疑說：

> 依朱子訓釋，「知識」包括天地間全部的知識，如「身心性命之德、人倫日用之常……以至於天地鬼神之變、鳥獸艸木之宜」（見朱子《大學經筵講義》格致節），不但要知之周遍，毫無遺漏，而且要知之精切，毫不含糊。試問：這樣的「致知」是可能的嗎？我想，世界上任何一位偉大的學者都不敢說，能做到這樣的「致知」。如果真照著去做，其結果一定是「博而寡要，勞而無功」，誠如陸象山所譏「支離事業竟浮沉」了。雖然朱子自辯，他不「以徇外誇多為務」，而「以反身窮理為主」（兩語均見《朱子語類》）；但是，「反身窮理」是否需要將天地間全部知識都推而至於極處，這實在是一問題。[15]

　　這確實是一個問題。因為在《大學》本文中根本找不到它的依據，而且也無法解釋通古本《大學》中緊接著「其所厚者薄，而其所薄者厚，謂之有也」而說的「此謂知本，此謂知之至也」兩句話，於是把它移後至第五章（依《章句》），以為「此謂知本」四字是「衍文」、「此謂知之至」上「別有闕文」，而補了一百多字的「格致傳」。如此僅著眼於「全」（終點）來說，顯與《大學》的原義有所出入，而且在《大學》本文裡也實在可找到「格致」之說，只不過沒有「細說」，而用了「隱」的表達方

---

15 高明：《高明文輯》上冊（臺北市：黎明文化事業公司，1978 年 3 月初版），頁243。

式而已。勞思光云：

> 「致知」之要點，則在於「知本」，亦即「知」一切理分支存在
> 及次序，亦即「知所先後」；「格物」實與「致知」不可分。不
> 過「格物」所強調者在於對遠近事物之分別，「致知」所強調者
> 在於對先後工夫之分別；故「物有本末，事有終始，知所先後，
> 則近道矣」乃「致知」及「格物」的本旨。然《大學》本文固未
> 細說。日後宋明諸儒解此二義時之種種爭執，又皆是借題發揮。
> 所說者固非《大學》之義，而乃各自所立之學說矣。[16]

對此，高明也有類似之說法。他在〈大學辨〉裡說：

> 「致知」、「格物」，在《大學》本文裡就可找到的解。《大學》
> 第一段裡，明說「知止而後有定」，又說「知所先後，則近道
> 矣」，又說「此謂知本」，而結以「此謂知之至也」，正是上文
> 「物格而後知至，知至而後意誠」的「知至」。「物格而後知至」
> 是與上文「致知在格物」呼應的，「知至而後意誠」是與上文「欲
> 誠其意者先致其知」呼應的。自其發動處去說，是「致知」；自
> 其結束處去說，是「知至」。「知至」是那個「知」的獲得，「致
> 知」是去獲得那個「知」。那個「知」是什麼呢？那便是「知止」
> 之「知」、「知所先後」之「知」、「知本」之「知」。「本」是出
> 發點，也是基礎；「止」是終極點，也是目標；而「先後」則是
> 其中的過程、階段。知此三者，然後可說獲得了全部的「知」。[17]

---

16 勞思光：《中國哲學史》第二卷（臺北市：三民書局，1981 年 1 月初版），頁 43。
17 〈大學辨〉，頁 248。

如此就「一事一物」（偏）來說，顯然把《大學》「格致」的「隱」義[18]
都挖掘出來了，而且這樣來看待《大學》，該是比較接近其原意的。其
實，朱熹也注意到「格物」要由「一事一物」（偏）做起，如《大學或問‧
下》載：

> 問：「伊川說：『今日格一件，明日格一件』工夫如何？」曰：
> 「『如讀書，今日看一段，明日看一段。又如今日理會一事，明
> 日理會一事，積習多後，自然通貫。』……今日既格得一物，明
> 日又格得一物，工夫更不住地做。如左腳進得一步，右腳又進一
> 步；右腳進得一步，左腳又進，接續不已，自然貫通。」[19]

可見朱熹如同程伊川，一樣主張由「一事一物」之基礎（偏）做起，只
是過於注重「萬事萬物」之「通貫」（全），而忽略了《大學》首章僅
僅是就基礎（偏）工夫來說，所以不得不走上改本、補傳這條路。這無
疑地已改變了《大學》之原貌，的確不無可議之處[20]。
　　不過，他以為求知的對象，不僅是一般的「倫理」、「事理」而已，
還含有「物理」，是值得喝彩的，徐復觀云：

18　高明：「《大學》原本（即注疏本、古本）本來就不需要改易，並非『不可改易即不
　　可通者』。沈曙說得好『今古本俱在，試展卷把玩，則文意如是，段落如是，儘好
　　讀，儘可思也』。」（見《古本大學說義》）毛先舒說得更透闢，他說：『余讀《大學》
　　古文，而知元無闕文，無衍文，亦未嘗顛倒錯亂。三代上人文章，或顯或隱，或錯
　　綜，或整次，不拘一方，所以為妙。……』《聖學真語》毛氏看出《大學》文章的妙
　　處，正在『或顯或隱，或錯綜，或整次，不拘一方』。他的識見，實在高出那些想把
　　《大學》章次改得整齊的人。」同前註，頁239。
19　《朱子語類》第二冊，頁392。
20　陳滿銘：〈微觀古本與今本《大學》〉，《國文天地》16卷6期（2000年11月），頁
　　42-49。

程、朱說「天下之物，莫不有理」，說「即物而窮其理」；這裡
所說的物，已突破了《大學》原有的範圍，而伸向「凡天下之
物」，連一草一木，都包含在內的自然方面；理的客觀性，始徹
底明瞭；求知的限制亦隨之打破；這是中國文化，由道德通向科
學的大關鍵。必如此，而學問的性格乃全。[21]

由於《大學》明明將「物」與「事」分別用「本末」、「先後」加以論述，
強調了「物」與「事」的區別[22]，所以與其說朱熹所謂之「物」，已突
破了《大學》原有的範圍，不如說朱熹已凸顯了《大學》「客觀性」的
色彩。而這種「客觀性」，是與孔子的《中庸》思想互相應和的[23]。這
可說是朱熹「格致」說之最大特色，具有重大之價值。
　　再看王陽明的說法，他是主張用「正意所在之事」來呈顯「良知」，
也就是說要「把內心一切不正的意念革除，才能做到致良知於萬事萬物
上，這樣便能達到修、齊、治、平之道」[24]，而且王陽明又指出「吾心
之良知，即所謂天理也；致吾心良知之天理於事事物物，則事事物物皆
得其理矣」[25]，如此心之體，便純然天理，通明自照，呈現其最高價
值。林啟彥云：

　　　　王陽明又謂：『吾心之良知，即所謂天理也。』人的良知之心便

21　《中國人性論史・先秦篇》，頁299。
22　王開府：「《大學》的『格物』應包括格『物』和『事』，所以《大學》說：『物有本末，
　　事有終始，知所先後，則近道矣。』這是《大學》對格物的正解。」見《四書的智慧》，
　　頁319。
23　《中庸》「天命之謂性」之「性」，應包括物性。見陳滿銘：〈《中庸》的性善觀〉，
　　臺灣師大《國文學報》28期（1999年6月），頁1-16。
24　《中國學術思想史》，頁37，頁228。
25　《王陽明全書・語錄》，頁37。

是天理之所在，致良知於萬事萬物之中，即是致天理於萬事萬物之中，即是萬事萬物皆各得其理。王守仁教人『存天理』的方法，實際上是要把宇宙建立成一個源自內心良知普照的道德世界而已。王守仁把宋儒通過觀察認識外界而發現的宇宙的最高原理——天理，代之以用個人靈內索的途徑索求得的良知，作為此最高原理。個人因此成了宇宙最高價值之所寄。[26]

這樣主張「心即理」，對後代心學之研究，產生了莫大之影響。此外，值得一提的是，王陽明將「格物」解釋作「正事」，從另一角度來說，就是「正行為」的意思。對此，勞思光說：

> 如此釋「格物」，實即以「正行為」為「格物」，蓋所謂「意所在之事」實指行為言，故陽明說「物者，事也」，此「事」字並非「事實」或「事象」之義，而與「從事」、「有所事」語中「事」字之用法相近。觀陽明告徐愛云：「意之所在，便是物。如意在事親，即事親便是一物；意在於事君，即事君便是一物；意在於仁民愛物，即仁民愛物便是一物；意在於視聽言動，即視聽言動便是一物。」可知「物」實解為「行為」，「格物」即「正行為」；由此而論「致知在格物」一義，遂有「知行合一」之說。……因此學者如窮析「知行合一說」之基礎，則最後必歸至一「主體性」觀念；此一「主體性」可在「知善知惡」處透顯，但本身則不僅是判斷意念行為之能力，而是最後實有義。「知行」一詞中之「知」，自指「良知」，而「良知」必作為最後實有義之主體性看，方能使「知行合一說」成立；蓋「知」與「行」、「良知」與「意志」間之貫通，終依此最高主體性觀念方成為可能也。[27]

---

26 《中國學術思想史》，頁 228。
27 《中國哲學史》第三卷上，頁 421-441。

「良知」既「必作為最後實有義之主體性看」，則「致良知」就是「明明德」，是可以貫穿「八條目」中的其餘六目的。關於這點，馮有蘭說明：

> 「八條目」的下兩部是「誠意」、「正心」。案王守仁的說法，誠意就是正事、致良知，皆以至誠行之。如果我們尋找借口，不遵從良知的指示，我們的意就不誠。這種不誠，與程顥、王守仁所說的「自私用智」是一回事。意誠則心正；正心也無非是誠意。其餘四步是修身、齊家、治國、平天下。照王守仁的說法，修身同樣是致良知。因為不致良知，怎麼能修身呢？在修身之中，除了致良知，還有什麼可做呢？致良知，就必須親民；在親民之中，除了齊家、治國、平天下，還有什麼可做呢？如此，八條目可以最終歸結為一條目，就是致良知。什麼是良知？它不過是我們的心的內在光明，宇宙的本有的統一，也就是《大學》所說的「明德」。所以致良知也就是明明德。這樣，全部的《大學》就歸結為一句話：致良知。[28]

可見王陽明之「格致」說，和其「心即理」、「知行合一」之說，息息相關，而「致良知」，說的就是「明明德」，這在學術上，是有它特殊價值與貢獻的。

但是，他這樣來解釋「致知在格物」，簡單一點說，就變成了「正意」以「致良知」的意思，而「正意」也就等於是「誠意」，這樣，便和《大學》「致知」之後的「誠意」，上下重疊，形成了先後次序的顛倒。所以唐君毅說：

28　《中國哲學簡史》，頁269。

今循《大學》言知至而後意誠之意，雖可說為知真至處，即意誠處，剋就二者之相關處言，亦無先後，而格物致知，亦原可無先後。然《大學》立言次序，要是先格物、次致知、次誠意、次正心。《大學》言物格而後知至，知至而後意誠，而未嘗言意誠而後知至、知至而後物格。如依陽明之說，循上論以觀，實以致「知善知惡，好善惡惡」之知，至於真知處，即意誠，意誠然後方得為知之至。又必意誠而知至處，意念所在之事，得其正，而後可以言物格。是乃意誠而後知至，知至而後物格，非《大學》本文之序矣。[29]

可見這種顛倒，形成「誠意」而後「致知」、「致知」而後又「誠意」之順序，的確無法與《大學》之次第相吻合。

三　朱、王「格致」說的融通

從表面上看，朱熹訓「知」為「知識」，是遍布於外，學而後得的，與陽明訓「知」為「良知」，是本有於內，不學而致的，似乎落落難合。但實際上，朱熹所謂的「知」，如同陽明，也是根於內在之心性來說的，這可從朱熹所補「格致傳」所謂「蓋人心之靈，莫不有知」這兩句話中得到證明，而它只不過是要藉外在事物之理，使之呈顯而已。所以他和陽明的不同，並不在它的根源處，而是在從入的途徑上。這種不同，大致來說，可藉由《中庸》「誠」與「明」互動的天人思想加以融通。

《中庸》第二十章（依朱熹《章句》，下並同）說：

29 唐君毅：《中國哲學原論‧導論篇》（香港：新亞研究所，1964 年 3 月出版），頁293。

誠者，天之道也；誠之者，人之道也。誠者，不勉而中，不思而得，從容中道，聖人也；誠之者，擇善而固執之者也。

又第二十一章說：

自誠明，謂之性；自明誠，謂之教。誠則明矣，明則誠矣。

將此兩章文字合看：所謂「誠者」，指的就是「自誠明」，乃天命之「性」作用的結果，為「天之道」；所謂「誠之者」，指的就是「自明誠」，乃人為之「教」努力的結果，為「人之道」。以此來看朱熹和王陽明的「格致」說，很顯然地，朱熹所著眼的，是「自明誠」的「人之道」；而王陽明所著眼的，則是「自誠明」的「天之道」。試看《中庸》所說屬於「天之道」的「不勉而中（誠），不思而得（明）」，不就是王陽明「正意所在之事」（誠）以「致吾心之良知」（明）的意思嗎？而《中庸》所說屬於「人之道」的「擇善（明）而固執之（誠）」，和朱熹「窮理致知」（明）以推至於「誠意」（誠）的主張，不是互相吻合嗎？而屬於「天之道」的「自誠明」與屬於「人之道」的「自明誠」兩者，由於都以「天命」之「性」作為樞紐的緣故，該有著互動、循環而提升的關係。《中庸》第二十五章說：

誠者，非自成己而已也，所以成物也。成己，仁也；成物，知也；性之德也，合外內知道也。

王夫之釋此說：

有其誠，則非但成己，而亦以成物矣；以此誠也者，足以成己，而無不足於成物，則誠之而底於成，其必成物審矣。成己者，仁之體也；成物者，知之用也；天命之性、固有之得也。而能成己焉，則仁之體立也；能成物焉，則知之用行也；仁之咸得，則是復其性之德也。統乎一誠而已，物胥成焉，則同此一道，而內外固合焉。[30]

可知「仁」和「知」（智），都是「性」的真實內容，而「誠」則為「人性的全體顯露，即是仁與知（智）的全體顯露」，所以徐復觀說：

誠是實有其仁；「誠則明矣」（二十一章），是仁必涵攝有知；因為明即是知。「明則誠矣」（同上），是知則必歸於仁。誠明的不可分，實係仁與知的不可分，因為仁知皆是性的真實內容，即是性的實體。誠是人性的全體顯露，即是仁與知的全體顯露。因仁與知，同具備於所命的人性、物性之中；順著仁與知所發出的，即成為具有普遍性的中庸之德之行；而此中庸之德之行，所以成己，同時即所以成物，合天人物我於尋常生活行為之中。[31]

而唐君毅也加以闡釋說：

《中庸》為此性為天命之性。至於就此性之表現言，則有二形態：其一為直承其為絕對之善，而自然表現為一切善德善行。此即吾人於〈原心篇〉下所謂直道的順天德、性德之誠，以自然明

---

30 王船山：《讀四書大全說》（臺北市：河洛圖書出版社，1974 年 5 月臺景印初版），頁 299-300。

31 《中國人性論史‧先秦篇》，頁 156。

善，其極為不思而中，不勉而得，至誠無息之聖境，是所謂「自誠明，謂之性」也。至誠無息者，其生心動念，無不為此能自誠之性之直接表現，而「明著於外者」《中庸》於此乃更不言心更不言意念，而只言明。明即心知之光明，人至誠而無息，則其心知即只是一充內形外之光明，以表現此自誠之性，此外即更無心可說。是謂由誠而明。另一形態為人之未達至誠，而其性之表現，乃只能通過間雜之不善者，而更超化之，以去雜成純，以由思而中、勉而得。此極吾人於〈原性篇〉，所謂由擇乎正反兩端，以反反而正之工夫。人在此工夫中，乃以心知之光明開其先，而歷曲折細密之修養歷程，以至於誠。即所謂「自誠明，謂之教」，「致曲」以「有誠」也。[32]

如此說來，在《中庸》的作者眼中，「性」顯然包含了兩種能互動、循環而提升的精神動能：「一是屬『仁』的，即仁性，乃人類與生俱來的一種成己（成德）力量；一是屬「知」的，即知性，為人類生生不已的一種成物（認知）動能。前者可說是『誠』的動力，後者可說是『明』的泉源；兩者非但為人人所共有，而且也是交互作用的，也就是說，如果顯現了部分的仁性（誠），就能連帶地顯現部分的知性（明）；同樣地，顯現了部分的知性（明），就能連帶地顯現部分的仁性（誠）。正由於這種相互的作用，有先後偏全知差異，故使人在盡性上也就有了兩條內外、天人銜接的路徑：一是由誠（仁性）而明（知性），這是就先天潛能的提發來說的；一是由明（知性）而誠（仁性），這是就後天修學的努力而言的」[33]。而這種先天之「性」與後天之「教」的兩種作用，

---

32 唐君毅：《中國哲學原論・原性篇》（香港：新亞書院研究所，1968 年 2 月出版），頁 63-64。
33 陳滿銘：《中庸思想的研究》（臺北市：文津出版社，1980 年 3 月初版），頁 123。

如繼續不斷地互動、循環而提升不已，形成螺旋[34]，則所謂「誠則明矣，明則誠矣」，必臻於亦誠亦明（仁且知）的「至誠」之域。

而朱、王之「格致」說，也可由這種「天」（性）、「人」（教）互動之道理來作一區別：「朱子由於側重人類人為（教）的一面，主張『道問學』，所以要人採『自誠明』的途徑，藉『窮至事物之理』來『推極吾之知識』，以『一旦豁然貫通焉』（將粗淺的外在知識提升為純淨的內在睿智），而收到『吾心之全體大用無不明』的效果。而陽明由於側重人類天賦（性）的一面，主張『尊德性』，所以要人循『自誠明』的途徑，藉『意之所發』來『致吾心之良知』，以期『吾良知之所知者，無有虧缺障蔽，而得以極其至』，而達到『吾心快然無復餘憾而自慊』[35]的地步。他們兩人的主張，如就整個人類『盡性』的過程來看，雖各有其價值，卻也不免各有所偏，可說皆著眼於『偏』而忽略了『全』，因為天賦（性）與人為（教），是交互為用」[36]而形成螺旋關係的。這樣，「格物」、「致知」多少，即「誠意」多少（人——「自明誠」）；「誠意」多少，即「格物」、「致知」多少（天——「自誠明」），如此不停地互動、循環，提升，自然就能由「偏」而「全」地臻於誠、明合一的聖人境界。

綜上所述，可知朱、王二人，由於一著眼於「人」（教）、一著眼於「天」（性），以致對「格物」、「致知」的說法，也就有了顯著之不同。其中除了朱熹將「理」推向客觀性，打破一般求知之限制，大大影

34 所謂「螺旋」，本用於教育課程，早在十七世紀，即由捷克教育學家紐斯所提出，主張使「各年級有關學科的教材中螺旋式地擴展和加深」見《教育大辭典》（上海市：上海教育出版社，1990 年 6 月一版一刷），頁 276。又參見陳滿銘：〈談儒家思想體系中的螺旋結構〉，臺灣師大《國文學報》29 期（2000 年 6 月），頁 1-34。
35 〈大學問〉，《王陽明全書·文錄》卷一，頁 123。
36 陳滿銘：〈從偏全的觀點試解讀四書所引生的一些糾葛〉，臺灣師大《中國學術年刊》13 期（1992 年 4 月），頁 13。

響後世外，王陽明以「正意所在之事」（誠意）來釋「格物」、「致良知」來釋「致知」，形成其「心即理」與「知行合一」之說，也影響深遠，尤其它凸顯了「誠意而後致知」的逆向次序，更值得大家注意，因為它雖超越了《大學》原有的範圍，卻正好證出「格物」、「致知」二者和「誠意」之間天人互動、循環而提升的螺旋關係。而朱、王「格致」說的異同與貢獻，也由此可見一斑。

第三節　恕與大學之道

《論語》一書，講「恕」的地方雖少，但有一回，子貢問孔子說：「有一言而可以終身行之者乎？」孔子就回答說：「其恕乎！己所不欲，勿施於人。」（見〈衛靈公〉篇）可見「恕」的重要。而《大學》一書，則僅在講「治國在齊其家」（傳之九章，依朱熹《大學章句》）時，提到了一次「恕」，那就是「所藏乎身不恕，而能喻諸人者，未之有也」，似乎只有在此時要講「恕」；而其實，整本書所論的，都與「恕」有關，三綱是如此，八目也是如此，茲分述如左。

一　何謂恕

「恕」字在《論語》一書中，僅兩見：一見於〈衛靈公〉篇所記孔子答子貢之問，對這一章，何晏注云：

言己之所惡，勿加施於人。

又邢昺疏云：

言唯仁恕之一言，可終身行之也。己之所惡，勿施於人，即恕
也。[37]

而朱熹則注云：

推己及物，其施不窮，故可終身行之。

又引尹焞云：

學貴於知要，子貢之問，可謂知要矣。孔子告以求仁之方也，推
而極之，雖聖人之無我不出乎此，終身行之，不亦宜乎！[38]

在上引注釋中，何、邢二人所說的，都屬消極性的「恕」，而朱、尹二
人所言，則兼顧了「恕」的積極一面。此外，值得注意的是，邢昺將
「恕」與「仁」並提，而尹焞則明指「恕」是「仁之方」，這就牽出了「恕」
與「仁」的關係。如果翻一下《論語》其他篇章，可以發現他們的這些
話，都有充分的依據，如〈公冶長〉篇說：

子貢曰：「我不欲人之加諸我也，吾亦欲無加諸人。」子曰：「賜
也，非爾所及也！」

朱熹注此云：

37　《論語注疏》，《十三經注疏》8（臺北市：藝文印書館，1965 年三版），頁 140。

38　朱熹：《四書集注》（臺北市：學海出版社，1984 年 9 月初版），頁 163。

子貢言我所不欲人之加於我之事，我亦不欲以此加之於人，此仁者之事，不待勉強，故夫子以為非子貢所及。[39]

可見「恕」和「仁」的關係是極密切的。又如〈雍也〉篇說：

（子曰）夫仁者，己欲立而立人，己欲達而達人。能近取譬，可謂仁之方也已。

何晏釋此云：

能近取譬於己，皆恕，己所欲而施於人。[40]

而朱熹則注云：

以己及人，仁者之心也。……近取諸身，以己所欲，譬之他人，知其所欲亦如是也，然後推其所欲，以及於人，則恕之事而仁之術也。[41]

可見「恕」有積極一面，且為「仁之方」。再如〈顏淵〉篇說：

仲弓問仁。子曰：「出門如見大賓，使民如承大祭。己所不欲，勿施於人。在邦無怨，在家無怨。」

39　同前註，頁 82。
40　《論語注疏》，《十三經注疏》8，頁 55。
41　《四書集注》，頁 94。

邢昺釋此云：

> 此章明仁在敬恕也。……己所不欲，勿施於人者，此言仁者必恕
> 也。[42]

可見「恕」乃「仁者」之必然表現，是可由消極一面做起的。因此「恕」有消極與積極兩面，為「仁之方」、「仁之術」，這樣當然就「可以終身行之」了。除此之外，「恕」字又推原於「忠」，形成「忠恕」一詞，另見於〈里仁〉篇：

> 子曰：「參乎！吾道一以貫之。」曾子曰：「唯。」子出，門人問
> 曰：「何謂也？」曾子曰：「夫子之道，忠恕而已矣！」

對於「忠恕」一詞，邢昺疏云：

> 忠謂盡中心也，恕謂忖己度物也。[43]

而朱熹則注云：

> 盡己之謂忠，推己之謂恕。……或曰：中心為忠，如心為恕，於
> 義亦通。

又引程顥云：

42　《論語注疏》，《十三經注疏》8，頁 106。
43　同前註，頁 37。

以己及物，仁也。推己及物，恕也。違道不遠是也。忠恕一以貫
之，忠者天道，恕者人道。忠者無妄，恕者所以行乎忠也。忠者
體、恕者用。大本、達道也。[44]

從這些注釋看來，「恕」乃植根於「忠」的一種德行。人只要能「盡己」、
「盡中心」，則能「推己」、「忖己度物」，這種說法，所著重的是「行」
（事）而非「心」（體），都有著「勉強而行之」的意味。歷來學者一直
把「忠恕」只認作是成德或求知的方法，就是由於這個緣故。不過，從
字的形體來看，所謂的「忠」，就是「中心」（不偏之心）的意思；而
「恕」則是「如心」的意思[45]。這樣，它們的主體是「心」，而「中」與
「如」（均平之意，見《廣雅》）則是屬於限制性、形容性的兩個附加詞。
用這種解釋來看「忠恕」一貫之道，以「忠」為天道、「恕」為人道，
似乎更貼切些。朱熹以為如此「於義亦通」，或許就著眼於此來說的。

　　由此看來，「恕」既是植根於「忠」的一種心德、德行，更是「仁
之方」、「仁之術」。如果以「三行」來看，則「恕」是由「勉強而行之」
或「利而行之」的，為「義」，《孟子・盡心上》所說「強恕而行，求
仁莫近焉」，即指此而言；而由「安而行之」的，則為「仁」，程顥所
謂「以己及物，仁也」，就是指這種「安而行之」的「恕」來說的。

二　恕與大學三綱

　　《大學》以「明明德」、「親（新）民」、「止於至善」為三綱[46]，全

---

44 《四書集注》，頁 77。
45 《周禮・大司徒》賈公彥疏：「如心曰恕，如下從心；中心曰忠，中下從心。」《十
　　三經注疏》3，頁 161。
46 朱熹以「明明德」、「新民」、「止於至善」為「大學之綱領」，見《四書集注・大學》，
　　頁 3。

和「恕」有著密切的關係。先以「明明德」而言，所謂「明明德」，鄭玄注云：

> 謂顯明其至德也。[47]

又孔穎達疏云：

> 謂身有明德，而更彰顯之。[48]

而朱熹則注云：

> 明德者，人之所得乎天，而虛靈不昧，以具眾理，而應萬事者也。但為氣稟所拘，人欲所蔽，則有時而昏，然其本體之明，則有未嘗息者。故學者當因其所發而遂明之，以復其初也。[49]

鄭、孔兩人對「明德」一詞，並沒多作解釋，鄭玄將它釋為「至德」，和《大學》作者所引「帝典曰『克明峻德』」之「峻德」有些相似，但依然不能藉以看出它的內容。而朱熹則直貼天命之性來加以說明，這與其說是參考《大學》作者所引「〈大甲〉曰：『顧諟天之明命。』」來說，不如說是依據《中庸》一開端所說「天命之謂性」解釋來得好。由《中庸》之作者看來，自然生人，即賦人以性。這個「性」，是人與生俱來、生生不已的精神動能，它照《中庸》第二十五章（依朱熹《章句》）「成己、仁也；成物，知也；性之德也，合外內之道也」的說法，可大

47　《禮記注疏》，《十三經注疏》5，頁 983。
48　同前註，頁 984。
49　《四書集注》，頁 3。

別為二：一是屬「仁」的，即仁性，也就是「仁」之「明德」；一是屬
「知」的，即知性，也就是「知」之「明德」。這兩種「性」（明德），
不僅是人人所固有，而且是互為影響的，也就是說：人如果呈顯了部分
的仁性（仁之明德），必能連帶地呈顯部分的知性（知之明德），這是
就天賦──「性」來說的；又如果呈顯了部分的知性（知之明德），也
必能相應地呈顯部分的仁性（仁之明德），這是就人為論──「教」來
說的。人就這樣的在天賦（自誠明）與人為（自明誠）的交互作用下，
由偏而全地將仁、知（智）之性（明德）發揮出來，最後臻於「從心所
欲不踰矩」（《論語・為政》）的「至誠」（也是「至明」）的境界。《大
學》的作者要人「明明德」，就是要人發揮這種「知」（智）和「仁」
的「明德」，而發揮了多少「仁」、「知」（智）的「明德」，自然就可
以相應地形成多少的「恕」，因為「恕」（如心）是就「喜怒哀樂發而
皆中節」（《中庸》第一章）的「情」（即「和」）來說的；而「忠」（中
心）是就「喜怒哀樂之未發」（同上）之「性」（即「中」）來說的。它
們的互動、循環、提升的螺旋關係可由下表來表示：

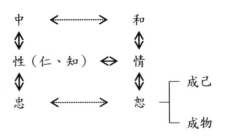

這樣看來，「恕」和「明明德」是有著直接的關係的。

　　再以「親（新）民」而言，所謂「親民」，孔穎達疏云：

親愛於民。[50]

而程頤則云：

親，當作新。[51]

兩人說法雖不同，卻各有所本。如《大學》第三章說：

君子賢其賢而親其親，小人樂其樂而利其利。

而第九章說：

民之所好好之，民之所惡惡之，此之謂民之父母。

又《尚書・堯典》說：

克明峻德（明明德），以親九族；九族既睦，平章百姓；百姓昭
明，協和萬邦（親民）；黎民於變時雍（止於至善）。[52]

這些都足以證明「親愛於民」的解釋，是有其依據的。而《大學》第二
章所引〈湯盤〉「苟日新」、〈康誥〉「作新民」及《詩經》「其命維新」
等句，全以「新」為詞，且《尚書・金縢》記成王迎周公之辭云：

50　《禮記注疏》，《十三經注疏》5，頁 984。
51　《四書集注》，頁 3。
52　《尚書注疏》，《十三經注疏》1，頁 20。

今天動威，以章周公之德，惟朕小子其新逆，我國家禮亦宜
之。[53]

顯然地把「新」通作「親」；這些都足以證明「親當作新」的說法，並
不是沒有來由的。既然兩說都有根據，那麼究竟以何者為正確呢？答案
是兩者都對，只是「親民」是就起點說，而「新民」是就結果說，本末
先後有別而已。

　　既然「新民」之前要「親民」，那就直接與「恕」有關，因為「親
民」，即「明明德於其民」的意思，是要將心比心（恕）來對待他們的，
這就是王陽明所謂：

　　　親民乃所以明其明德也。是故親吾之父，以及人之父，以及天下
　　　人之父，而後吾之仁，實與吾之父，人之父，與天下人之父，而
　　　為一體矣。實與之為一體，而後孝之明德始明矣。親吾之兄，以
　　　及人之兄，以及天下人之兄，而後吾之仁，實與吾之兄，人之
　　　兄，與天下人之兄，而為一體矣。實與之為一體，而後弟之明德
　　　始明矣。君臣也，夫婦也，朋友也，以至於山川鬼神鳥獸草木
　　　也，莫不實有以親之，以達吾一體之仁，然後吾之明德始無不
　　　明，而真能以天地萬物為一體矣。[54]

這樣由己之親而推及於人之親，以至於「天地萬物」，說的就是「恕」，
更是「新」的憑藉。朱熹注「新民」云：

53　同前註，頁 188-189。
54　〈大學問〉，《王陽明全書》（一），頁 120。

新者，革其舊之謂也。言既自明其明德，又當推以及人，使之亦有以去其舊染之污也。[55]

所謂「推以及人」，就是「恕」，也是「新民」的先決條件。由此可知「親（新）民」與「恕」是分不開的。

末以「止於至善」而言，所謂「止於至善」，是指「明明德」與「親（新）民」達於「至善」之境來說，朱熹注云：

言明明德、新民，皆當止於至善之地而不遷，蓋必其有以盡夫天理之極，而無一毫人欲之私也。[56]

說的就是這個意思。而所謂「有以盡夫天理之極，而無一毫人欲之私」，便是純然做到「（忠）恕」的結果。《中庸》第十三章說：

忠恕違道不遠，施諸己而不願，亦勿施於人。君子之道四，丘未能一焉；所求乎子以事父，未能也；所求乎臣以事君，未能也；所求乎弟以事兄，未能也；所求乎朋友先施之，未能也。

由這段文字，可知「恕」的表現可分為兩類：「一是消極性的，那就是『施諸己而不願，亦勿施於人』；一是積極性的，那就是『所求乎子以事父』、『所求乎臣以事君』、『所求乎弟以事兄』、『所求乎朋友先施之』。由於這兩種『恕』，並立根於『忠』，兼及『施』與『勿施』，牢籠既周遍，植基亦深厚，所以自然就成了群德的總匯（安行忠恕是仁，

---

55 《四書集注》，頁3。
56 同前註。

利行、勉行忠恕是義），試看所謂的『所求乎子以事父』，既是『恕』，也是『孝』；所謂的「『所求乎臣以事君』，既是『恕』，也是『敬』（《大學》第三章：「為人臣，止於敬。」）；所謂的『所求乎弟以事兄』，既是『恕』，也是『悌』；所謂的『所求乎朋友先施之』，既是『恕』，也是『信』。而『施諸己而不願，亦勿施於人（父、君、兄、朋友）』，固然是『恕』，又何嘗不是『孝』？不是『敬』？不是『悌』？不是『信』呢？可見同樣的一個『恕』『藏乎身』，是可隨著所待對象的不同，而衍生出各種不同的道德行為來的。因此，如果有一個人，他的天命之性（包括知性與仁性）能夠發揮它的功能，而保有『中心』（忠），那麼，一旦受到刺激，變『性』（中）為『情』（和）、轉『忠』（中）為『恕』（和），則必能化消形氣之私，使自己的喜怒哀樂之情，在『知性』與『仁性』的疏導下，發而皆中節，達到『至誠』（亦誠亦明）的境界；用此種心境（和）、心體（恕）來待人，自然就能做到孝、敬、悌、信的地步。」[57] 而這種「孝」、「敬」、「悌」、「信」，正是「至善」的表現，試看《大學》釋「止於至善」說：

> 為人君，止於仁；為人臣，止於敬；為人子，止於孝；為人父，止於慈；與國人交，止於信。

這裡所謂的「至善」，雖比《中庸》所說多了「為人君」的「仁」（與「為仁之方」之「仁」不同）和「為人父」的「慈」，卻少了「為人弟」的「弟」（悌），但一樣都根源於一個「（忠）恕」，它們的關係可由下表看出：

---

[57] 《中庸思想研究》，頁 134。

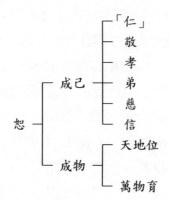

而朱熹注此云：

> 聖人之止，無非至善，五者乃其目之大者也。學者於此究其精微
> 之蘊，而又推類以盡其餘，則於天下之事，皆有以知其所止而無
> 疑矣。[58]

可見「止於至善」在成己、成物方面，和「（忠）恕」是脫不了關連的。

三　恕與《大學》八目

　　本來談了三綱，就等於談了八目，因為「格」、「致」、「誠」、「正」、「修」是「明明德」之事，「齊」、「治」、「平」是「親（新）民」之事，而將這兩種事由偏而全地做得完美無缺，便是「止於至善」的事。不過，只談「綱領」（朱熹《大學章句》），而忽略「條目」（同上），還是不能探得完整之面貌，因此特將八目，依《大學》的行文順序與各章內容之所涵攝，分為「格、致」、「誠」、「正、（修）」、「修、（齊）」、「齊、（治）」和「治、平」等，依次加以探討，以見「恕」與八目的關係。

首先就「格、致」而言，由於在古本《大學》裡沒有針對「格、致」作明白的說明，所以引起了後人相當多的爭論。其實，從《大學》本文看，作者在一開始提明了「三綱」之後，便採「凡（起）、目、凡（結）」的形式，循序敘明「八目」。在「凡」（起）的部分裡，他首先總括「八目」（含三綱），泛敘其踐行的步驟，那就是：「知止」、「定」、「靜」、「安」、「慮」、「得」，然後進一層地以「物有本末，事有終始，知所先後，則近道矣」四句，以收束上文，並開啟下文。在「目」的部分裡，他先就出發點，逆敘「八目」，再就終極處，順敘「八目」，將「八目」的先後作明白的交代。在「凡」（結）的部分裡，則以本末、厚薄，總結「八目」，並以「知本」、「知至」回應上兩部分，就一事一物（偏）把「格」、「致」之意寓於其中。關於這點，高明說：

> 《大學》第一段裡，明說「知止而後有定」，又說「知所先後，則近道矣」，又說「此謂知本」，而結以「此謂知之至也」，正是上文「物格而後知至，知至而後意誠」的「知至」。「物格而後知至」是與上文「致知在格物」呼應的。「知至而後意識」是與上文「欲誠其意者先致其知」呼應的。自其發動處去說，是「致知」；自其結束處去說，是「知至」。「知至」是那個「知」的獲得，「致知」是去獲得那個「知」。那個「知」是什麼呢？那便是「知止」之「知」、「知所先後」之「知」、「知本」之「知」。「本」是出發點，也是基礎；「止」是終極點，也是目標；而「先後」則是其中的過程、階段。知此三者，然後可說獲得了全部（按：就一事一物言）的「知」。[59]

---

59 《高明文輯》上冊，頁248。

可見就一事一物而言，「格」、「致」之說，實已具備於《大學》的本文裡，這是就「偏」（局部）的觀點來看的，與朱子著眼於「全」（萬事萬物）的觀點，以為「別有闕文」的，當然會有不同的結果。

一個人就一事一物，以至於多事多物，分析其中之理，以開拓其廣度並提升其深度，久而久之，就能持續地藉外在的知識來豁醒內在的「知」（智）之「明德」，而連帶地也將「仁」之「明德」發揮出來，孕就「忠恕」的心德，而達於「中和」的境界。

從心德一面來看「（忠）恕」與「格、致」的關係是如此。如就「格、致」的對象來看，也與「（忠）恕」大有關連。因為人類面對的原是萬物各盡其性所達到的「中和」之境或狀態，而「一以貫之」的，也不外是「忠恕」之理，錢穆說：

> 天地雖大，萬物雖繁，其得安住與滋生，必其相互關係處在一中和狀態中。換言之，即是處在一恰好的情況中。如是而始可有存在，有表現。故宇宙一切存在，皆以得中和而存在。宇宙一切表現，皆以向中和而表現。宇宙一切變動，則永遠為從某一中和狀態趨向於另一中和狀態而變動。換言之，此乃宇宙自身永遠要求處在一恰好的情況之下一種不斷的努力。[60]

這說的正是《中庸》「致中和，天地位焉，萬物育焉」的道理，而所謂「中和」，如換個詞來說，就是「忠恕」，所以顧炎武援用《中庸》「中也者，天下之大本也；和也者，天下之達道也」的話，在《日知錄》中說：

60 錢穆：《中庸新義》，《中國學術思想史論叢》二（臺北市：東大圖書公司，1980年再版），頁295。

忠也者，天下之大本（中）也；恕也者，天下之達道（和）也。[61]

而呂維琪在《伊洛大會語錄》裡也說：

天地為物不貳，故元氣流行，化育萬物，此天地之忠恕也。[62]

可見天地萬物，雖紛紜萬狀，卻離不開「忠恕」一理，而《大學》作者要人「格」、「致」的，也不外乎此。而「（忠）恕」之德與「（忠）恕」之理，便由此合而為一，所謂「天地一心」、「天人合一」，可以從這裡加以體會。

其次就「誠」而言，《大學》的作者釋此說：

所謂「誠其意」者，毋自欺也。如惡惡臭，如好好色，此之謂自謙；故君子必慎其獨也。

朱熹注云：

自欺云者，知為善以去惡而心之所發有未實也。慊，快也，足也。獨者，人所不知而己所獨知之地也。言欲自修者，知為善以去其惡，則當實用其力而禁止其自欺，使其惡惡則如惡惡臭，好善則如好好色，皆務決去而求必得之，以自快足於己，不可徒苟且以徇外而為人也。然其實與不實，蓋有他人所不及知，而己獨知之者，故必謹之於此，以審其幾焉。[63]

---

61 黃汝成：《日知錄集釋》卷七（臺北市：中文出版社，1978 年版），頁 153。

62 《古今圖書集成・學行典（上）》（臺北市：鼎文書局，1977 年版），頁 1257-1258。

63 《四書集注》，頁 8。

在此，最值得人重視的是「知為善以去惡」以實「心之所發」的說法，所謂「知為善以去惡」，正是人在格、致以呈顯「知」（智）之「明德」後所該「勉強而行之」而相應地激發「仁」之「明德」的事，這是由知「（忠）恕」以行「（忠）恕」的關鍵所在，所以《大學》的作者在說了「毋自欺」的一段話後，特以「小人閒居為不善」為例，從反面說明「誠於中，形於外」的道理，促人要「慎其獨」，對這段文字，朱熹注云：

> 雖幽獨之中，而其善惡不可揜如此，可畏之甚也。[64]

所謂「可畏之甚」，就是要人時時「勉強而行之（恕）」（即「畏懼罪惡，勉力自強而行之（恕）」[65]）於己的巨大動力。能如此「勉強而行之（恕）」於己，自然就可將私心降到最合理的程度，以「（忠）恕」之德藏乎己而獲得「誠於中，形於外」的結果，因此《大學》的作者在引了曾子「其嚴乎」的話後，就接著說：

> 富潤屋，德潤身，心廣體胖，故君子必誠其意。

這就是人能知「（忠）恕」以誠意的好處。而據古本《大學》，作者又接著引《詩・衛風・淇澳》之一段文字，進一步說明「誠於中，形於外」的效用，並暗中表示「誠意」與三綱的關係，然後以此為橋梁，再帶出那引證「明明德」、「親（新）民」、「止於至善」的三章（即朱熹《大學章句》傳之首、二、三章）文字，來作深一層之闡釋，而且以「聽訟」

---

64 同前註。
65 《周禮・大司徒》，《十三經注疏》3，頁 161。

章作一收束：

> 子曰：『聽訟，吾猶人也；必也使無訟乎！』無情者不得盡其
> 辭，大畏民志；此謂知本。

所謂「大畏民志」，就是使人「勉強而行之（恕）」於己而「誠其意」
的推力。由此可見「（忠）恕」與「誠意」，也是分不開的。

其三就「正、（修）」而言，《大學》的作者說：

> 所謂「脩身在正其心」者，身有所忿懥，則不得其正；有所恐
> 懼，則不得其正；有所好樂，則不得其正；有所憂患，則不得其
> 正。心不在焉：視而不見，聽而不聞，食而不知其味。此謂「脩
> 身在正其心」。

這裡的「身有」之「身」，程頤以為「當作心」（見朱熹《大學章句》），
是十分正確的。而不「中節」的「忿懥」、「恐懼」、「好樂」、「憂患」，
可說是人不能知「（忠）恕」以行「（忠）恕」於己的結果，這樣，「心」
自然就「不得其正」，以致「視」、「聽」、「食」也產生「不覺知」[66]的
偏差，對於這點，朱熹闡釋說：

> 心有不存，則無以檢其身，是以君子必察乎此，而敬以直之，然
> 後此心長存而身無不修也。[67]

66　《禮記・大學》孔穎達疏：「若心之不正，身亦不修；若心之不存，視、聽與食不覺
　　知也。」《十三經注疏》5，頁 989。
67　《四書集注》，頁 10。

所謂「心有不存」，即「不覺知」，也等於是說其心「不得其正」，這不
是由於存心不「（忠）恕」（中和），以致「喜怒哀樂之情發而不中節」
的嗎？可見不能以「（忠）恕」來實「心之所發」，就不能以「（忠）恕」
來存心，如此想要「藏乎身恕」以修身，當然是不可能的事。如此看
來，「正心」與「修身」，依然是以「（忠）恕」來貫通的。

其四就「修、（齊）」而言，《大學》的作者說：

> 所謂「齊其家在脩其身」者，人之其所親愛而辟焉，之其所賤惡
> 而辟焉，之其所畏敬而辟焉，之其所哀矜而辟焉，之其所敖惰而
> 辟焉。故好而知其惡、惡而知其美者，天下鮮矣。故諺有之曰：
> 「人莫知其子之惡，莫知其苗之碩。」此謂身不脩，不可以齊其
> 家。

鄭玄注此云：

> 之，適也。譬，猶喻也。言適彼而以心度之，曰：吾何以親愛此
> 人，非以其有德美與？吾何以敖惰此人，非以其志行薄與？反以
> 喻己，則身脩與否可自知也。[68]

而朱熹則注云：

> 人，謂眾人。之，猶於也。辟，猶偏也。五者在人本有當然之
> 則，然常人之情，惟其所向而不加察焉，則必陷於一偏而身不修
> 矣。[69]

68　《禮記注疏》，《十三經注疏》5，頁 986。
69　《四書集注》，頁 10。

鄭、朱兩人的解釋，雖然有些不同，但都牽扯到了「（忠）恕」來說，鄭玄所謂「適彼而以心度之」，說的不就是「（忠）恕」嗎？而朱熹所謂「陷於一偏」，不也是由於不能「（忠）恕」的緣故嗎？實在說來，一個人如心有所偏、情有所蔽——不「（忠）恕」，必然會導致認知與行為上的偏差，不但使人在面對自己「親愛」、「賤惡」、「畏敬」、「哀矜」、「敖惰」的對象時，會一味地好而不知其惡、惡而不知其美；更將使人因而產生錯覺、顛倒是非，患上如《孟子・離婁上》所謂「安其危，而利其菑，樂其所以亡」的大弊病。人有了這種弊病，修身已不可得，更不用說是齊家、治國、平天下了。可見以「（忠）恕」來「藏乎身」，是「齊家」（以「（忠）恕」行於家）的基礎。

其五就「齊、（治）」而言，《大學》的作者在這一章的開端就說：

> 所謂「治國必先齊其家」者，其家不可教，而能教人者，無之。故君子不出家，而成教於國。孝者，所以事君也；弟者，所以事長也；慈者，所以使眾也。〈康誥〉曰：「如保赤子。」心誠求之，雖不中，不遠矣。未有學養子而後嫁者也。

這一段文字，先指明「孝」、「弟」、「慈」是「事君」、「事長」、「使民」的德行，以見齊家與治國之關係；再引〈康誥〉的話來證明所謂「推心為之」[70]、「識其端而推廣之」[71] 的道理。而「推心為之」、「識其端而推廣之」，說的就是「（忠）恕」的工夫。《大學》的作者這樣以「心誠求之」（即「（忠）恕」）來說明「君子不出家而成教於國」的道理後，接著又說：

---

70 《禮記注疏》，《十三經注疏》5，頁 986。
71 《四書集注》，頁 11。

> 一家仁，一國興仁；一家讓，一國興讓；一人貪戾，一國作亂。
> 其機如此，此謂一言僨事、一人定國。堯舜帥天下以仁，而民從
> 之；桀紂帥天下以暴，而民從之。其所令反其所好，而民不從。
> 是故君子有諸己，而后求諸人；無諸己，而后非諸人，所藏乎身
> 不恕，而能喻諸人者，未之有也。故治國在齊其家。

此段文字，先說明「教成於國之效」[72]，再承「一人定國」來說明「推己及人」（以「（忠）恕」藏乎身）對齊家、治國的重要。對於後半文字，朱熹注云：

> 此又承上文一人定國而言，有善於己，然後可以責人之善；無惡
> 於己，然後可以正人之惡；皆推己以及人，所謂恕也。不如是則
> 所令反其所好，而民不從矣。[73]

《大學》的作者在此特地拈出一個「恕」字，有豁醒全書、貫通前後的大作用，是不能稍予輕忽的。而此後所引《詩經》的〈周南·桃夭〉、〈小雅·蓼蕭〉和〈曹風·鳲鳩〉等三節文字，都用以證明這種以「（忠）恕」行於「家」而推及於「國」的效用。朱熹說：

> 此三引《詩》，皆以詠歎上文之事，而又結之如此。其味深長，
> 最宜潛玩。[74]

所謂「其味深長，最宜潛玩」，指的就是「如治己之心以治人，如愛己

72　同前註。
73　同前註。
74　同前註，頁 12。

之心以愛人」⁷⁵ 的這種「（忠）恕」之道。

　　末了就「治、平」而言，《大學》的作者在此，特以「絜矩之道」（即恕道）貫穿臨民、生財、用人諸事，以闡明「平天下在治其國」的道理。他首先說明「絜矩之道」的重要並加以釋義說：

> 所謂平天下在治其國者，上老老而民興孝；上長長而民興弟；上恤孤而民不倍。是以君子有絜矩之道也。所惡於上，毋以使下；所惡於下，毋以事上；所惡於前，毋以先後；所惡於後，毋以從前；所惡於右，毋以交於左；所惡於左，毋以交於右；此之謂絜矩之道。

對這段話，鄭玄闡釋云：

> 絜矩之道，善持其所有以「恕」於人耳。治國之要，盡在此。⁷⁶

而朱熹也注說：

> 身之所處，上下四旁，長短廣狹，彼此如一，而無不方矣，彼同有是心而興起焉者，又豈有一夫之不獲哉？所操者約，而所及者廣，此平天下之要道也。故章內之意，皆自此而推之。⁷⁷

可見能以「（忠）恕」行於「國」、「天下」，才能「治國」、「平天下」。

75　〈大學或問〉，趙順孫：《四書纂疏・大學纂疏》（臺北市：文史哲出版社，1986 年再版），頁 194。
76　《禮記注疏》，《十三經注疏》5，頁 987。
77　《四書集注》，頁 13。

為了作進一層說明，《大學》的作者在說明了「絜矩之道」後，又論「臨民」之道說：

> 《詩》云：「樂只君子，民之父母。」民之所好好之，民之所惡惡之，此之謂民之父母。《詩》云：「節彼南山，維石巖巖；赫赫師尹，民具爾瞻。」有國者不可以不慎，辟則為天下僇矣！《詩》云：「殷之未喪師，克配上帝；儀監于殷，峻命不易。」道得眾則得國，失眾則失國。

這說明了「能絜矩（即恕）而以民心為己心」[78]，則可「得國」而謂「民之父母」；如「不能絜矩，而好惡徇於一己之偏」[79]，則將「失國」而終為天下所戮。可見「有國者」是「不可以不慎」的。對於這一層道理，《大學》的作者在後文又加以闡釋說：

> 好人之所惡，惡人之所好，是謂拂人之性，菑必逮夫身。是故君子有大道，必忠信以得之，驕泰以失之。

所謂「好人之所惡，惡人之所好」、所謂「驕泰」，說的就是不「恕」；而所謂「忠信」，則等於是說「忠恕」[80]。如此一反一正地予以闡釋，將「恕」以臨民的意思，說得極為明白。

在論了「臨民」之道後，《大學》的作者特以「是故君子先慎乎德：有德，此有人；有人，此有土；有土，此有財；有財，此有用」一節文

78　同前註。

79　同前註。

80　陳滿銘：〈談孔子的四教——文、行、忠、信〉，《孔孟月刊》23 卷 1 期（1984 年 9 月），頁 8-9。

字，來一面承上，一面啟下作一總括，帶出如下文字，用以論「生財」：

> 德者，本也；財者，末也。外本內末，爭民施奪。是故財聚則民散，財散則民聚。是故言悖而出者，亦悖而入；貨悖而入者，亦悖而出。〈康誥〉曰：「惟命不于常。」道善則得之，不善則失之矣。《楚書》曰：「楚國無以為寶，惟善以為寶。」舅犯曰：「亡人無以為寶，仁親以為寶。」

這顯然說的是「因財貨以明能絜矩（恕）與不能者之得失」[81]，這種得失，影響天命之存亡長短，這樣，「有國者」怎麼「可以不慎」呢？對這種道理，《大學》的作者在後文又加以闡釋說：

> 生財有大道：生之者眾，食之者寡；為之者疾，用之者舒；則財恆足矣。仁者以財發身，不仁者以身發財。未有上好仁，而下不好義者也；未有好義，其事不終者也；未有府庫財，非其財者也。孟獻子曰：「畜馬乘，不察於雞豚；伐冰之家，不畜牛羊；百乘之家，不畜聚斂之臣；與其有聚斂之臣，寧有盜臣。」此謂國不以利為利，以義為利也。

作者在這裡，指出「有國者」須務本而節用，內德而外財，以使「府庫之財無悖出之患」[82]，說的依然是「德者本也，財者末也」的道理，以見「絜矩之道」的重要。

---

81 《四書集注》，頁 14。
82 同前註，頁 16。

最後作者才說到「用人」之事，他說：

〈秦誓〉曰：「若有一個臣，斷斷兮，無他技；其心休休焉，其
如有容焉。人之有技，若己有之；人之彥聖，其心好之；不啻若
自其口出，實能容之，以能保我子孫黎民，尚亦有利哉！人之有
技，媢嫉以惡之；人之彥聖，而違之俾不通；實不能容，以不能
保我子孫黎民，亦曰殆哉！」唯仁人放流之，迸諸四夷，不與同
中國。此謂「唯仁人為能愛人，能惡人」。見賢而不能舉，舉而
不能先，命也；見不善而不能退，退而不能遠，過也。

所謂「人之有技，若己有之」，所謂「唯仁人為能愛人」，就是由於能
「絜矩」（恕）的緣故。而所謂「媢嫉以惡之」、「違之俾不通」，所謂
「命」[83]、「過」，就是由於不能「絜矩」的緣故。可見「有國者」絕不
可用不能「絜矩」的小人，所以作者在文末又說：

長國家而務財用者，必自小人矣；彼為善之。小人之使為國家，
菑害並至，雖有善者，亦無如之何矣。此謂「國不以利為利，以
義為利」也。

這節文字，承上結合了「聚斂之臣」來論「有國者」用了「小人」（即
聚斂之臣）的禍害，以見「國不以利為利，以義為利」的道理。
　　本來《大學》的作者在論「所謂平天下在治其國」時，並沒有清楚
地把臨民、生財、用人三者斷然分開來談，在此為了說明的方便，視其
所重，強予割裂，實在是件不得已的事；不過，作者有意用「絜矩（恕）

---

[83]　《禮記·大學》鄭玄注：「命，讀為慢，聲之誤也。」《十三經注疏》5，頁988。

之道」來貫穿全章內容，則極為明顯。也由此可見「（忠）恕」是可由「格」、「致」、「誠」、「正」、「修」、「齊」一直貫到「治」、「平」的。朱熹說：

> 恕字之指，以如心為義。蓋曰：如治己之心以治人，如愛己之心以愛人，而非苟然姑息之謂也。然人之為心，必嘗窮理以正之，使其所以治己愛己者，皆出於正，然後可以即是推之以及於人，而恕之為道有可言者，故《大學》之傳最後兩章始及於此，則其用力之序亦可見矣。至即此章而論之，則欲如治己之心以治人者，又不過以強於自治為本，蓋能強於自治，至於有善而可以求人之善，無惡而可以非人之惡，然後推以及人，使之亦如我之所以自治而自治焉，則表端景正，源潔流清，而治己治人無不盡其道矣。所以終身力此，而無不可行之時也。[84]

說的就是這個道理。

　　經由上述，可知「恕」存於己，是「明明德」之事；施於人，是「親（新）民」之事；使「恕」無論存與施，都「止於至善之地而不遷」，是「止於至善」之事。而以「知」（智）明「恕」，是「格物」、「致知」之事；以「恕」實「意」，是「誠意」之事；以「恕」存「心」，是「正心」之事；以「恕」藏「身」，是「修身」之事；以「恕」行於「家」，是「齊家」之事；以「恕」行於「國」，是「治國」之事；以「恕」行於「天下」，是「平天下」之事。由此可知「恕」與「大學之道」的關係，不但蘊含偏全邏輯，還涉及螺旋，是至為密切的。

84　〈大學或問〉，《四書纂疏‧大學纂疏》，頁 194-195。

第五章
《中庸》的義理螺旋結構

　　本章就「《中庸》的思想體系」、「《中庸》的性善觀」與「《中庸》的『多二一（0）』螺旋系統」三端進行研討，以概見《中庸》的義理螺旋結構。

第一節　《中庸》的思想體系

　　這是一九九六年年底在臺灣師大國文系「四書教學研討會」的演講紀錄：

一

　　主席、主任、各位同仁、各位同學：剛剛主席特別提到說這是學術演講，我倒認為換成心得報告來得好。大家都知道《中庸》是六經的樞紐，也可以說是儒家思想的精華所在。研究儒家的思想，如果掌握了《中庸》，很容易就可以把它釐清楚。不過《中庸》這部書跟其他的經典一樣，只呈現結果，而過程是如何驗證的，一概省略掉。所以後人要了解它的時候，非自己經過驗證，把原來空白的地方補起來不可。就在這樣的過程中，我們知道是會相當主觀的，於是變成你有你的看法，別人也有別人的看法。假如說得清楚一點的話，透過自己生命的融合了之後，已經有我的存在，當然那是不是原來的東西，是非常難說的。我們雖然不敢和朱熹和王陽明來比，但我們都知道，朱熹有朱熹的《中

庸》，就好像朱熹有朱熹的《大學》一樣；王陽明有王陽明的《中庸》，就好像王陽明有王陽明的《大學》一樣。那已經是經過了生命的融合，講淺一點，就是體貼的結果。套一句黃錦鋐老師的話說：「經驗知識化為發展知識」，這兩者之間是不能畫上等號的。我今天提出我體貼的部分，當然有我的成分，因為有我的成分，便不免有所主觀。所以我願意提供我的心得出來，讓大家聽聽看，有那個地方不妥當的，有那個地方過於主觀的，希望大家能夠多加指教。

二

　　《中庸》整個篇章結構，就好像程子說的：最開頭說的是一理，中散為萬事，末復合為一理。我認為他講得相當地正確。我們現在看《中庸》的第一章和後面的部分，其實道理是一樣的，但是說法不一；也可以說是從不同的角度來說明這個道理，還是一「理」而已。我這裡附了一張《中庸》思想體系的簡表，作為《中庸》思想的說明。

　　《中庸》一開篇就說：

　　　　天命之謂性，率性之謂道，修道之謂教。

這是《中庸》綱領之所在，一部書講的就是這三句話。我先掌握這三句，然後把有關的部分拉過來，透過這短短的時間，把我自己對這三句的體會提出一點心得。這個簡表有我的部分在裡面，不容易看了就一目了然。現在我把它做一番疏通，希望把我的成分降到最低。

　　在孔子之前，是一個神權非常發達的時代，人沒有自由的意志，一切都為上天所左右，完全不知道人有自主的力量。經過那麼多先聖先賢觀察人事、觀察天象後，能夠略掉形象的部分，也就是所謂現象界，透視到本體的部分，找出一樣東西把天人整個打通，這是非常困難的事

情。這確定了我們有完全自主的力量，我們有無限往上自覺的力量。《中庸》的思想是前有所承的，它的作者累積前人的結晶，由外到內，從形象到主體，沒有被金木水火土迷惑，掌握了一個體系，貫通天人。所以徐復觀先生說過這是驚天動地的事，那是太了不起的。天人之間，居然由一個精神的動能把它貫穿起來，這完全是一種自主的力量，完全是無限向上的自覺力量，那就是說把神的主宰權，拉到人自己身上來，「天命之謂性」這句話真是了不起，無限往上開展的結果可以與天地同德，這是很少有的看法。所以我畫這個表的時候，先一個「天」，其實應再加「命」才對。天既然賦予我們「性」，當然也賦予萬物「性」。很多人研究《中庸》，認為「天命之謂性」這句話包括「物性」和「人性」來說，不知道在座的各位贊不贊同？因為這個跟儒家的其他經典是不太一樣的。「天命之謂性」降到人身上是謂「人性」，降到物身上是謂「物性」，而這句話應該包括「人性」和「物性」在內，假如不包括「物性」的話，後面「成物」是落空的。這個「成物」很多人誤會為齊家、治國、平天下而已，指的不是真正的物。那所提的天道也不是形上的實有，是完全主觀開出來的一個世界，而沒有足夠客觀的驗證。《中庸》不是這樣子的，我們看到外面一些研究《中庸》的書，很多都已肯定了這一點，那就是包括「物性」和「人性」。這個「性」就人來說，由於人是萬物之靈，能夠得其全，而物可以說是得其偏，這樣說有自我抬高的意味，但實際上，我們現在看出來也是這樣子，人為萬物之靈嘛！所以第二句「率性之謂道」的「性」，以前我就曾困擾過，以為「率性」是一般的人。後來王陽明把它點出來，那是「聖人也」。

那怎麼樣成為一個聖人呢？看一下我這個表不免有重疊的現象，因為聖人也是從凡人變為聖人的，他成為聖人之後，把自己的經驗提供出來，然後讓一般的人也走上聖人這一條路，也就是完全以自己的經驗引導別人，使別人吸取自己的經驗，以減少錯誤而進入聖人的領域。我這

個表裡面的「性」，已經確定是天所命的，那這個「性」的內容究竟是怎麼樣？實際上，《中庸》這部書已經很明白地告訴了我們：

　　　誠者，自成也。

誠是一個動力，它可以自成成物。而性之德有兩種：

　　　誠者，非自成己而已也，所以成物也。成己，仁也；成物，知也；性之德也，合外內之道也。

　　用一個「性」溝通天人，所以成己之後就可以成物。當然成己而成物，也不是單向的，以我的體會來看，那是循環不已的。成己多少，就成物多少；成物多少，就成己多少。那是一個循環，不是一次完成，而且須無數次循環，由偏而全的達到顛峰，達到最理想的境地。所謂「成己，仁也；成物，知也。」是說成己靠的是「仁」的作用，而成物靠的是「知」（即「智」，下併同）的作用，這都是與生俱來的德性。

　　道德的「德」與得到的「得」有時是通用的，那是得之於天的一種精神潛能。得之於天的精神潛能有兩種：一種屬於「知」，一種屬於「仁」。我們知道《中庸》作者所以把這兩種納入性的內涵，是受到孔子的影響。我以前寫的東西沒有強調這一點。本來我這一次很想講一個題目：「孔子的仁知觀與《中庸》的誠明思想」，因為《中庸》的誠明思想來自孔子的仁知觀。孔子的思想是仁知合一的，這點眾人皆知，不過後人把「知」撇開來談「仁」，就使人在認識孔子的思想上有了偏差。我們仔細看孔子，他認為在起點的時候，仁、知是分開的，因為在源頭上沒有把它們理通，沒有把它們溝通好，所以顧得了仁就顧不了知，顧得了知就顧不了仁。所以孔子才會以為：人想要求知、求仁，不學是不

行的。人一定要開發它們，不開發它們的話，彼此之間根本沒有多大的關連，就好像發出了五燭光、十燭光的光芒而已，那是每個人與生俱來都能夠發揮的。但是，是不是這樣就好了呢？完全不必開墾，不必開發，不必提升？當然我們現在認為那是不可能的，那是守株待兔，所以要開發。孔子以為開發後仁、知是會互動的，仁影響知，知影響仁。我想大家對《論語》都是非常熟的，它談仁知互動的地方是蠻多的，簡單的說，像「行有餘力則以學文」，那是由仁而知。「十室之邑，必有忠信如丘者焉，不如丘之好學也」，也是由仁而知。「博學以文，約之以禮」，這個是由知而仁，這種地方很多。也就是說，孔子那個時候知道兩者之間是一種互動的關係，這種互動不是一次完成，而是由偏而全，然後才能使仁知慢慢的融合而為一，這就是所謂的「仁且智」的境界，也就是聖人的境界。子貢稱讚孔子「仁且智，夫子既聖矣」，那是仁知合一的最高境界。孔子的思想影響《中庸》的作者實在很大很大，孔子還沒有把仁、知納入性體裡邊，《中庸》的作者硬是把兩者放入「性」裡邊，成為性的兩種最重要的內涵。所以我這個表裡面，大家可以看到，性的裡邊有「知」跟「仁」，我這裡這麼畫就是這樣來的。

那就是說，人與生俱來就具有仁性跟知性，但要怎麼開發呢？這是一個值得探討的問題。如不主張開發，讓它們與生俱來又原原本本的帶回墳墓，我們說得不好聽一點，就是暴殄天物。所以儒家主張走積極的路來開發它們。怎麼開發呢？當然要透過教育，所以在這個表裡面，底下用括號，一個「明」，一個「誠」。「明」是緊緊貼著知性來說，「誠」是緊緊貼著仁性來說。這裡有一個所謂的「所教」，這個「所教」就是一種教的作用。這個是根據什麼來說的呢？我們看《中庸》第二十一章：

自誠明，謂之性；自明誠，謂之教。誠則明矣，明則誠矣。

　　我們都知道這所謂的「性」跟「教」，跟一開端的所謂「天命之謂性，率性之謂道，修道之謂教」的「性」跟「教」是不太一樣的。清朝王船山讀書非常細膩，他就認為這個「性」是「所性」，所謂的「所性」就是性的作用；「教」是「所教」，就是教的作用。我們現在是透過「所教」的這一面來看，也就是透過人為的一面來看。要先開發知性，而後及於仁性。這就像《大學》裡面說的先格物、致知，然後誠意、正心、修身是一樣的。我們另外也可以說，它是要用萬殊之理豁醒一本之智的。主張走這一條路，我想大家一定知道是朱熹的說法。我也承認朱熹的說法對我的影響很深很深。但是不是僅止於此呢？不！我們的「所教」（人為）一定要打進我們的生命主體裡面才有用，也就是說一定要跟我們的「自誠明」之「性」結合，亦即自明誠之教一定要跟自誠明之性結合，不結合是沒有用的，好像移花接木那是絕對沒有辦法的，一定要直接的對準它。我記得十幾年前，我提出「撞擊」的說法，用「自明誠」來撞擊「自誠明」。也就是說「自誠明」之「性」是天然所有，我們不能夠直接讓它發生作用，我們要透過人為之教來產生力量來帶動，使它產生作用。所以我在上面就講「所性」是天然的作用，那就是說要走向聖人，一定要先發揮知性，而及於仁性。由仁性的發揮帶動天然的力量，也就是使你的知性能夠提升到另一個階段，而且這個又跟人工銜接，變成一個循環，「自明誠」而「自誠明」，「自誠明」而「自明誠」，人為跟天然的作用形成一個循環。

三

　　大家可能會有一個疑問，如何開發「知性」？剛剛我是用別人的一句話來說明，所謂用萬殊之理豁醒一本之智，究竟是怎麼來？事實上《中庸》這本書裡面有線索，我們還是就《中庸》來論《中庸》。我認為在第二十章中，「知」跟「行」之間有明顯的線索，那就是所謂的：

　　或生而知之，或學而知之，或困而知之，及其知之，一也。或安
　　而行之，或利而行之，或勉強而行之，及其成功，一也。

這就是非常有名的三知、三行。很多人是從一般的角度來看，認為人一
出生因為資質的不同，於是有的人偏於生知，有的人偏於學知、困知；
有的人偏於安行，有的人偏於利行、勉強行。這個也是事實，我想我們
是不是可以從另一個角度來看它？同一個道理，不同人的身上，有的人
可以生知，有的人卻要學知，有的人則要困知；同一個道理，有的人要
勉強行，有的人要利行，有的人卻可以安行。另外一個角度來看，同樣
一個人，他學某些道理，要知道某些道理，他可以靠生知，學某些道理
要學知，學某些道理要困知；行某些道理要勉強行，行某些道理要利
行，某些道理他又可以安行。我們可不可以這樣看待？我認為它留下來
的空間，可以這樣來認識它。實際上它們也是形成循環的。我把學知跟
困知當成一組，勉強行跟利行當成一組，安行跟生知是一組。假如我們
扣緊《中庸》的原文來看，所謂的「自明誠」的「明」的這一部分，那
是由困知、學知而來。那要怎麼學呢？這點，《中庸》也說了，第二十
章說：

　　博學之，審問之，慎思之，明辨之，篤行之。

由「博學之，審問之，慎思之，明辨之」讓你困知、學知，提升到某一
個基準，到了某一個基準，可以產生一種力量，帶動你仁性的發揮，那
就是要「篤行」。所以「篤行」是針對勉強行、利行來說的。我想我下
次畫這個表要把這個補上去，因為我昨天畫表的時候稍微草率一點，急
急忙忙的趕，以後會補得更周全一點。那就是困知、學知是由「博學
之，審問之，慎思之，明辨之」而來，勉強行、利行是「篤行」的階

段。篤行之後就可以邁向安行，安行已經觸到天然的力量，那一定馬上可以觸動生知。所以我從另外一個觀點來看，所謂的學知、困知，那是「聞一」，所謂的「知十」，是生知；「舉一」是屬於學知、困知，「反三」是屬於生知。我不曉得我這樣的看法會不會違背《中庸》作者原來的意思。我們這樣子來看待的話，可進一步用我們本身來驗證《中庸》的思想。我是非常注重驗證的，因為你主觀讓自己跑得很遠，不用客觀的事實來驗證，那必是空中樓閣、海市蜃樓、一廂情願的事情，那是很危險的。所以一定要透過本身，透過周圍，不只是就現在，還要用古人，甚至未來的人，這些都是一種驗證的材料。你不用這些驗證，而只是在文字、符號上打轉的話，跟你的生命是不能夠結合在一起的。我們都知道這個學問，套句牟宗三先生的話，是「生命的學問」，但是這個學問不納入生命裡面，算是什麼生命的學問？那是符號，是知識。也可以說你沒有納入生命，就沒有辦法開展出發展知識，你開不出來，就證明你沒有融貫它。事實上，一融貫之後，由於我們有足夠的驗證，用自己、用別人、用周遭的東西、用古人，甚至未來，便能照應周全。我想這種驗證非常非常的重要，這種驗證可以把主觀的成分降低，客觀的成分增強。一再地往主觀走，那是虛的，說起來好聽而已。我這樣看待不知道合不合理。

　　總結起來，它們的關係可用下圖來表示：

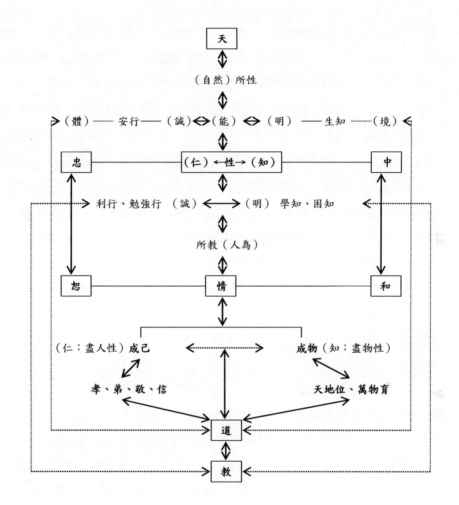

四

接著因為第一章提到「中和」，所以就列在表裡。我們知道第一章是用順逆，應該說是先順敘後逆敘的一種手法表達的。很多人認為，在思想的書裡為什麼還要注重篇章結構？我認為把篇章結構釐清，義理便跑不掉。「天命之謂性，率性之謂道，修道之謂教」是由本而末，也就是由天而人；後來所謂「道也者，不可須臾離也」一直到「天地位焉，

萬物育焉」，是由末推到本，也可以說是由人推到天。這裡所謂「道也
者，不可須臾離也」一直到「故君子慎其獨也」，是講慎獨的要領，也
就是人困知、學知，篤行的要領。換句話說，你要博學、審問、慎思、
明辨、篤行，你就要守這個要領。我想《大學》也講慎獨，事實上，儒
家常講慎獨。這是最重要的關口，若在這個重要的關口，你讓自己走
偏，一偏再偏，那就不得了。偏了之後再回過頭來，原來是正的東西，
你都會看成是偏的。我們要隨時檢查自己，因為走偏了之後是拉不回來
的，你自己扭曲了，然後看到正的是扭曲的，這種情況我們看得很多。
儒家講慎獨是最重要的部分，像我們的心裡有所偏，對自己的子女關
愛，所以越看自己的子女越漂亮，沒有不覺得不漂亮的。所以在沒有慎
獨的情況下，去博學、審問、慎思、明辨、篤行，整個會偏，也就是說
整個會落空。所以這裡所講修道的要領，也就是學者吸收前人的智慧跟
經驗的一種要領。《中庸》的作者講了修道，然後就講到率性：

> 喜怒哀樂之未發，謂之中；發而皆中節，謂之和。中也者，天下
> 之大本也；和也者，天下之達道也。

我們都知道這已經講到率性了，也就是由末推到本，由人推到天，
已經講到率性的部分。所以我的表裡面，大家看一看，我畫「性」，同
時跟它同一領域，同一個位置的，那是「中」，是這麼來的。其中說
「中」，實際上就指向「性」；說「和」，實際上就指向「情」。雖然《中
庸》不說「情」，我們知道「發而皆中節」是不是講「情」？我們都知
道這是講「情」！所以這個「情」是我把它加上去的，因為《中庸》找
不到這個字。但是我們從「發而皆中節」來看，那是已經講到「情」的
了。「情」是針對著「性」來的，一個體，一個用。中是體，和是用。
另外一個大家會覺得奇怪的是表裡面加了「忠」和「恕」。本來我可以

不加，但是在《中庸》這本書裡，我找到了幾句非常重要的話，就是談到「恕」，實際上是談到「忠恕」，所以我在這裡加上去，維持它的完整。

「忠恕」是怎麼說的呢？《中庸》第十三章：

> 忠恕違道不遠，施諸己而不願，亦勿施於人。

可見《中庸》是提到忠恕的，忠為體，恕為用。所以我們看到《中庸》的作者底下的敘述，撇開忠不談，只談恕，這個就是所謂的側注以回繳整體的手法。所以它講恕實際上就是講忠。底下的恕，我認為留下一個很好很好的線索給我們，也就是「恕」跟我們各種道德行為之間的關係。以前我不了解子貢向孔子詢問：「有一言而可以終身行者乎？」孔子回答：「其恕乎！」我想為什麼不是「仁」呢？孔子的學說不是以「仁」為核心嗎？為什麼不提「仁」而提「恕」？仁跟恕之間的關係是怎樣的？而且「恕」跟他所主張的孝、弟、敬、信之間的關係又是怎樣的呢？《論語》這部書裡面找不到任何的線索，但是結果《中庸》把它打通了。我認為這個打通對我整體的了解，有很大的幫助。那是怎樣的呢？孔子說：

> 君子之道四，丘未能一焉。

很多人說這是孔子謙虛的話，實際上也應該是事實。我們都知道孔子要到七十歲才從心所欲不踰矩，才達到最高境界。說這句話的時候，就全的觀點來看，確實是這個樣子，所以不必說這個是謙虛的話。接著說：

> 所求乎子以事父，未能也。

「所求乎子以事父」是恕沒有錯，但也是「孝」。要求子女怎麼對待自己，就用這種心意跟態度來對待自己的父母，這個是恕，因為它扣緊了恕來說，但是不是孝？當然是孝！也就變成恕存乎心，而且有一種知的指引，來分辨對象，對象不同，適應的方式就不同，但是它的本心是一樣的，源頭是一樣的。源頭是一個「忠」，有了對待之後變成恕。對待不同的人，而有不同的適應方式。對待的是父母，那是孝。底下說：

> 所求乎臣以事君，未能也。

這個也是恕。怎麼要求臣子對待自己，就先用這種心意跟態度來對待君上，這個是恕，但也是忠，但我這裡不願用忠，因為怕跟忠恕的忠相混。這個恕我用敬，所以我畫的表裡就不用忠而用敬。然後說：

> 所求乎弟以事兄，未能也。

是恕，但也是弟。末了說：

> 所求乎朋友，先施之。

是恕，也是信。這樣子因為這個地方有了一個線索，知是由「恕」衍生出各種道德行為，而《中庸》裡面把它說清楚了。

　　再看第二十章：

> 誠者，天之道也；誠之者，人之道也。

前面有一段文字，大家都知道這個和《大學》八目的說法很相近，那是

怎麼說的呢？它說：

> 在下位，不獲乎上，民不可得而治矣；獲乎上有道，不信乎朋
> 友，不獲乎上矣；信乎朋友有道，不順乎親，不信乎朋友矣；順
> 乎親有道，反諸身不誠，不順乎親矣；誠身有道，不明乎善，不
> 誠乎身矣。

這跟《大學》八目說法相近，但詳略不一。這裡的「明善」就是格物致知，「誠身」就是誠意、正心、修身，「順親」跟「信友」是齊家，「獲上」跟「治民」就是治國、平天下。其實成己的部分應該涵蓋在這個部分裡。我的表著重在恕與各種道德行為的關係上，而沒有把成己真正的部分，包涵明善、誠身、順親、信友、獲上、治民，使得自己之外，包括別人，都能夠做到孝弟敬信等等，這樣應該比較周全一點。我下次把這個表修訂，想加這些上去，更適合《中庸》這部書的特點。

　　回到中和跟忠恕來講，我們都知道性情可以就體用來分，當然也可以就動靜來分。一動一靜，實際上是動中有靜，靜中有動的，這樣來分雖然有一點勉強，不過確有它的特點。有的人以體用來分，有的人以動靜來分。而現在忠恕在這裡，為什麼我把忠、性、中排在一列？我認為它們的指向都一致，用不同的名稱，指的角度則不一樣。像中和這個部分，它是就「境」來指，性這個部分，凸顯它的「能」，而忠恕這個部分，是就「體」來說。我不曉得這樣的看待會不會有問題，希望大家能在這方面多指教我。

　　再回到成己的部分。這個部分，我們配合《中庸》第二十五章的說法之外，再配合另一章來看一下。第二十二章說：

> 唯天下至誠，為能盡其性；能盡其性，則能盡人之性；能盡人之

性，則能盡物之性；能盡物之性，則可以贊天地之化育；可以贊天地之化育，則可以與天地參矣。

能夠把性的功能由自明誠而自誠明，由偏而全的發揮到極致，那就是所謂的至誠。這樣不但可以盡己性，也可以盡人之性，這是成己的部分，就好像《大學》，不但要求明明德於其身，也要求明明德於其家，明明德於其國，明明德於天下是一樣的。再過來，很特殊的就是成物的部分。成物的部分，就是「能盡人之性，則能盡物之性；能盡物之性，則可以贊天地之化育。」這個部分可以配合第一章來看，所謂「致中和，天地位焉，萬物育焉。」我們發揮中和的功能，除了可以成己之外，還可以成物。發揮我們中和的功能，實際上是擁有忠恕的胸襟，我們的「性」有力量拉出去，達到這種境界的時候，由人的身上推擴出去，打通物我，那就是盡物之性。盡物之性就可以天地位，萬物育。這用什麼打通呢？簡單的說，是一個「性」在打通，換句話說，打通物我的是一個「誠」，當然包含「明」。所以說，《中庸》這部書是談「誠」的著作，我想大家也不會反對。

五

《中庸》的後半部很少談「性」，而談「至誠」，那就是用「誠」來貫通。我們知道《中庸》開頭是用性來貫通天人物我，到後半段是用至誠來貫通天人物我。第二十六章提到：

故至誠無息；不息則久。久則徵，徵則悠遠，悠遠則博厚，博厚則高明。博厚所以載物也，高明所以覆物也，悠久所以成物也。

那就是有「至誠」的作用。「性」的功能發揮到極點，那是一種「至誠」

的力量，完全可以產生作用，又透過「至誠」的力量通天人物我，所以才說「至誠無息」。不間斷的作用就可以長久，長久的話，可以徵驗；徵驗以後，就空間來說是「悠遠」，「久」是時間，「悠遠」是空間。我們明顯的知道，《中庸》的作者是這個意思。「悠遠」之後，就可以達到「博厚」的地步，「博厚」就可以達「高明」的地步，那就跟天地同德，所以這裡說「悠久所以成物也」，這是說「至誠」的作用，不僅可以「成己」，而且可以「成物」，這是一個很重要的地方。

　　我們從另一個角度來看，從前的聖人是以有相來證出無相，再掌握無相來解釋有相的，由這一章可以看出來。事實上他怎麼知道是至誠呢？他是先從有相著手，然後追溯到它的源頭，掌握到至誠之後，回過頭來解釋有相。所以敘述的時候好像是先無相，然後是有相。但我們知道，聖人並不是一無憑藉，然後就用自己的心馬上體貼天道，說起來很好聽，但我看並不是這樣的。沒有人一出生就可以完全開發自己的性到至誠的地步，孔子也不例外。所以後面接著說：

　　　　博厚配地，高明配天，悠久無疆。如此者，不見而章，不動而
　　　　變，無為而成。

它是從源頭開始慢慢生養萬物，從無相到有相；然後我們就有相的部分來說：天地之道，可一言而盡也；「其為物不貳，則其生物不測。」天地之道：

　　　　博也，厚也，高也，明也，悠也，久也。

然後用天地山水來證明：

今夫天，斯昭昭之多，及其無窮也，日月星辰繫焉，萬物覆焉；今夫地，一撮土之多，及其廣厚，載華嶽而不重，振河海而不洩，萬物載焉；今夫山，一卷石之多，及其廣大，草木生之，禽獸居之，寶藏興焉；今夫水，一勺之多，及其不測，黿鼉蛟龍魚鱉生焉，貨財殖焉。

當然這與宇宙膨脹之說未必全合，但是並不違背。雖然我們不必說我們的祖先早就知道宇宙正在膨脹，但是他的體會就是這樣。由混沌、無相而慢慢有相，這是從真正「成物」來說。「天地位而萬物育」並不是漂亮話，像現在我們說的變沙漠為綠洲，透過人工來改進天然的缺陷就是。事實上，《中庸》的作者肯定我們有這個力量，我們這個力量正可以改善物質環境。有人說儒家的學說開不出科技，那是一種誤會，怎麼會開不出來呢？那是後人把「成物」的部分切斷，只就成己的部分做主觀的考量，把「成物」的部分略掉，那是我們有所偏。就《中庸》來說，「成物」是真正的「成物」，而且這個「成物」不是一個人就可以完成，而是集大家的力量。《中庸》的作者不過是肯定人有這樣的無上自覺的力量，可以跟自然的力量結合起來，這必須靠我們不斷的參與這個行列，然後把「成己」、「成物」越做越好，以純化人倫社會，改善物質環境。而聖人經過「成己」、「成物」的歷程，就把這個經驗匯成「道」。所以後面說非帝王不能夠制禮，實際上這個禮就是道。我們看《中庸》後半，談「禮」的地方實在太多了，而講的就是「道」，不過是換了另一個詞而已。我們可以從《論語》看出來，《論語》裡面講「道」和「禮」是重疊的。也可以說「道」是泛泛之說，而「禮」則是較具體而已。假如從根源來說，「道」和「禮」是為一的，沒有什麼不同。從形式上來說，是一種禮文，是種種的規範，那就有所不同了，它會因時因人因地而有所改變，會有不同，但源頭上，並沒有什麼不同。聖人由凡人而變

為聖人，然後提供他的智慧和經驗的結晶而形成了「道」，以制定禮儀，制定禮樂，而且掌握到不息、久、徵、悠遠、博厚、高明的特點，兼顧人道和天道。實際上，是兼顧人情跟天理，再說得淺一點，是兼顧到人生跟宇宙。這種智慧和結晶提出來，就形成了「道」，用這個來教我們的後代，而要學者也照他一樣，由困之、學之而勉強行，利行、安行而生知，也就是由明而誠，由誠而明，循環不已，慢慢邁向聖人的領域，這是我們教育的目標，我看《中庸》這部書裡面這個講得是非常完整的。從結構體系上來說，的確是比《論語》、《孟子》完整。但它留下的空間太多了，需要後人來填補，我填補的結果是這樣，可能是有所扭曲，希望大家給我多一點指教，我今天就報告到這裡，謝謝大家！

第二節　《中庸》的性善觀

「性」字在《詩》、《書》時代，由於指的是就「情」而言的欲望或本能[1]，所以就像《尚書·召誥》裡所謂的「節性」[2]一樣，必須講求節制。而《中庸》，則由於指的本是「真實無妄」[3]的至誠潛能，因此就不講節制，而有「率性」、「盡性」的主張；而且範圍也由「人」兼及於「物」，形成合天人、物我為一體的性善觀，影響所及，極為深遠。本節即從《中庸》性善觀的淵源、內容、特色等方面，尤其對「何謂善」這一問題，試予探討，以呈現《中庸》性善觀的明顯輪廓。

---

[1]　徐復觀：《中國人性論史·先秦篇》（臺北市：臺灣商務印書館，1978 年 10 月四版），頁 6。

[2]　《尚書·召誥》：「王先服殷御事，比介于我有周御事，節性惟日其邁。」見《十三經注疏·尚書》（臺北市：藝文印書館，1965 年三版），頁 222。

[3]　朱熹：《四書集注》（臺北市：學海出版社，1984 年 9 月初版），頁 31。

一 《中庸》性善觀的淵源

先秦儒家，除《荀子》外，都以性善為立論基礎。孔子未言性善，只是說：「性相近，習相遠。」（《論語‧陽貨》）但他卻肯定人心之「仁」與「知」（智），這就顯示了性善的強烈傾向。《論語‧顏淵》載：

> 樊遲問仁，子曰：「愛人。」問知，子曰：「知人。」樊遲未達，子曰：「舉直錯諸枉，能使枉者直。」

朱熹注此云：

> 舉直錯諸枉，知也；使枉者直，則仁矣。如此則二者不惟不相悖，而反相為用矣。[4]

這種解釋指出了孔子先「知人」（智）而後「愛人」（仁）的意思。又《論語‧里仁》載：

> 子曰：「不仁者不可以久處約，不可以長處樂。仁者安仁，知者利仁。」

從表面上看，孔子在這裡將「仁者」與「知者」分開來講，但所謂「安仁」與「利仁」，很明顯地就是《中庸》所說的「安而行之」與「利而行之」（見第二十章，依朱熹《中庸章句》，下併同）[5] 的不同。而大家都知道兩者是層進而非平列的關係，也就是說：「利而行之」久了就可

---

4 同前註，頁 139。
5 《中庸》第二十章：「或安而行之，或利而行之，或勉強而行之，及其成功，一也。」

以邁入「安而行之」的階段，朱熹以為它們屬「深淺之不同」[6]，便是這個意思。由此可知在孔子眼中，仁和智是互動而並重的[7]。牟宗三說：

> 仁、智並舉，並不始自孟子。孔子即已仁、智對顯，如仁者安仁，智者利仁。[8]

而夏乃儒則更進一步地說：

> 孔子是圍繞著以知求仁、仁知統一這個中心，建立起他的認識理論的。[9]

這些都是對孔子學說深造而有得的話。由此看來，《中庸》的作者能乾淨俐落地將「仁」和「智」納入粹然至善的性體，和孔子的仁智觀是有直接關係的。

孔子除了肯定人心之「仁」和「智」外，值得人注意的是《論語‧述而》所載孔子的話：

> 天生德於予。

何晏注此云：

6　朱熹：「惟仁者則安其仁，而無適不然；知者則利於仁，而不易其守。蓋雖深淺之不同，然皆非外物所能奪矣。」見《四書集注》，頁74。
7　陳滿銘：〈孔子的仁智觀〉，《國文天地》12卷4期（1996年9月），頁8-15。
8　牟宗三：《中國哲學的特質》（臺北市：學生書局，1976年10月），頁25。
9　夏乃儒：《中國哲學三百題》（上海市：上海古籍出版社，1988年9月），頁161。

謂授我以聖性，德合天地，吉無不利。[10]

而朱熹則以為：

天之生我，而使之氣質清明，義理昭著，則是天生德於我矣。[11]

照何、朱二人的說法，這個「德」，該等同於「性」，因為何晏直接以「聖性」來釋「德」；而朱熹則以「使之氣質清明，義理照著」來說明，這指的不是「性」是什麼？其實，「德」就是「得」，《老子》第四十九章說：

聖人無常心，以百姓心為心。善者吾善之，不善者吾亦善之，德善；信者吾信之，不信者吾亦信之，德信。

朱謙之《老子校釋》引羅振玉云：

「德」字，景龍本、敦煌本均作「得」。[12]

可見「德」可通「得」。而就儒家來說，這個「德」，即「得之於天者」之意；而「性」則指「得之於天」的本質。亦即前者乃就承受者而言，後者卻就所承受之本質來說，因此兩者的關係是一而二、二而一的。這樣看來，孔子「天生德於予」這句話，便和《中庸》「天命之謂性」的說法很相似了。不過，陳大齊卻以為：

---

10 《十三經注疏‧論語》，頁 62。
11 趙順孫：《四書纂疏‧論語》（臺北市：文史哲出版社，1986 年 10 月版），頁 966。
12 朱謙之：《老子校釋》（北京市：北京中華書局，1984 年 11 月版），頁 194-195。

孔子既然稱德為天生，則所採取的，似乎是潛伏觀，不是創始觀。但孔子此言，只是就他自己一個人說的。然則此種潛伏的德，是他個人所獨有，抑或為少數人所特有，又或為人人所同具，未可由以貿然推斷。且孔子此言，只是感情性的傾訴，不是道理性的論斷，更未可據以推定其學說上所採取的主張。[13]

這確是個疑問，又何況孔子也未明白地將「天生德於予」的「德」來統攝「仁」和「智」，達到《中庸》那樣「即誠（含仁與智）言性」[14] 的地步，所以只能說孔子「天生德於予」這句話對《中庸》「天命之謂性」這句話有重大啟發而已。

由此可知《中庸》的性善觀，無疑地是直接淵源於孔子的。

二　《中庸》性善觀的內容

孔子的仁智觀到了《中庸》，便水到渠成地獲得了進一層的發展。《中庸》的作者將仁與智直接納入性體，成為「性」的兩大內容，他在第二十五章說：

> 誠者，非自成而已也。所以成物也。成己，仁也；成物，知也；性之德也，合外內之道也。

朱熹注此云：

---

13 陳大齊：《孔子學說》（臺北市：正中書局，1963 年版），頁 111-112。
14 唐君毅：「今觀《中庸》之言性，更可見其為能釋除莊、荀之流對心之性之善之疑難，以重申孟子性善之旨，而以一真實之誠，為成己成物之性德，以通人之自然生命、天地萬物之生命、與心知之明，以為一者。」見《中國哲學原論・原性篇》（臺北市：學生書局，1979 年 5 月四版），頁 59。

> 誠雖所以成己，然則有以自成，則自然及物，而道亦行於彼矣。仁者，體之存；知者，用之發；是皆吾性之固有，而無內外之殊。[15]

而王船山也作如下闡釋：

> 有其誠，則非但成己，而亦以成物矣；以此誠也者，足以成己，而無不足於成物，則誠之而底於成，其必成物審矣。成己者，仁之體也；成物者，知之用也；天命之性，固有之德也。而能成己焉，則仁之體立也；能成物焉，則知之用行也；仁知咸得，則是復其性之德也。統乎一誠而已，物胥成焉，則同此一道，而外內固合焉。[16]

可見仁與智，同是「性之德」，乃「吾性之固有」，而「誠」則是「人性的全體顯露，即是仁與知的全體顯露」[17]，是足以成己、成物的。而《中庸》第二十一章又說：

> 自誠明，謂之性；自明誠，謂之教；誠則明矣，明則誠矣。

據知由「至誠」所統攝的仁與智，是可經由互動而最後融合為一的。也就是說「如果顯現了部分的仁性（誠），就能連帶地顯現部分的知性（明）；同樣地，顯現了部分的知性（明），就能連帶地顯現部分的仁性

---

15 《四書集注》，頁 42。

16 王船山：《讀四書大全說》卷三（臺北市：河洛圖書出版社，1974 年 5 月版），頁299-300。

17 《中國人性論史・先秦篇》，頁 156。

（誠）。正由於這種相互的作用，有先後偏全之差異，故使人在盡性上也就有了兩條內外、天人銜接的路徑：一是由誠（仁性）而明（知性），這是就先天潛能的提發來說的；一是由明（知性）而誠（仁性），這是就後天修學的努力而言的。而這『天然』（性）與『人為』（教）的兩種作用，如一旦能內外銜接，凝合無間，則所謂『誠則明矣，明則誠矣』，必臻於亦誠亦明的至誠境界。到了此時，仁既必涵攝著智，足以成己，而智亦必本之於仁，足以成物了。」[18]

這種由仁智互動而趨於融合為一的「性之德」，如果沒有尋源探本，找出它的根源，那麼一切人為的努力將會落空，所以《中庸》的作者特地在《中庸》一開篇就說：

天命之謂性。

朱熹釋此云：

命猶令也。天以陰陽五行化生萬物，氣以成形，而理亦賦焉，猶命令也；於是人物之生，因各得其所賦之理，以為健順五常之德，所謂性也。[19]

在這段話裡，朱熹首先提出了「性即理」的新觀點，然後以理氣二元論來解釋萬物成形賦理的真象，從而把理、命、健順五常之德和性的關係提明，可說是深入聖域後所體貼出來的見解。而這種見解，在《或問》裡，發揮得尤為透徹，他說：

---

18 陳滿銘：《中庸思想研究》（臺北市：文津出版社，1980 年 3 月初版），頁 109。
19 《四書集注》，頁 21。

> 天命之謂性，言天之所以命乎人者，是則人之所以為性也。蓋天
> 之所以賦與萬物，而不能自已者，命也；吾之得乎是命以生，而
> 莫非全體者，性也。故以命言之，則曰元亨利貞，而四時五行，
> 庶類萬化，莫不由是而出；以性言之，則曰仁義禮智，而四端五
> 典，萬事萬物之理，無不統於其間。蓋在天在人，雖有性命之
> 分，而其理則未嘗不一；在人在物，雖有氣稟之異，而其理則未
> 嘗不同；此吾之性所以純粹至善，而非若荀、楊、韓子之所云
> 也。[20]

照這種解釋，人與物雖然「都是氣依理而凝聚造作的結果」，但所得之
氣，卻偏全各有不同。而人由於得其全，所以那原本是天地元亨利貞之
理，便通過「命」，純粹而周遍地降而為仁義禮智之性；而物則由於
「得其偏」，所以也就不免差上一大截，「不過只通得一路」而已[21]。這
種觀點，儘管有部分是因襲了《周易·文言》的說法[22]，然而在程子之
後，他卻更周密地用一個能以簡馭繁的「理」字來貫通性命物我，把

---

20 《四書纂疏·中庸》，頁 268-269。
21 戴璉璋：「依據朱子、退溪的理氣二元論，天地間一切人物草木鳥獸的生成，都是氣
　依理而凝聚造作的結果。一物之生，氣賦以形而理定其性。所以就理言，『天下無性
　（理）外之物』，『枯槁之物亦有性』，『物之無情者亦有理』，而且此性此理是人物同
　源——皆源出天理。就氣言，則因『二氣五行交感萬變』，所以『人物之生有精粗不
　同』。朱子說：『自一氣而言，則人物皆受是氣而生；自精粗而言，則人得其氣之正
　且通者，物得其氣之偏且塞者。惟人得其正，故是理通而無所塞；物得其偏，故是
　理塞而無所知』（《語錄》卷四）由於得氣的偏正不同，所以人、物有別。人『識道
　理，有知識』，所以『理通而無所塞』，物雖『間有知者』，也『不過只通得一路』，
　所以一般而論是『理塞而無所知』。在物那裡，無所謂窮理盡性的問題；在人這裡，
　實然的存在，還有稟賦上昏明清濁的差異。除了『上知生知之資，是氣清明純粹而
　無一毫昏濁』以外，一般而論，都有資質的偏蔽，必須加上窮理的工夫，才真能『理
　通而無所塞』，盡其定然之性。」見〈朱子與退溪的窮理思想〉，《鵝湖月刊》5 卷 6
　期（1979 年 12 月），頁 4-5。
22 《十三經注疏·周易》，頁 21。

元、亨、利、貞和仁、義、禮、智打成一片，以呈顯一個善美而莊嚴的
理世界，這對後世學術思想的影響，無疑是極大的。不過，《中庸》的
作者卻不是用這個後世學者所察識的「理」字[23]，而是用「至誠」（含
仁與智）二字，從本體、變化、境界和「報應」各方面，徹底貫通了天
道、鬼神、中和與天命等觀念[24]，把原本遮蓋在天表面的那種宗教的神
秘彩霧驅散，而呈顯出一誠流貫的形而上境界。

　　既然認定性是天所命的，那麼，天道之至誠也必透過「命」，隨著
人的出生而賦予人，以凝結為性，成為人類生生不已、真實無妄的精神
動能；更何況，在觀念的形成上來說，那天道之至誠，原本就是由人道
之至誠，經天命之性，向上投射而得以確認的呢！因此，唐君毅認為
《中庸》是「即誠言性」的，而錢穆也說：

　　　性則賦於天，此乃宇宙之至誠。[25]

如此推本於「天」，以「至誠」統攝仁與智來說「性」，「性」的粹然至
善也就完全呈現出來了。

三　《中庸》性善觀的特色

　　《中庸》的作者「即誠言性」，其範圍不僅是「人」（成己、成人）
而已，也兼顧了「物」（成物），這可說是《中庸》性善觀的第一大特
色。對於這一點，朱熹在《中庸章句》裡就以「陰陽五行，化育萬物」
來釋「天命之謂性」之「性」，顯然以為它，除了「人」性之外，還包
括了「物」性，而陳氏（淳）更申釋云：

23　錢穆：《中國學術思想史論叢》二（臺北市：東大圖書公司，1980 年版），頁 311。
24　《中庸思想研究》，頁 85-102。
25　《中國學術思想史論叢》二，頁 295。

> 天固是上天之天，要之即理是也。然天如何而命於人，蓋藉陰陽
> 五行之氣，流行變化，以生萬物。理不外乎氣，氣以成形，而理
> 亦賦焉，便是上天命令之也。……本只是一氣，分來有陰陽；又
> 分來有五個氣，二與五只管分合運行去，萬古生生不息不止，是
> 箇氣必有主宰之者，曰理是也。理在其中，為之樞紐。故大化流
> 行，生生未嘗止息。命即流行而賦予物者。[26]

這種說法，雖受到相當多人的肯定，卻有一些學者持反對的意見，以為
這樣無法貫徹性善之說，而且也講不通「率性之謂道」這句話，如王船
山便說：

> 天命之謂性，乃程子備《中庸》以論道，須如此說。若子思本
> 旨，則止說人性，何曾說到物性上；物之性卻無父子、君臣等五
> 倫，可謂之天生，不可謂之天命。至於率性之謂道，亦兼物說，
> 尤為不可，牛率牛性，馬率馬性，豈是道？若說牛耕馬乘，則是
> 人拿著他做，與猴子演戲一般，牛馬之性何嘗要耕要乘，此人為
> 也，非天命也。此二句斷不可兼物說。[27]

其實，所謂「率性之謂道」，說的確是「人」，而且是聖人之事，如王
陽明所說：眾人亦率性也，但率性在聖人分上較多，故『率性之謂道』
屬聖人事；聖人亦修道也，但修道在賢人分上多，故『修道之謂道』屬
賢人事[28]。卻也不一定要固執地把「性」規範在「人」的身上，因為《中

26　《四書纂疏‧中庸》，頁 264。
27　王船山：《四書箋解》（臺北市：廣文書局，1977 年 1 月版），頁 40-41。
28　王守仁：《傳習錄》下，《王陽明全集》上（上海市：上海古籍出版社，1997 年 8 月
　　一版三刷），頁 97-98。

庸》在很多地方談「成物」之事，如：

> 天地位焉，萬物育焉。（第一章）
> 誠者，物之始終，不誠無物。（第二十五章）
> 天地之道，可一言而盡也：其為物不貳，則其生物不測。（第二十六章）
> 發育萬物，峻極于天。（第二十七章）
> 唯天下至誠，為能經綸天下之大經，立天下之大本，知天地之化育，夫焉有所倚。（第三十二章）

又於第二十二章明白說：

> 唯天下至誠，為能盡其性；能盡其性，則能盡人之性；能盡人之性，則能盡物之性；能盡物之性，則可以贊天地之化育；可以贊天地之化育，則可以與天地參矣。

這裡所謂「盡其性」之「其」，指的是自身（我）；而「盡人之性」之「人」，指的是他人，即家人、國人，以至於全天下的人；至於「物」，則當然指真正之物，即物質而言，而非一般人所指的「家」、「國」、「天下」。所以朱熹說：

> 人、物之性，亦我之性，但以所賦形氣不同，而有異耳。[29]

---

29 《四書集注》，頁 40。

唯其「人、物之性，亦我之性」，故至誠之聖人才有可能「仁且智」[30]
地填補人我、物我的鴻溝，逐步「盡己之性」、「盡人之性」、「盡物之
性」，而臻於「與天地參」的最高境界。

　　如果這種理解沒有偏差，那麼《中庸》第二十二章，配合性善的說
法，應能說成：

> 唯天下至誠，為能盡其善；能盡其善，則能盡人之善；能盡人之
> 善，則能盡物之善；能盡物之善，則可以贊天地之化育；可以贊
> 天地之化育，則可以與天地參矣。

其中「能盡其善」以「盡人之善」，在其他儒家經典中已談得很多，如
《論語‧憲問》說：

> 子路問君子。子曰：「修己以敬。」曰：「如斯而已乎？」曰：「修
> 己以安人。」曰：「如斯已乎？」曰：「修己以安百姓。修己以
> 安百姓，堯、舜其猶病諸！」

又如《禮記‧大學》說：

> 身修而后家齊，家齊而后國治，國治而后天下平。

顯然是不成問題的。但要「盡其善」而「盡人之善」，以至於「盡物之
善」，則必須解決「何謂善」的問題。這所謂的「善」，無疑地不能停

30　《孟子‧公孫丑上》：「昔者，子貢問於孔子曰：『夫子聖矣乎？』孔子曰：『聖，則
　　吾不能。我學不厭，而教不倦也。』子貢曰：『學不厭、智也；教不倦，仁也。仁且
　　智，夫子既聖矣！』」同前註，頁32。

留在「形於外」的五倫，即孝、弟、敬、信、慈等德行之間，因為「物」之善是不能由此而疏通無礙的。既然如此，就非得從「誠於中」者來貫通天人、物我不可。而要這樣「一以貫之」，則必須即誠言善，那就是說「善」要合乎不息、規律與和諧的要求，因為「至誠」是由不息而形成規律，最後達於和諧之境的。

首先看《中庸》第二十六章：

> 故至誠無息，不息則久，久則徵，徵則悠遠，悠遠則博厚，博厚則高明。博厚，所以載物也；高明，所以覆物也；悠久，所以成物也。博厚配地，高明配天，悠久無疆；如此者，不見而章，不動而變，無為而成。

由於《中庸》的作者認定「至誠」是粹然至善、真實無妄的一種動能，所謂「既無虛假，自無間斷」[31]，自然就能形成「久」、「徵」、「悠遠」、「博厚」、「高明」等「外驗」[32]。這種「外驗」，如換個角度來看，就是規律。這種規律，就「人」來說，即「率性之謂道」的「道」。聖人依循「無息」的精神潛能──「性」，以凝就「群體所共由共守」[33]的準則，《中庸》第二十七章說：

> 大哉！聖人之道，洋洋乎，發育萬物，峻極于天。優優大哉！禮儀（大儀則）三百，威儀（小儀則）三千，待其人而後行，故曰：

---

31 《四書集注》，頁 42。
32 朱熹在「徵則悠遠，悠遠則博厚，博厚則高明」三句下注云：「此皆以其驗於外者言之，鄭氏所謂至誠之德，著於四方者是也。存諸中者既久，則驗於外者，益悠遠而無窮矣。悠遠，故其積也，廣博而深厚；博厚，故其發也，高大而光明。」同前註。
33 徐復觀：《中國人性論史・先秦篇》，頁 119。

　　苟不至德，至道（指禮儀與威儀）不凝焉。

所謂「苟不至德，至道不凝焉」，非聖人無以率性成道的意思，是表示得非常明白的。實在說來，也幸好有聖人能「順著人性向外發出」[34]，全面做到「自誠明」的地步，才有可能「經綸天下之大經」，於「人倫各盡其當然之實，而皆可以為天下後世法」[35]，以至於「立天下之大本」，而使常人也能透過聖人所凝就的「至道」（達道），逐漸由明而誠地發揮性體的功能，達於完全「復其初」[36]的終極目標。如就「物」來說，就是「自成」的「外驗」。由《中庸》的作者看來，「物」是藉著「誠」的作用，而形成規律以「自成」的。《中庸》第二十五章說：

　　誠者，自成也；而道，自道也。誠者，物之始終，不誠無物。

便是此意。而第二十六章更說：

　　天地之道，可一言而盡也：其為物不貳，則其生物不測。天地之
　　道，博也，厚也，高也，明也，悠也，久也。今夫天，斯昭昭之
　　多，及其無窮也，日月星辰繫焉，萬物覆焉；今夫地，一撮土之
　　多，及其廣厚，戴華嶽而不重，振河海而不洩，萬物載焉；今夫
　　山，一卷石之多，及其廣大，草木生之，禽獸居之，寶藏興焉；
　　今夫水，一勺之多，及其不測，黿鼉蛟龍魚鱉生焉，貨財殖焉。

在這段話裡，《中庸》的作者首先告訴我們：天地之道是可以用一句話

---

34 同前註。
35 《四書集注》，頁 48。
36 同前註，頁 21。

來概括的，那就是「其為物不貳，則其生物不測」，這所謂的「為物」，猶言「為體」，指的是天地「運行化育之本體」[37]；而「不貳」，義同「無息」、「不已」，乃「誠」的作用[38]。這是《中庸》的作者透過「內在的遙契」、「通過有象者以證無象」所獲致的結果[39]。了解了這點，那就無怪他在說明了天道之「為物不貳」後，要接著用聖人「至誠無息」之外驗來上貫於天地，而直接說「博厚」、「高明」、「悠久」就是「天地之道」，以生發下文了。很明顯地，這所謂「高明」指的就是下文「日月星辰繫焉，萬物覆焉」的天德；所謂「博厚」，總括來說，指的就是「載華嶽而不重（山），振河海而不洩（水），萬物載焉（山和水）的地德；分開來說，指的乃是「草木生之，禽獸居之，寶藏興焉」的山德與「黿鼉蛟龍魚鱉生焉，貨財殖焉」的水德；而「悠久」，指的則是天光及於「無窮」（高明）、地土及於「博厚、山石及於「廣大」、水量及於「不測」

---

37 王船山：「其為物，物字，猶言其體，乃以運行化育之本體，既有體，則可名之曰物。」見《四書箋解》，頁 96。

38 王船山：「無息也，不貳也，也已也，其義一也。章句云：『誠故不息』，明以不息代不貳。蔡節齋為引申之，尤極分曉；陳氏不察，乃混不貳與誠為一，而以一與不貳作對，則甚矣其惑也。」見《讀四書大全說》卷三，頁 312。

39 牟宗三在〈由仁、智、聖遙契性、天之雙重意義〉一文中，曾引《中庸》「肫肫其仁」一章，對「內在的遙契」做過如下之說明：「內在的遙契，不是把天命、天道推遠，而是一方把它收進來做為自己的性，一方又把它轉化而為形上的實體，這種思想，是自然地發展而來的。……首先《中庸》對於『至誠』之人做了一個生動美妙的描繪。『肫肫』是誠懇篤實之貌。至誠的人有誠意，有『肫肫』的樣子，便可有如淵的深度，而且有深度才可有廣度。如此，天下至誠者的生命，外表看來既是誠篤，而且有如淵之深的深度，有如天浩大的廣度。生命如此篤實深廣，自然可與天打成一片，洋然無間了。如果生命不能保持聰明聖智，而上達天德的境界，又豈能與天打成一片，從而了解天道化育的道理呢？當然，能夠至誠以上達天德，便是聖人了。」見《中國哲學的特質》，頁 35。又唐君毅：「中國先哲，初唯由『人之用物，而物在人前亦呈其功用』、『物之感人、而人亦感物』之種種事實上，進以觀天地間之一切萬物之相互感通，相互呈其功用，以生生不已，變化無窮上，見天道與天德。而此亦即孔子之所以在川上嘆『逝者之如斯，不舍晝夜』，而以『四時行，百物生』，為天之無言之盛德也。」見《哲學概論》（上）（臺北市：學生書局，1985 年版），頁 108-109。

（博厚）的時、空歷程。《中庸》的作者透過此種天的「高明」與「地」（包括山、水）的「博厚」，經由「悠久」一路追溯上去，到了時、空的源頭，便尋得「斯昭昭」、「一撮土」、「一卷石」、「一勺水」等天地的初體，以致終於洞悟出天地會由最初的「昭昭」或「一」而「多」而「無窮」、「不測」，以至於「博厚」、「高明」，及是至誠在無息地作用所形成的規律性「外驗」，也就是「生物不測」的結果。

　　「至誠」由不息而形成規律，便為和諧的至善之境構築了堅實的橋樑。而這種和諧的境界，便是所謂的「中和」。《中庸》首章說：

> 中也者，天下之大本也；和也者，天下之達道也。致中和，天地位焉，萬物育焉。

這所謂的「中和」，本來是指人的性情而言的，因為在這一節話之前，《中庸》的作者即已先為此二字下了定義說：「喜怒哀樂之未發，謂之中；發而皆中節，謂之和」，對這幾句話，朱熹曾做如下解釋：

> 喜怒哀樂，情也；其未發，則性也，無所偏倚，故謂之中。發而皆中節，情之正也；無所乖戾，故謂之和。[40]

可見「中」是以性言，而「和」則以情言，指的乃「無所偏倚」和「無所乖戾」的心理狀態，亦即至誠的一種存在與表現。很明顯地，先做了這番說明之後，《中庸》的作者才好接著就「性」說「中」是「天下之大本」、就「情」說「和」是「天下之達道」。這「大本」和「大道」的意義，照朱熹的解釋是：

---

40 《四書集注》，頁 21。

> 大本者，天命之性、天下之理皆由此出，道之體也；達道者，循
> 性之謂，天下古今之所共由，道之用也。[41]

「大本」既是天命之性、天下之理之所從出，而「大道」則為天下古今
之所共由，那麼，一個人若能透過至誠之性的發揮，而達到這種是屬
「大本」和「大道」的中和狀態，則所謂「天地萬物，本吾一體，吾之
心正（中），則天地之心亦正矣；吾之氣順（和），則天地之氣亦順
矣」[42]，不僅可以成己（盡其性、盡人之性），造就孝、悌、敬、信、
慈等德行，以純化人倫社會；也足以成物（盡物之性），使「萬物並育
而不相害」（《中庸》第三十章），以改善物質環境[43]。於是《中庸》的
作者便又接著說：「致中和，天地位焉，萬物育焉」，這三句話，從其
涵義來看，顯然與上引「誠者非自成己而已」和「唯天下至誠，為能盡
其性」的兩段話，是彼此相通的，因為誠能盡性，則必然可以「致中
和」，所以我們可以把這兩段話說成：

> 誠者，非自致其中和而已也，所以致物之中和也。

和

> 唯天下至誠，為能致其中和；能致其中和，則能致人之中和；能
> 致人之中和，則能致物之中和；能致物之中和，則可以贊天地之
> 中和；可以贊天地之中和，則可以與天地參矣。

---

41 同前註，頁 22。
42 同前註。
43 陳滿銘：〈中庸的思想體系〉上、下，《國文天地》12 卷 8、9 期（1997 年 1、2 月），
   頁 11-17、14-20。

這樣，意思是一點也不變的。

　　以上兩大特色，互為因果，是以看出《中庸》性善觀與眾不同的地方。

　　綜上所述，可知《中庸》的性善觀，雖承自孔子，卻有既深且廣的開展，它不僅將仁與智納入性體，更「即誠言性（善）」，在「人」之外，兼及於「物」，形成天人、物我以一誠流貫的中和體，從而呈現人的最大價值。

第三節　《中庸》的「多二一（0）」螺旋系統

　　《中庸》的思想，是受到《周易》與《老子》之影響的。其「多二一（0）」之螺旋系統，可分「順向」、「逆向」與「往復」等三層加以探討。

一　順向結構

　　《中庸》「（0）一、二、多」順向結構之形成，在它的一段文字（第二十六章，依朱熹《章句》，下併同）可找到線索：

> 故至誠無息，不息則久，久則徵，徵則悠遠，悠遠則博厚，博厚則高明。博厚，所以載物也；高明，所以覆物也；悠久，所以成物也。博厚配地，高明配天，悠久無疆；如此者，不見而章，不動而變，無為而成。天地之道，可一言而盡也：其為物不貳，則其生物不測。

這一段話，大致可當作是《中庸》的宇宙觀來看待。它直接認定了「至誠」是創生、含容天地萬物的一種粹然至善、真實無妄的動能，所謂「既無虛假，自無間斷」，自然就能形成「久」、「徵」、「悠遠」、「博

厚」、「高明」等「外驗」。對這一段話，朱熹首先注「至誠無息」云：

> 既無虛假，自無間斷。

其次注「不息則久」二句云：

> 久，常於中也；徵，驗於外也。

又其次注「徵則悠遠」三句云：

> 此皆以其驗於外者言之。鄭氏所謂「至誠之德，著於四方」者是
> 也。存諸中者既久，則驗於外者益悠遠而無窮矣。悠遠，故其積
> 也廣博而深厚；博厚，故其發也高大而光明。

再其次注「博厚，所以載物也」六句云：

> 悠久，即悠遠，兼內外而言之也。本以悠遠致高厚，而高厚又悠
> 久也。此言聖人與天地同用。

接著注「博厚配地」七句云：

> 見，音現。見，猶示也。不見而章，以配地而言也。不動而變，
> 以配天而言也。無為而成，以無疆而言也。

最後注「天地之道」四句云：

此以下，復以天地明至誠無息之功用。天地之道，可一言而盡，不過曰誠而已。不貳，所以誠也。誠故不息，而生物之多，有莫知其所以然者。[44]

針對《中庸》這段文字，參考朱熹這幾則注釋，可分如下幾方面來探討：

(一)朱熹所謂「此言聖人與天地同用」，雖然看來重點落在「人」(聖人)來說，但《中庸》的作者是以「人」來證「天」，而又由「天」來驗「人」的，因此「天」和「人」是互動的，是一體的。關於此點，蕭兵在其《中庸的文化省察》中就闡釋說：

> 「博」且「厚」是地的品性，「高」而「明」是天的特徵。「博厚」才能夠負載起萬物，「高明」便可以覆罩著大千。這似乎只是自然的物質本性，然而這又是人類的品徵。……兩者都關係著「誠」。「故至誠無息，不息則久，久則徵，徵則悠遠，悠遠則博厚，博厚則高明。」人心誠，天心亦誠。如上說，這是一種擬人性的譬喻，是文學式的語言；但它又是一種雙關性的陳述，陳述著自然的本性。我們可以將它翻譯為(或復原為)非譬喻性的「科學語言」：天道以其永恆的規律性運作表現它中正庸直的本性(此所謂天或天道之「誠」)。這種規律性的運動是永恆的，不間斷的(無息)，是真正的久遠。[45]

如此將「人類的品徵」和「自然的本性」上下結合為一體，而同匯歸之

---

44 以上幾則之注，見朱熹《四書集注》，頁 42-43。

45 蕭兵：《中庸的文化省察》(武漢市：湖北人民出版社，1997 年 9 月一版一刷)，頁 1041-1042。

於「至誠」，可看出《中庸》天人合一思想的特色。這樣，把《中庸》
這段文字所述，看成是《中庸》之宇宙觀，該是不會太勉強的。

其實，透過《中庸》對「性」的主張，也可窺出這種看法，是有依
據的。因為《中庸》的作者「即誠言性」，其範圍不僅是「人」（成己、
成人）而已，也兼顧了「物」（成物），這可說是《中庸》性善觀的第
一大特色。對於這一點，朱熹在《中庸章句》裡就以「陰陽五行，化育
萬物」來釋「天命之謂性」之「性」，他說：

> 命，猶令也。性，即理也。天以陰陽五行化生萬物，氣以成形，
> 而理亦賦焉，猶命令也。於是人物之生，因各得其所賦之理，以
> 為健順五常之德，所謂性也。[46]

顯然以為「性」，除了「人」性之外，還包括了「物」性，而陳氏（淳）
更申釋云：

> 天固是上天之天，要之即理是也。然天如何而命於人，蓋藉陰陽
> 五行之氣，流行變化，以生萬物。理不外乎氣，氣以成形，而理
> 亦賦焉，便是上天命令之也。……本只是一氣，分來有陰陽；又
> 分來有五個氣，二與五只管分合運行去，萬古生生不息不止，是
> 簡氣必有主宰之者，曰理是也。理在其中，為之樞紐。故大化流
> 行，生生未嘗止息。命即流行而賦予物者。[47]

這種說法，雖受到相當多人的肯定，卻有一些學者持反對的意見，以為

---

46 《四書集注》，頁 21。
47 《四書纂疏·中庸》，頁 264。

這樣無法貫徹性善之說，而且也講不通「率性之謂道」這句話，如王船山便說：

> 天命之謂性，乃程子備《中庸》以論道，須如此說。若子思本旨，則止說人性，何曾說到物性上；物之性卻無父子、君臣等五倫，可謂之天生，不可謂之天命。至於率性之謂道，亦兼物說，尤為不可，牛率牛性，馬率馬性，豈是道？若說牛耕馬乘，則是人拿著他做，與猴子演戲一般，牛馬之性何嘗要耕要乘，此人為也，非天命也。此二句斷不可兼物說。[48]

其實，所謂「率性之謂道」，說的確是「人」，而且是聖人之事，如王陽明所說：

> 眾亦率性也，但率性在聖人分上較多，故「率性之謂道」屬聖人事；聖人亦修道也，但修道在賢人分上多，故「修道之謂道」屬賢人事。[49]

卻也不一定要固執地把「性」規範在「人」的身上，因為《中庸》在很多地方談「成物」之事，如：

> 天地位焉，萬物育焉。（第一章）
> 誠者，物之始終，不誠無物。（第二十五章）
> 天地之道，可一言而盡也：其為物不貳，則其生物不測。（第二

---

48 《四書箋解》，頁 40-41。
49 《王陽明全集》上，頁 97-98。

十六章）

發育萬物，峻極於天。（第二十七章）

唯天下至誠，為能經綸天下之大經，立天下之大本，知天地之化育，夫焉有所倚。（第三十二章）

又有一段文字（第二十二章）明白說：

唯天下至誠，為能盡其性；能盡其性，則能盡人之性；能盡人之性，則能盡物之性；能盡物之性，則可以贊天地之化育；可以贊天地之化育，則可以與天地參矣。

這裡所謂「盡其性」之「其」，指的是自身（我）；而「盡人之性」之「人」，指的是他人，即家人、國人，以至於全天下的人；至於「物」，則當然指真正之物，即物質而言，而非一般人所指的「家」、「國」、「天下」。所以朱熹說：

人、物之性，亦我之性，但以所賦形氣不同，而有異耳。[50]

唯其「人、物之性，亦我之性」，故至誠之聖人才有可能「仁且智」[51]地填補人我、物我的鴻溝，逐步「盡己之性」、「盡人之性」、「盡物之性」，而臻於「與天地參」的最高境界。因此唐君毅說：

---

50 《四書集注》，頁40。

51 《孟子·公孫丑上》：「昔者，子貢問於孔子曰：『夫子聖矣乎？』孔子曰：『聖，則吾不能。我學不厭，而教不倦也。』子貢曰：『學不厭，智也；教不倦，仁也。仁且智，夫子既聖矣！』」

　　《中庸》之歸於言人能盡其性，則能盡人性、盡物性，正見《中庸》亦以天命遍降於物，以成人、物之性之思想。[52]

而徐復觀也說：

　　「天命之謂性」，絕非僅只於是把已經失墜了的古代宗教的天人關係，在道德基礎之上，與以重建；更重要的是：使人感覺到，自己的性，是由天所命，與天有內在的關連；因而人與天，乃至萬物與天，是同質的，因而也是平等的。……「誠者天之道也」（二十章）、「天地之道，可一言而盡也，其為物不貳」（二十六章），天只是誠。「誠者物之終始，不成無物」（二十五章），萬物也是誠。由此可見天、人、物，皆共此一誠。[53]

這樣看來，在《中庸》一文裡，是可以找到它以「一誠流貫」的宇宙觀的。

（二）在此，朱熹對所謂「至誠」，雖沒有直接解釋，但在二十四章「至誠如神」下卻以「誠之至極」來釋「至誠」，意即「誠之極致」。而單一個「誠」，則在十六章「誠之不可揜如此夫」下注云：

　　誠者，真實無妄之謂。[54]

這個注釋，受到眾多學者的注意與肯定。如果稍加尋繹，便可發現這與

---

52 唐君毅：《中國哲學原論・導論篇》（臺北市：學生書局，1993 年 2 月校訂版第二刷），頁 537-538。

53 徐復觀：《中國人性論史・先秦篇》，頁 117-152。

54 《四書集注》，頁 31。

《老子》與《周易》脫不了關係。《老子》說：

> 道之為物，惟恍惟惚。惚兮恍兮，其中有象。恍兮惚兮，其中有
> 物。窈兮冥兮，其中又精。其精甚真，其中有信。（二十一章）

此所謂「真信」，即「真實」，因為《說文》就說：「信，實也」。而此「真
實」，指的就是《老子》「無，名天地之始」（一章）、「有生於无」（四
十章）之「無」[55]，亦即「無極」。馮友蘭說：

> 「恍」、「惚」言其非具體之有；「有象」、「有物」、「有精」，言
> 其非等於零之無。第十四章「無狀之狀，無物之象」，王弼注
> 云：「欲言無耶，而物由以成；欲言有耶，而不見其形」，即此
> 意。[56]

因此朱熹以「真實」釋「誠」，該與老子「無」之說有關，而且加上「無
妄」兩字，取義於《周易·無妄》，表示這種「真實而不是虛無（零）」
的特性；看來是該有周敦頤「太極本無極」之義理邏輯在內的。這樣，
「至誠」也因此可看作是「先天地而自生的道體」[57]了。

　　「至誠」既然可以「先天地而自生的道體」，亦即「無極」來看待，
那麼在《中庸》這段文字裡，相應於「太極」來說的，究竟是什麼呢？

55　宗白華即引《老子》二十一章云：「道是無名，素樸，混沌。這個先天地而自生的道
　　體，它本身雖是具體的，然尚未形成任何有形的事物，所以不能有名字。它是素樸
　　混沌，不可視聽與感觸。正是『道常無名樸』（三十二章）。」見林同華主編：《宗白
　　華全集》2（合肥市：安徽教育出版社，1994 年 12 月一版二刷），頁 810。
56　馮友蘭：《馮友蘭選集》上卷（北京市：北京大學出版社，2000 年 7 月一版一刷），
　　頁 85。
57　《宗白華全集》2，頁 810。

這就要看「徵」這個字了。所謂的「徵」，朱熹解作「外驗」，指「無誠」在「無息」與「久」之作用下「形之於外」的效驗，也就是「由無而有」之初始徵驗。蕭兵說：

> 「徵」舊說是「徵而有驗」，是至誠不息而久遠的事實證明。語云：規律是現象的不斷重複，此「徵」之所謂也。「徵」是證實，「重複」和「積累」才能證實。……這樣，「不息——悠久——徵實」，便可能逐次推論出：「悠遠則博厚，博厚則高明。博厚，所以載物也；高明，所以覆物也；悠久，所以成物也。……」。[58]

由此說來，《中庸》「至誠無息，不息則久，久則徵」這三句話，對應於「（0）一、二、多」結構來看，將它視為其中之「（0）一」，是相當合理的。

（三）「至誠」作用不已，先經過「久」的時間歷程，而有所徵驗，成為「（0）一」；再由時間帶出空間，經過「悠遠」的時空歷程，終於形成「博厚」之「地」與「高明」之「天」。而此「天」為「乾元」、「地」為「坤元」，《周易》云：

> 大哉乾元，萬物資始，乃統天。雲行雨施，品物流行。大明終始，六位時成，時乘六龍以御天。乾道變化，各正性命。保合大和，乃利貞。首出庶物，萬國咸寧。（〈乾彖〉）
>
> 至哉坤元，萬物資生，乃順承天。坤厚載物，德合無疆。含弘光大，品物咸亨。（〈坤彖〉）
>
> 乾坤其易之門邪！乾，陽物也；坤，陰物也。（〈繫辭下〉）

---

[58] 《中庸的文化省察》，頁 1046。

據知萬物之所以生、所以成的首要依據，有兩種：即乾元與坤元。由於「元」乃「氣之始」[59]，因此對應於「乾，陽物也；坤，陰物也」的說法，可知「乾元」，指陽氣之始，是「一種剛健的創生功能」；「坤元」，指陰氣之始，為「一種柔順的含容功能」，而萬物就在這兩種功能之作用下生成、變化。對此，戴璉璋闡釋說：

> 乾元由一種剛健的創生功能來證實。所謂「剛健」，是由「變化不已」來規定，而「變化不已」，又由「各正性命」、「保合大和」來規定。這就是說：乾元的作用，在使萬物變化不已；而這不已的變化，並非盲目的、機械的，它有所指歸，它使萬物充分地、正常地實現自我，以達到高度的和諧境界。換句話說，萬物盡其本性實現自我、以獲致高度和諧境界的過程中，種種變化、健動的功能，都屬於乾元的作用。……坤元由一種柔順的含容功能來證實。所謂「柔順」，由「含弘光大」來規定，而「含弘光大」又由「品物咸亨」、「德合無疆」來規定。這就是說：坤元的作用，在使萬物蓄積富厚，而這種富厚的蓄積，並非雜亂的、僵硬的，它有所簡別，有所融通，而簡別、融通的指歸，則在順承乾元的創生功能，使萬物調適暢遂地完成自我。換句話說，萬物盡其本性完成自我的過程中，種種蓄積、順承的功能都屬於坤元的作用。[60]

---

59 李鼎祚：「《九家易》曰：『陽稱大，六爻純陽，故曰大。乾者純陽，眾卦所生，天之象也。觀乾之始，以之天德，惟天為大，惟乾則之，故曰大哉。元者，氣之始也。』」見《周易集解》卷一（臺北市：世界書局，1963 年 5 月初版），頁 4。又，戴璉璋：「在先秦，『元』是『首』意思，指頭部。由此引申，乃有『首出』、『首要』、『開始』、『根源』等意義。」見戴璉璋：《易傳之形成及其思想》（臺北市：文津出版社，1988 年 11 月臺灣初版），頁 92。

60 《易傳之形成及其思想》，頁 93。

如此先由「乾元」創生，再由「坤元」含容，萬物就不斷地盡其本性而實現、完成自我，以趨於和諧之境界，所呈現的就是「一（元）、二（乾、坤）、多（萬物）」的過程。

　　由此看來，《中庸》所說「博厚，所以載物也；高明，所以覆物也；悠久，所以成物也。博厚配地，高明配天，悠久無疆」這幾句話，和《周易》「乾元」、「坤元」的道理是相通的。因此在這裡把「天」（陽）、「地」（陰），對應於「（0）一、二、多」的結構，看成是「二」（陰陽），該不會太牽強才對。

（四）既然「天地」可視為「二」，而它們是「為物不貳」的，所以能「無息」地創生、含容萬物，經過「悠久」之時空歷程，所謂「不見而章，不動而變，無為而成」，自然就達於「生物不測」的地步。如何「生物不測」呢？《中庸》的作者作了如下的描述：

　　　　天地之道，博也，厚也，高也，明也，悠也，久也。今夫天，斯昭昭之多，及其無窮也，日月星辰繫焉，萬物覆焉；今夫地，一撮土之多，及其廣厚，戴華嶽而不重，振河海而不洩，萬物載焉；今夫山，一卷石之多，及其廣大，草木生之，禽獸居之，寶藏興焉；今夫水，一勺之多，及其不測，黿鼉蛟龍魚鱉生焉，貨財殖焉。

在這段話裡，《中庸》的作者首先告訴我們：天地之道是可以用一句話來概括的，那就是「其為物不貳，則其生物不測」，這所謂的「為物」，猶言「為體」，指的是天地「運行化育之本體」[61]；而「不貳」，義同「無

61　王船山：「其為物，物字，猶言其體，乃以運行化育之本體，既有體，則可名之曰物。」見《讀四書大全說》卷三，頁 299-300。

息」、「不已」，乃「誠」的作用[62]。這是《中庸》的作者透過「內在的遙契」、「通過有象者以證無象」所獲致的結果[63]。了解了這點，那就無怪他在說明了天道之「為物不貳」後，要接著用聖人「至誠無息」之外驗來上貫於天地，而直接說「博厚」、「高明」、「悠久」就是「天地之道」，以生發下文了。很明顯地，這所謂「高明」指的就是下文「日月星辰繫焉，萬物覆焉」的天德；所謂「博厚」，總括來說，指的就是「載華嶽而不重（山），振河海而不洩（水），萬物載焉（山和水）的地德；分開來說，指的乃是「草木生之，禽獸居之，寶藏興焉」的山德與「黿鼉蛟龍魚鱉生焉，貨財殖焉」的水德；而「悠久」，指的則是天光及於「無窮」（高明）、地土及於「博厚」、山石及於「廣大」、水量及於「不測」（博厚）的時、空歷程。《中庸》的作者透過此種天的「高明」與「地」（包括山、水）的「博厚」，經由「悠久」一路追溯上去，到了時、空的源頭，便尋得「斯昭昭」、「一撮土」、「一卷石」、「一勺水」等天地

---

62 王船山：「無息也，不貳也，也已也，其義一也。章句云：『誠故不息』，明以不息代不貳。蔡節齋為引申之，尤極分曉；陳氏不察，乃混不貳與誠為一，而以一與不貳作對，則甚矣其惑也。」同前註，頁312。

63 牟宗三在〈由仁、智、聖遙契性、天之雙重意義〉一文中，曾引《中庸》「肫肫其仁」一章，對「內在的遙契」做過如下之說明：「內在的遙契，不是把天命、天道推遠，而是一方把它收進來做為自己的性，一方又把它轉化而為形上的實體，這種思想，是自然地發展而來的。……首先《中庸》對於『至誠』之人做了一個生動美妙的描繪。『肫肫』是誠懇篤實之貌。至誠的人有誠意，有『肫肫』的樣子，便可有如淵的深度，而且有深度才可有廣度。如此，天下至誠者的生命，外表看來既是誠篤，而且有如淵之深的深度，有如天浩大的廣度。生命如此篤實深廣，自然可與天打成一片，洋然無間了。如果生命不能保持聰明聖智，而上達天德的境界，又豈能與天打成一片，從而了解天道化育的道理呢？當然，能夠至誠以上達天德，便是聖人了。」見《中國哲學的特質》（臺北市：學生書局，1976年10月四版），頁35。又唐君毅：「中國先哲，初唯由『人之用物，而物在人前亦呈其功用』、『物之感人、而人亦感物』之種種事實上，進以觀天地間之一切萬物之相互感通，相互呈其功用，以生生不已，變化無窮上，見天道與天德。而此亦即孔子之所以在川上嘆『逝者之如斯，不舍晝夜』，而以『四時行，百物生』，為天之無言之盛德也。」見《哲學概論》（上），頁108-109。

的初體，以致終於洞悟出天地會由最初的「昭昭」或「一」而「多」而「無窮」、「不測」，以至於「博厚」、「高明」，及是至誠在無息地作用所形成的規律性「外驗」，也就是「生物不測」的結果。可見這段話所呈現的是「二而多」的邏輯結構。

　　如此由「至誠」而「徵」（「（0）」一），「徵」而「博厚」〔地〕、「高明」〔天〕（「二」），「博厚」〔地〕、「高明」〔天〕而「生物不測」（「多」），形成的正是「（0）一、二、多」的順向結構。

二　逆向結構

　　本來「（0）一、二、多」的順向結構，是可以分「天」與「人」兩層加以考察的，但為保留於「人」之範圍內往復（順和逆）結構的完整，以凸顯《中庸》置重於「人」之特點，因此在上個部分暫時略而不提。在此，則因主要著眼於學者或人為來說的「多、二、一（0）」之逆向結構，必須用主要著眼於聖人或天然來說的「（0）一、二、多」之順向結構為基礎，所以略作交代，以帶出「多、二、一（0）」的逆向結構來。

　　而要交代主要著眼於聖人或天然來說的「（0）一、二、多」之順向結構，必須處理《中庸》開篇的三句話：

　　　　天命之謂性，率性之謂道，修道之謂教。

「這三句話『一氣相承』，乃《中庸》一文之綱領所在。作者在此，很有次序地，先由首句點明人性與天道的關係，用『性』字把天道無息之『誠』下貫為人類天賦『至誠』（包括『誠』與『明』）的隔閡衝破；再由次句點明人道與人性的關係，用『道』字把人類（聖人）天賦之『誠』通往天賦之『明』（自誠明）的過道打通，而與人類人為之『誠』與『明』

套成一環；然後由末句點明教化與人道的關係，用『教』字把人類（學者）人為之『明』邁向人為之『誠』（自明誠）的大門敲開，而與人類天賦之『誠』與『明』融為一體。這樣由上而下地逐層遞敘，既為人類天賦之『誠』、『明』尋得了源頭，也為人為之『誠』、『明』找到了歸宿。」[64]

如此，對應於「（0）一、二、多」順向結構來說，「天命」為「（0）一」、「率性」之「道」與「修道」之「教」，都屬於「多」。而「天命」之「性」則是「二」，因為「性」之內含有二，即「知」（智）與「仁」。《中庸》第二十五章說：

誠者，非自成己而已也，所以成物也。成己，仁也；成物，知也；性之德也，合外內之道也。

朱熹釋此云：

誠雖所以成己，然既有以自成，則自然及物，而道亦行於彼矣。仁者，體之存；知者，用之發；是皆吾性之固有，而無內外之殊。[65]

在此，朱熹以為「仁」和「知」（智），雖有體用之分，卻皆屬「吾性之固有」，是沒有什麼內外之別的。關於這點，王夫之在其《讀四書大全說》裡，也作了如下的闡釋：

64　陳滿銘：〈學庸導讀〉，《國學導讀》（臺北市：三民書局，1994 年 9 月初版），頁 509-510。
65　《四書集注》，頁 42。

有其誠，則非但成己，而亦以成物矣；以此誠也者，足以成己，
而無不足於成物，則誠之而底於成，其必成物審矣。成己者，仁
之體也；成物者，知之用也；天命之性、固有之德也。而能成己
焉，則仁之體立也；能成物焉，則知之用行也；仁知咸得，則是
復其性之德也。統乎一誠而已，物胥成焉，則同此一道，而外內
固合焉。[66]

可見「仁」和「知」（智），都是「性」的真實內容，而「誠」則「是
人性的全體顯露，即是仁與知（智）的全體顯露」[67]。如此說來，在《中
庸》作者的眼中，「性」顯然包含了兩種能互動、循環而提升的精神潛
能：一是屬「仁」的，即仁性，乃人類與生俱來的一種成己（成德）力
量；一是屬「知」的，即知性，為人類生生不已的一種成物（認知）動
能。《周易·說卦傳》說：

昔者聖人之作《易》也，將以順性命之理，是以立天之道曰陰與
陽，立地之道曰剛與柔，立人之道曰仁與義，兼三才而兩之。

很明顯地，這所謂的「仁與義」就相當於《中庸》的「仁與知（智）」，
因為「義」是偏於「知」（智）來說的[68]，可見「仁與知（智）」有著「陰

---

66 《讀四書大全說》，頁 299-300。
67 徐復觀：「誠是實有其仁；『誠則明矣』（二十一章），是仁必涵攝有知；因為明即是
知。『明則誠矣』（同上），是知則必歸於仁。誠明的不可分，實係仁與知的不可分。
仁知的不可分，因為仁知皆是性的真實內容，即是性的實體。誠是人性的全體顯
露，即是仁與知的全體顯露。因仁與知，同具備於天所命的人性、物性之中；順著
仁與知所發出的，即成為具有普遍妥當性的中庸之德之行；而此中庸之德之行，所
以成己，同時即所以成物，合天人物我於尋常生活行為之中。」見《中國人性論史·
先秦篇》，頁 156。
68 陳滿銘：〈談《論語》中的「義」〉，教育部《高中教育》6 期（1999 年 6 月），頁
44-49。

與陽」、「剛與柔」的關係，其中「仁」性屬陰柔、「知（智）」性屬陽剛，正是徹上以承「（0）一」、徹下以統「多」之「二」，居於關鍵地位。

因此，《中庸》開篇三句所呈現的是由「天命」（「（0）一」）而「率性」（「二」）而「修道」〔教〕（「多」）之「（0）一、二、多」的順向結構，而聖人即順此發揮「天命」之性能（知性與仁性），凝「道」設「教」，使學者透過人為的「修道」（教）努力，由偏而全地豁醒「天命」之性能（知性與仁性），而這種人為努力的歷程所形成的，正是「多、二、一（0）」的逆向結構。

這種順、逆向的結構，是可用一個「誠」字來貫通的。其中「（0）一、二、多」的順向結構，是屬「誠者」，為「天之道」；而「多、二、一（0）」的逆向結構，是屬「誠之者」，為「人之道」。所以《中庸》第二十章說：

> 誠者，天之道也；誠之者，人之道也。誠者，不勉而中，不思而得，從容中道，聖人也；誠之者，擇善而固執之者也。

朱熹注此云：

> 誠者，真實無妄之謂，天理之本然也。誠之者，未能真實無妄，而欲其真實無妄之謂，人事之當然也。聖人之德，渾然天理，真實無妄，不待思勉而從容中道，則亦天之道也。未至於聖，則不能無人欲之私，而其為德不可見能皆實。故未能不思而得，則必擇善，然後可以明善；未能不勉而中，則必固執，然後可以誠身，此則所謂人之道也。不思而得，生知也。不勉而中，安行也。擇善，學知以下之事。固執，利行以下之事也。[69]

---

[69] 《四書集注》，頁39。

可見「聖人」是偏於「生知」、「安行」的，而一般常人或學者則是偏於「學知」（含困知）、「利行」（含勉強行）的。對此，王陽明闡釋說：

> 聖人只是保全，無些障蔽，兢兢業業，矗矗翼翼，自然不息，便也是學，只是生的分數多，所以謂之「生知、安行」。眾人自孩提之童，莫不完具此知，只是障蔽多，然本體之知自難泯息，雖問學克治也只憑他，只是學的分數多，所以謂之「學知、利行」。[70]

這樣，若從「仁」與「知」（智）切入來看，則「生知」、「學知」（含困知），說的是「知」（智）；「安行」、「利行」（含勉強行），說的是「仁」。因此《中庸》所謂「不勉而中」、「擇善」，是「仁」；「不思而得」、「固執之」，是「知」（智）。而聖人由「仁」（不勉而中）而「知（智）」（不思而得），使一舉一動都合乎「道」的要求，循的就是「（0）一、二、多」的順向結構。至於學者（常人）由「知（智）」（擇善）而「仁」（固執之），以實踐各種德行，循的則是「多、二、一（0）」的逆向結構。因此要辨別順、逆向，可從「仁」與「知」（智）產生互動之歷程來看出，亦即其歷程是由「仁」而「知」（智），以發揮天然（「性」）功能的，為順向；由「知」（智）而「仁」，以發揮人為（「教」）作用的，為逆向。《中庸》第二十一章說：

> 自誠明，謂之性；自明誠，謂之教。

在此，「誠」即「仁」、「明」即「知（智）」，而「性」、「教」是「所性」、

「所教」，也就是「性的功能」、「教的作用」的意思。因此認定「自誠明」
為順向，所呈現的是由「性」而設「教」（修道）之歷程；而「自明誠」
則為逆向，所呈現的乃由「教」（修道）而復「性」（率性）之歷程。
前者為「天之道」，後者為「人之道」。所以朱熹注云：

> 聖人之德，所性而有者也，天道也。先明乎善，而後能實其善
> 者，賢人之學，由教而入者也，人道也。[71]

顯然朱熹是就「全」的角度，亦即由道的本原與踐行上來看待「自誠明」
與「自明誠」的，因此他斷然的把它們上下明顯的割開，以為「自誠明」
全是聖人之事、「自明誠」全是賢人之事。其實，若換個角度，由「偏」
的一面，亦即就人的天賦與人為上來看，學（賢）者又何嘗不能動用天
賦的部分力量，使自己由「誠」而「明」呢？因為「性」，無論是「知性」
或「仁性」，都是人人所生具的精神動能，固然一般人不能像聖人那
樣，完全的把它們發揮出來，但若因而認定他們絕對無法由局部「仁
性」（誠）的發揮，而發揮局部的「知性」（明），那也是不十分合理的。
《中庸》的作者特別強調：「自誠明，謂之性。」、「誠者（自誠明），不
勉而中（行），不思而得（知）。」就是要告訴我們：「自誠明」乃出自
天然力量的作用，是不假一絲一毫人力的。假如有這麼一個人，能自然
的發揮自己全部的「仁性」與「知性」，時時都「從容中道」的，那自
然是「聖人也」；至於「日月至焉而已」、「告諸往而知來者」，只能自
然的發揮自己局部的「知性」與「仁性」的，則是賢（常）人了。也幸
好人人都能局部的發揮這種天然的力量：「誠」，才有進一步認知（明）
的可能，不然「自明誠」的努力，便將是空中樓閣，虛而不實了。因

---

[71] 《四書集注》，頁 40。

此，我們人，無疑的，都可藉後天教育之功（自明誠——人為）來誘發
先天的精神潛能，再由先天潛能的提發（自誠明——天賦）來促進後天
修學的效果，在人為與天賦的交互作用下，由偏而全的把「知性」與
「仁性」發揮出來，最後臻於「從心所欲不踰矩」（《論語・為政》篇）
的「至誠」（也是「至明」）境界[72]。

　　既然學者（常人）是循這這種逆向之結構來努力提升的，就必須從
「擇善而固執之」打好基礎，《中庸》第二十章在講「誠之者，擇善而
固執之者也」之後，緊接著說：

> 博學之，審問之，慎思之，明辨之，篤行之。有弗學，學之弗能
> 弗措也；有弗問，問之弗知弗措也；有弗思，思之弗得弗措也；
> 有弗辨，辨之弗明弗措也；有弗行，行之弗篤弗措也；人一能之
> 己百之，人十能之己千之。果能此道矣，雖愚必明，雖柔必強。

在此，《中庸》的作者，首先以「博學之」五句，說明「誠之」的條目，
其中「博學之」四句，說的是「擇善」，為「知」（智）之事；「篤行之」
一句，說的是「固執之」，為「仁」之事；這是針對著「修道」來說的。
朱熹注此云：

> 此誠之之目也。學、問、思、辨，所以擇善而為知，學而知也。
> 篤行，所以固執而為仁，利而行也。程子（頤）曰：「五者廢其
> 一，非學也。」[73]

---

72 陳滿銘：《學庸義理別裁》（臺北市：萬卷樓圖書公司，200 年 1 月初版），頁 317-
　 318。
73 《四書集注》，頁 39。

他指出「擇善」是「知」（智）、「固執之」為「仁」，而程子（頤）以為都屬於「學」之事，顯然此所謂「學」，是合「知」與「行」（仁）來說的。王陽明說：

> 夫問、思、辨、行，皆所以為學，未有學而不行者也。如言學孝，則必服勞奉養，躬行孝道，然後謂之學；豈徒懸空口耳傳說，而遂可以謂之學孝乎？學射則必張弓挾矢，引滿中的；學書則必伸紙執筆，操觚染翰；盡天下之學，無有不行而可以言學者；則學之始固已即是行矣。篤者，敦實篤厚之意。已行矣，而敦篤其行，不息其功之謂爾。蓋學之不能以無疑，則有問，問即學也，即行也；又不能無疑，則有思，思即學也，即行也；又不能無疑，則有辨，辨即學也，即行也，辨既明矣，思既慎矣，問既審矣，學既能矣，又從而不息其功焉，斯之謂篤行。非謂學問思辨之後，而始措之於行也。[74]

可見「知」與「行」（仁）是二而一、一而二的關係。如此，「仁」（行）與「知」（智），如就此外在之表現而言，即是「多」；而就其內在之性能而言，則為「二」了。《中庸》第二十章說：

> 在下位不獲乎上，民不可得而治矣；獲乎上有道：不信乎朋友，不獲乎上矣；信乎朋友有道：不順乎親，不信乎朋友矣；順乎親有道：反諸身不誠，不順乎親矣；誠身有道：不明乎善，不誠乎身矣。

---

[74] 《傳習錄》中，《王陽明全集》上，頁 45-46。

這裡所謂的「治民」、「獲上」、「信友」、「順親」、「誠身」（「固執之」：「篤行」），說的便是「仁性」的發揮（行），即「誠」；所謂的「明善」（「擇善」：「博、審問、慎思、明辨」），指的則是「知性」的發揮（知），即「明」。《中庸》的作者要人由「擇善」而「固執之」，換句話說，就是要人由「明善」而「誠身」、「順親」、「信友」、「獲上」、「治民」，循的正是「自明誠」的路，這與《大學》八條目所開示的為學次第，可以說是大致相同的。人果能由此循序漸進，透過後天為的力量 ——「教」（自明誠），來激發先天不息的動能 ——「性」（自誠明），那麼「從心所欲不踰矩」的「至誠」境界是能有到達的一天的。

　　既然聖人設教，要從「明善」、「擇善」著手，以期有一天達於「至誠」的目標，那麼，這所謂的「善」，為了收到使「知性」與「仁性」復其初的一致效果，便必須要有一個具體而客觀的依據與標準，這個依據與標準，就是「道」。「道」，抽象一點說，是日用事物之間當行之路[75]；具體一點說，則包含了一切的禮樂制度與行為規範。而這些制度與規範，由於關係著個人、家國，甚至整個天下的安危，影響極其遠大，因此對它們的制作，自然就不能不格外的慎重，《中庸》第二十八章說：

　　雖有其位，苟無其德，不敢作禮樂焉；雖有其德，苟無其位，亦不敢作禮樂焉。

又第二十七章說：

　　大哉！聖人之道，洋洋乎發育萬物，峻極於天。優優大哉！禮儀

---

75 見《中庸》首章「修道之謂教」句下朱注，《四書集注》，頁21。

（大儀則）三百，威儀（小儀則）三千，待其人而後行，故曰：
苟不至德，至道（指禮儀與威儀）不凝焉。

從這兩節文字裡，很容易讀出這份慎重來。而且在這世上，也的確唯有
身具「至德」的聖人，才有至高的睿智來凝就通天人而為一的「至道」，
並且有效地把它們推行出來。因為只有身具「至德」（誠）的聖人，才
能由「誠」而「明」，完全地發揮自己的知性（明），做到「大仁」（誠）、
「大智」（明）的地步。自然地，以此「大仁」、「大智」（「率性」）來
凝道設教（「修道」），也就不難使人由「明善」而「誠身」（「順親」、
「信友」、「獲上」、「治民」）〔「多」〕，做到「孝」、「悌」、「敬」、
「信」[76]……的地步，以「盡性（仁、智）」〔「二」〕、「復命」〔（一
（0）〕了。

　　因此，常人或學者作「誠之」（「擇善而固執之」）之不斷努力，

---

[76] 《中庸》第十章說：「忠恕違道不遠，施諸己而不願，亦勿施於人。君子之道四，丘
未能一焉：所求乎子以事父，未能也；所求乎臣以事君，未能也；所求乎弟以事
兄，未能也；所求乎朋友，先施之，未能也。」從這段話裡，我們曉得「恕」可以分
為兩類：一為消極性的，那就是「施諸己而不願，亦勿施於人」；一是積極性的，那
就是「所求乎子以事父」、「所求乎臣以事君」、「所求乎弟以事兄」、「所求乎朋友先
施之」。這兩種「恕」，兼顧了「施」與「勿施」，周密而完備，可以說是群德的一個
總匯，因為所謂的「所求乎子以事父」，是「恕」，也是「孝」；所謂的「所求乎臣以
事君」，是「恕」，也是「敬」《大學》第三章說：「為人臣，止於敬。」）；所謂的「所
求乎弟以事兄」，是「恕」，也是「悌」；所謂的「所求乎朋友先施之」，是「恕」，
也是「信」。而「施諸己而不願，亦勿施於『父』」、「施諸己而不願，亦勿施於
『君』」、「施諸己而不願，亦勿施於『兄』」、「施諸己而不願，亦勿施於『朋友』」，
既是「恕」，又何嘗不是「孝」？不是「敬」？不是「悌」？不是「信」呢？可見同
樣的一個「恕」「藏乎身」是可隨著對象的不同而衍生出各種不同的道德行為來的。
「恕」所以能如此，追根究柢的說，乃是由於它緊緊的立根於源源不斷的一個力量泉
源—「忠」的緣故。「忠」，從字形上看，是「中心」的意思，這與首章「喜怒哀樂
之未發」的「中」，同樣是繫於天命之「性」來講的。這樣看來，「恕」是偏於「修道」
之「多」來說，而「忠」則偏於「天命之性」之「二、一（0）」來說的。參見陳滿銘：
《學庸義理別裁》，頁154。

循的是「由知（智）而仁」（自明誠）之歷程，而所呈現的就是「多、二、一（0）」的逆向結構。

三　往復結構

在《中庸》裡，就「天」而言，雖可以找出「（0）一、二、多」的順向結構，以呈現宇宙創生萬物、含容萬物之歷程，卻找不到「多、二、一（0）」之逆向結構，以直接呈現萬物「歸根」的歷程。而這種萬物「歸根」的歷程，卻間接地透過以「人」為範圍之「多」、「二」、「一（0）」結構的螺旋作用，由「人」（成己）而「天」（成物）地予以呈現。這種由「天」而「人」、由「人」而「天」之歷程，在《中庸》開篇（首章），即含藏「多」、「二」、「一（0）」往復結構，將《中庸》一篇的要旨，作了精要的說明。朱熹在《中庸章句》裡，將此段文字訂為「第一章」，並且在章後說：

> 右第一章，子思述所傳之意以立言。首明道之本原出於天，而不可易，其實體備於己，而不可離；次言存養省察之要；終言聖神功化之極。蓋欲學者於此，反求諸身而自得之，以去夫外誘之私，而充其本然之善，楊氏所謂一篇之體要是也。[77]

所謂「體要」，就是綱領，亦即要旨。他以「首」、「次」、「終」為序來說明，很能掌握這一章的脈絡與大意。茲依此順序加以探討。

首先看「道之本原出於天」，而「體備於己」的部分，《中庸》的作者一開篇就說：

---

[77] 《四書集注》，頁 22-23。

天命之謂性，率性之謂道，脩道之謂教。道也者，不可須臾離也；可離，非道也。

這七句話，即朱熹所謂「首」的部分，所含藏的主要是「天」、「人（聖人）」兩層的「（0）一、二、多」順向結構。它的上三句，說明「道之本原出於天而不可易」。而這裡所說的「天」，含藏了「天」的「（0）一、二、多」順向結構，以帶出「人（聖人）」的「（0）一、二、多」順向結構來。而「道」，指人道，是指「日用事物當行之理」（見朱注），如說得具體一點，就是「禮」，《中庸》有幾段文字（第二十七、二十八、二十九等章），就是以「禮」來說「道」的，譬如於第二十七章說：

大哉！聖人之道！洋洋乎，發育萬物，峻極於天。優優大哉！禮儀三百，威儀三千，待其人而後行。故曰：「苟不至德，至道不凝焉。」

其中「發育萬物」，說的是「天之道」（天理）；「禮儀三百，威儀三千」，說的是「人之道」（人情）；而「至道」，指的就是「至善」之「禮」。《論語・季氏》載伯魚引述孔子的話說：

不學禮，無以立。

又〈堯曰〉載孔子的話說：

不知禮，無以立也。

可見孔子主張學者是要「學禮（道）」以「知禮（道）」的。而這種

「禮」，有本有末；就其「本」言，為仁義，是永遠不變的。《中庸》第二十章說：

> 仁者，人也，親親為大；義者，宜也，尊賢為大。親親之殺、尊賢之等，禮所生也。

把「禮」生於「仁義」的意思，說得很明白。如就其「末」言，則指的乃「日用事物當行之理」的形式，是會因時空的不同而改變的。而這種「禮」，無論是本或末，都經由往聖之體悟驗證，載於「文」（《詩》、《書》）之上。《論語・雍也》說：

> 子曰：「君子博學於文，約之以禮，亦可以弗畔矣夫！」

這裡的「文」，就是指往聖所傳下來的《詩》、《書》，而「《詩》、《書》的具體內容，即是『禮（樂）』」[78]。因此，《中庸》所謂的「修道」，就是「學禮」以「知禮」；而教導學者「學禮（道）」以「知禮（道）」，來掌握人情天理（宇宙人生的道理）的，便是「教」。

聖人為什麼能掌握這個「道」（禮）以立教呢？那是由於他能「率性」的緣故。這「率性」二字，孔穎達《禮記正義》引鄭玄注云：

> 率，循也；循性行之。[79]

而朱熹《中庸章句》則說：

---

78 徐復觀：《中國思想史論集》（臺北市：學生書局，1974 年三版），頁 236。
79 《十三經注疏・禮記》（臺北市：藝文印書館，1989 年十一版），頁 879。

率，循也。……人物各循其性之自然。[80]

鄭、朱兩人的說法，除了一純就人，一兼指物來說明外，其餘的都沒有
什麼不同。當然，「物」在正常的情況下，能夠循性，也將與人一樣，
是「莫不自然各有當行之路」的；惟這裡所謂的「率性」，據下句「修
道之謂教」所指的對象來推斷，在《中庸》作者的原意裡，當也只是專
就「人」來說，而未把「物」包括在內。因此，「率性」兩字，只能當
作「順著人性向外發出」來解釋，才算合理；而聖人「順著人性向外發
出」[81]，掌握人情天理，以形成種種準則（禮樂），為「群體所共由共守」
（見同上）。而此準則，就是所謂的「道」，所以《中庸》說：「率性之
謂道。」

　　聖人率性而為道，最關緊要的，就是「性」。這個「性」是怎麼來
的呢？《中庸》的作者以為來自於「天命」，所以有「天命之謂性」的
說法。對此，朱熹在《章句》裡解釋說：

　　命猶令也，性即理也。天以陰陽五行化生萬物，氣以成形，而理
　　亦賦焉，猶命令也；於是人物之生，因各得其所賦之理，以為健
　　順五常之德，所謂性也。[82]

在這段話裡，朱熹首先提出了「性即理」的新觀點，然後以理氣二元論
來解釋萬物成形賦理的真象，從而把理、命、健順五常之德和性的關係
提明，可說是深入聖域後所體會出來的見解。但《中庸》的作者，卻

80　《四書集注》，頁 21。
81　《中國人性論史・先秦篇》，頁 119。
82　《四書集注》，頁 21。

「即誠言性」[83]，特別用「至誠」來貫通性命、物我，指出天道之「至誠」，是透過「命」，而賦予「人」和「物」的。錢穆在其《中庸新義》說：

> 性則賦於天，此乃宇宙之至誠。[84]

這是十分合理的解釋。

　　人、物之性，雖同賦於天，卻有偏全之不同。由於人得其全，所以其內容就不同。《中庸》第二十五章說：

> 誠者，非自成己而已也，所以成物也。成己，仁也；成物，知也；性之德也，合外內之道也。

可見「仁」和「知」（智），同是「性之德」，乃「吾性之固有」（見朱注），而「誠」則是「人性的全體顯露，即是仁與知的全體顯露」[85]，是足以成己、成物的。而《中庸》第二十一章又說：

> 自誠明，謂之性；自明誠，謂之教。誠則明矣，明則誠矣。

據知統之於「至誠」的仁與知（智），是可經由互動、循環、提升的螺旋作用，而最後融合為一的。也就是說「如果顯現了部分的仁性（誠），

---

83 唐君毅：《中國哲學原論·原性篇》（九龍：新亞書院研究所，1968 年 2 月出版），頁 58。

84 錢穆：《中庸新義》，《中國學術思想史論叢》（臺北市：東大圖書公司，1976 年），頁 295。

85 《中國人性論史·先秦篇》，頁 156。

就能連帶地顯現部分的知性（明）；同樣地，顯現了部分的知性（明），就能連帶地顯現部分的仁性（誠）。正由於這種相互的作用，有先後偏全之差異，故使人在盡性上也就有了兩條內外、天人銜接的路徑：一是由誠（仁性）而明（知性），這是就先天潛能的提發來說的；一是由明（知性）而誠（仁性），這是就後天修學的努力而言的。而這『天然』（性）與『人為』（教）的兩種作用，如一旦能內外銜接，凝合無間，則所謂『誠則明矣，明則誠矣』，必臻於亦誠亦明的至誠境界。到了此時，仁既必涵攝著智，足以成己，而智亦必本之於仁，足以成物了。」[86] 而這種作用，可用下頁圖來表示：

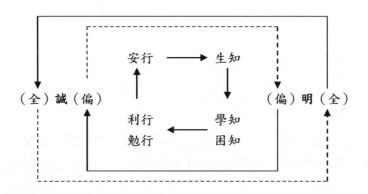

這個表的虛線代表天賦──「性」，實線代表人為──「教」。外圈指「全」，屬聖人；內圈指「偏」，屬學者。藉此可辨明「誠」與「明」、天賦與人為的交互關係。人就這樣在交互作用之下，自明而誠，自誠而明，互動而循環、提升，形成不斷往復之螺旋結構，使自己的知（智）性與仁性，由偏而全地逐漸發揮它們的功能，最後臻於「至誠」（仁且智）的最高境界。至此，「誠」（仁）和「明」（智）便融合為一了。這

86 陳滿銘：《中庸思想研究》，頁 109。

樣，就為下個部分「學者」之「多」、「二」、「一（0）」的螺旋義理結構，預先搭好了橋樑。

至於「道也者」四句，則說明「體備於己而不可離」的部分。這四句，朱熹在《章句》裡解釋說：

> 道者，日用事物當行之理，皆性之德，而具於心，無物不有，無時不然，所以不可須臾離也。若其可離，則豈率性之謂哉？[87]

而徐復觀在《中國人性論史》裡說：

> 按「道也者不可須臾離也」二句，乃緊承「率性之謂道」而來；人皆有其性，即人皆有是道。道乃內在於人的生命之中，故不可須臾離。不可離，所以必見於日常生活之中，故成為中庸之道。[88]

朱、徐二人都把「道」是「本然」而非「外物」的意思，解釋得很清楚。有了這四句話作橋梁，便很自然地過到「修道」的要領—「慎獨」之上了；也就是說，由「（0一）、二、多」過到「多、二、一（0）」了。

其次看「存養省察之要」的部分，《中庸》的作者緊接「可離非道也」句，又說：

> 是故，君子戒慎乎其所不睹，恐懼乎其所不聞。莫見乎隱，莫顯乎微，故君子慎其獨也。

---

87 《四書集注》，頁 21。
88 《中國人性論史‧先秦篇》，頁 123。

這五句話，說的是「修道」的要領，也就是「存養省察之要」，由此從聖人之「（0一）、二、多」進入學者「多、二、一（0）」之義理結構。朱熹在《章句》裡闡釋云：

> 君子之心，常存敬畏，雖不見聞，亦不敢忽，所以存天理之本然，而不使離於須臾之頃也。

又云：

> 幽暗之中、細微之事，跡雖未形，而幾則已動，人雖不知，而己獨知之，則是天下之事，無有著見明顯，而過於此者；是以君子既常戒懼，而於此尤加謹焉，所以過人欲於將萌，而不使其潛滋暗長於隱微之中，以至離道之遠也。[89]

把「慎獨」之精義，闡釋得極其簡明。而徐復觀說：

> 在一般人，天命之性，常常為生理的欲望所壓、所掩。性潛伏在生命的深處，不曾發生作用；發生作用的，只是生理的欲望。一般人只是順著欲望而生活，並不是順著性而生活。要性不為欲望所壓、所掩，並不是如宗教家那樣，對生理欲望加以否定；而是把潛伏的性，解放出來，為欲望作主；這便須有戒慎恐懼的慎獨的工夫。所謂「獨」，實際有如《大學》上所謂誠意的「意」，即是「動機」；動機未現於外，此乃人所不知，而只有自己才知的，所以便稱之為「獨」。「慎」是戒慎謹慎，這是深刻省察、

---

89 均見《四書集注》，頁 22。

並加以操運時的心理狀態。「慎獨」，是在意念初動的時候，省察其是出於性？抑是出於生理的欲望？出於性的，並非即是否定生理的欲望，而只是使欲望從屬於性；從屬於性的欲望也是道。一個人的行為動機，到底是「率性」？不是率性？一定要通過慎獨的工夫，才可得到保證的。沒有這種工夫，則人所率的，並不是天命之性，而只是生理的欲望。在這種地方，真是差之毫釐，謬以千里。[90]

他將人之所以要「慎獨」的理由，交代得很充分。

這種「慎獨」之說，又見於《大學》：

所謂「誠其意」者，毋自欺也。如惡惡臭，如好好色，此之謂自謙。故君子必慎其獨也。小人閒居為不善，無所不至；見君子，而后厭然，揜其不善而著其善。人之視己，如見其肺肝然，則何益矣？此謂誠於中，形於外。故君子必慎其獨也。

《大學》的作者在此指出：要「誠意」就必須「慎獨」，而能「誠意」，則必然「誠於中，形於外」。這所謂的「誠於中」，就相當於《中庸》所說的「戒慎乎其所不睹，恐懼乎其所不聞」；而「形於外」，則相當於《中庸》的「莫見乎隱，莫顯乎微」。如此「誠於中，形於外」，正是「修道」的關鍵所在，是合知（明）與行（誠）來說的。當然，從表面上來看，在《大學》裡，「慎獨」是針對「誠意」來說的，但「格物」、「致知」難道就不必「慎獨」了嗎？王陽明將「格物」釋作「正意所在

90　《中國人性論史‧先秦篇》，頁 124。

之事」[91]，而「正意所在之事」，說得明白一點，就是「誠意」，所以唐
君毅說：

> 《大學》立言次序，要是先格物、次致知、次誠意、次正心。《大
> 學》言物格而後知至，知至而後意誠，而未嘗言意誠而後知至，
> 知至而後物格。如依陽明之說，循上所論以觀，實以致「知善知
> 惡，好善惡惡」之知，至於真切處，即意誠，意誠然後方得為知
> 之至。又必意誠而知至處，意念所在之事，得其正，而後可言物
> 格。是乃意誠而後知至，知至而後物格，非《大學》本文之序
> 矣。[92]

這種次序雖不合〈大學〉本文之序，卻合於孔子「行有餘力，則以學文」
（《論語・學而》）的意思，更合於《中庸》「自誠明」的道理。這是因
為「知」（明）與「行」（誠）、「致知」（明）與「誠意」（誠），原是
互動、循環、提升而形成螺旋關係的[93]。由此看來，《中庸》的「慎
獨」，也一樣兼顧了智性（明）與仁性（誠）的開發來說，《中庸》第
二十章說：

> 博學之，審問之，慎思之，明辨之，篤行之。

其中「博學之」四句，說的是智性（明）開發之事；「篤行之」，說的
是仁性（誠）開發之事，兩者都一定要「慎獨」，不然，在知（明）與

---

91 《王陽明全集》上，頁 5-6。
92 《中國哲學原論・導論篇》，頁 293。
93 陳滿銘：〈談儒家思想體系中的螺旋結構〉，臺灣師大《國文學報》29 期（2000 年 6
　　月），頁 1-34。

行（誠）上就要形成偏差了。《大學》第八章（依朱熹《章句》）說：

> 人之所親愛而辟（偏私之意）焉，之其所賤惡而辟焉，之其所畏
> 敬而辟焉，之其所哀矜而辟焉，之其所敖惰而辟焉，故好而知其
> 惡，惡而知其美者，天下鮮矣；故諺有之曰：「人莫知其子之
> 惡，莫知其苗之碩。」

這種因心有所偏、情有所蔽—不仁，而導致認知上的偏差，但見一偏，
不見其全—好而不知其惡，惡而不知其美（「莫知其子之惡，莫知其苗
之碩」），甚至產生錯覺、顛倒是非，如孟子所謂「安其危，而利其菑，
樂其所以亡者」（〈離婁〉上），便是由於存心不誠（仁），無法慎獨的
緣故。人患了這種弊病，修身已不可得，更不用說是齊家治國平天下
了。如果人再以此種有了偏執或錯誤的「已知」作為依據，去推求那無
涯之「未知」，則勢必一偏再偏，一誤再誤，使得知（明）與行（誠）
判為兩途，終至形成偏激、邪惡的思想與行為。這樣，不僅將害人害
己，且又要為禍社會國家；孟子從前所以要大聲疾呼「我亦欲正人心，
息邪說，距詖行，放淫辭」（〈滕文公〉下），就是看出這種禍害的重
大。慎獨之要，由此可見。而學者之「多、二、一（0）」逆向結構，
即由此基礎建立。。

　　最後看「聖神功化之極」的部分，《中庸》的作者在談了「慎獨」
之後，接著說：

> 喜怒哀樂之未發，謂之中；發而皆中節，謂之和。中也者，天下
> 之大本也；和也者，天下之達道也。致中和，天地位焉，萬物育
> 焉。

這節文字，用以說明「聖神功化之極」，含三個部分：

頭一部分為「喜怒哀樂之末發」四句，是就「成已」來說「修道」（慎獨）的內在目標。也就是說：人在「修道」的過程中，經由「慎獨」，使智性（明）與仁性（誠）產生互動、循環、提升的螺旋作用，就可以將「性」的功能發揮到相當程度，有力地拉住「情」，以免它泛濫成災，而達於「中和」的境界。這含藏的是學者之「多、二、一（0）」逆向結構。而這所謂的「中」，是就「性」來說的；「和」是就「中節」之「情」來說的。朱熹《章句》注此云：

> 喜怒哀樂，情也；其未發，則性也；無所偏倚，故謂之中。發而皆中節，情之正也；無所乖戾，故謂之和。[94]

而高明在〈中庸辨〉裡也說：

> 就其性而言是「中」，就其情而言是「和」；就其體而言是「中」，就其用而言是「和」；就其靜而言是「中」，就其動而言是「和」。合言之，只是一個「中」；析言之，則有「中」與「和」的分別。[95]

「中」（性）與「和」（情）的關係，可由此了解大概。而「修道」至此，就可以「盡其（己）性」、「盡人之性」（《中庸》第二十二章），而使人倫社會得以純化了。

第二部分為「中也者」四句，可以說是由「成已」過到「成物」的橋梁，是合「成已」、「成物」來說「修道」的，所照應的是「人」與「天」

---

94 《四書集注》，頁 22。
95 高明：《高明文輯》上（臺北市：黎明文化事業公司，1978 年 3 月初版），頁 261。

之「多、二、一（0）」逆向結構。朱熹在〈中庸或問〉裡說：

> 謂之中者，所以狀性之德，道之體也；以其天地萬物之理，無所
> 不賅，故曰天下之大本。謂之和者，所以著情之正，道之用也；
> 以其古今人物之所共由，故曰天下之達道。蓋天命之性，純粹至
> 善，而其於人心者，其體用之全本皆如此，不以聖愚而有加損
> 也。然靜而不知所以存之，則天理昧而大本有所不立矣；動而不
> 知所以節之，則人欲肆而達道有所不行矣。[96]

而徐復觀在《中國人性論史》中也說：

> 中和之「中」，不僅是外在的中的根據，而是「中」與「庸」的
> 共同根據。《廣雅・釋詁》三：「庸，和也」；可見和亦即是庸。
> 但此處中和之「和」，不僅是「庸」的效果，而是中與庸的共同
> 效果。中和之「中」，外發而為中庸，上則通於性與命，所以謂
> 之「大本」。中和之「和」，乃中庸之實效。中庸有「和」的實
> 效，故可為天下之達道。「和也者，天下之達道也」，實際等於
> 是說，「中庸者天下之達道也」。中和的觀念，可以說是「率性
> 之謂道」的闡述，亦即是「中庸」向內通，向上提，因而得以內
> 通於性，上通於命的橋梁。[97]

可見所謂的「大本」、「達道」，已經由「人」而擴及於「物」，由「成己」
而推及於「成物」了。

---

96 《四書纂疏・中庸》，頁 306。
97 《中國人性論史・先秦篇》，頁 127。

　　第三部分為「致中和」三句，這是就「成物」來說「修道」（慎獨）的外在目標，以為人天賦之「性」（智性 ⟷ 仁性），經「修道」加以發揮，不但可以「成己」（仁），也可「盡物之性」以「成物」（智），而使物質環境得以改善[98]；所含藏的是銜接於「人」的「天」之「多、二、一（０）」逆向結構。朱熹《章句》注此云：

> 自戒懼而約之，以至於至靜之中，無少偏倚，而其守不失，則極其中而天地位矣。自謹獨而精之，以至於應物之處，無所差謬，而無適不然，則極其和而萬物育焉。蓋天地萬物，本吾一體，吾之心正，則天地之心亦正矣；吾之氣順，則天地之氣亦順矣。故其效驗至於如此，此學問之極功，聖人之能事，初非有待於外，而修道之教，亦在其中矣。是其一體一用，雖有動靜之殊，然必其體立，而後用有以行，則其實亦非有兩事也。[99]

所謂「吾之心正」、「吾之氣順」，就是「成己」；而「天地之心亦正」、「天地之氣亦順」，就是「成物」。因此《中庸》第二十四章說：「誠者，非自成己而已也，所以成物也。」便可說成：

> 誠者，非自致其中和而已也，所以致物之中和也。

又（第二十二章）說：「唯天下至誠，為能盡其性；能盡其性，則能盡人之性；能盡人之性，則能盡物之性；能盡物之性，則可以贊天地之化育；可以贊天地之化育，則可以與天地參矣。」也一樣可說成：

---

98 陳滿銘：〈中庸的性善觀〉，臺灣師大《國文學報》28 期（1999 年 6 月），頁 1-16。
99 《四書集注》，頁 22。

> 唯天下至誠，為能致其中和；能致其中和，則能致人之中和；能
> 致人之中和，則能致物之中和；能致物之中和，則可以贊天地之
> 中和；可以贊天地之中和，則可以與天地參矣。

這樣，意思是一點也不變的。

　　而這所謂的「中和」，是就「狀態」一面來說的；如就「心理」一
面來說，就是「忠恕」了。朱熹在《論語‧里仁》「夫子之道，忠恕而
已矣」章下引程子說：

> 忠者，天道；恕者，人道。忠者，無妄；恕者，所以行乎忠也。
> 忠者，體；恕者，用；大本達道也。……「維天之命，於穆不
> 已」，忠也；「能道變化，各正性命」，恕也。[100]

顧炎武在其《日知錄》中說：

> 夫子之道，忠恕而已矣；忠也者，天下之大本（中）也；恕也
> 者，天下之達道（和）也。[101]

而呂維祺在《伊洛大會語錄》裡也說：

> 天地聖賢夫婦，同此忠恕耳。天地為物不貳，故元氣流行，化育
> 萬物，此天地之忠恕，即天地之貫也；聖人至誠不息，故盡人盡
> 物，贊化育，參天地，此聖人之忠恕，即聖人之貫也；賢人亦此

---

100 同前註，頁 77。
101 顧炎武：《日知錄集釋》（京都：中文出版社，1978 年版），頁 153。

忠恕，但或勉強而行，未免有作輟純雜之不同，故有貫有不貫，
而其貫處即與聖人同；即愚夫婦亦此忠恕，但為私欲遮蔽，不能
忠恕，即不能貫，或偶一念之時亦貫異，而其實處亦即與聖人
同。……忠恕只是一個心，實心為忠，實心之運為恕，即一
也。[102]

可見「忠恕」（心理）與「中和」（狀態），和就「潛能」來說的「性」
與「中節」之「情」，指向是一致的，只是落點有所不同而已。它們的
螺旋關係，可用如下結構系統簡圖來表示：

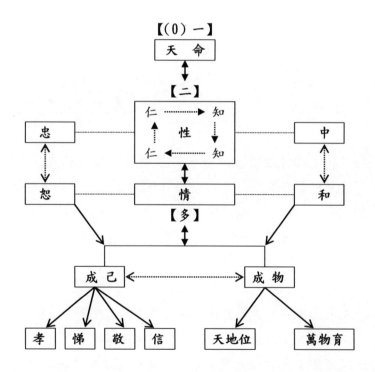

---

[102] 《古今圖書集成・學行典（上）》（臺北市：鼎文書局，1977 年版），頁 1257-1258。

其中「中」、「性」與「忠」，指的是「天之道」，即「大本」；「和」、「情」（中節）與「恕」，指的是「人之道」，即「達道」。而人要達到這種「中和」、「忠恕」的境界，就必須經由「修道」（博學、審問、慎思、明辨、篤行）的工夫，由偏而全地將天賦之性（智性 ⟷ 仁性）加以發揮，這樣才可以「成己」（盡其性、盡人之性）、「成物」（盡物之性），而臻於「贊天地之化育，與天地參」的最高理想；這是學者努力的目標，也是天職。

　　總結起來看，《中庸》義理的「多」、「二」、「一（0）」的螺旋系統，都含藏在這一章，它可用下圖來表示：

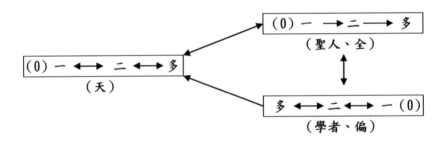

很顯然地，這和《周易》、《老子》全著眼於天道來說的，不但有所不同，而且又將重心落到「人」之上，以確定「人」與「天地參」之地位，為人類「成己」（純化人倫社會）、「成物」（改善物質環境）之永恆努力，鋪成了以「一誠流貫」一條康莊大道；這是《中庸》思想的最大特色。因此唐君毅說：

　　　人之為物，能窮理盡性，以極其所感通之量，而仁至義盡，亦即
　　　與天地之陰陽乾坤之道合德，而達於其性命之原之天命者也。此
　　　即〈易傳〉、《中庸》之以「大人與天地合其德」，以人盡其性即
　　　人盡人性、物性而贊天地之化育，以文王之德之純，比同於天之

「於穆不已」之論所由出也。[103]

而徐復觀也以為：

> （《中庸》）說「誠者非自（僅）成己而已也，所以成物也」，因
> 為誠則與己與天合一，因而即與物合一，自然人與物同時完成。
> 所以又說「合外內之道也」。內是己，而外是物。把成就人與
> 物，包含於個人的人格完成之中，個體的生命，與群體的生命，
> 永遠連接在一起，這是中國文化最大的特性。……因為人性中有
> 此要求，所以人便可以向此方向作永恆的努力。而人類的前途，
> 即寄託在這種永恆努力之上。[104]

所謂「人性中有此要求」，所謂「這種永恆的努力」，就奠基於《中庸》
義理之「多」、「二」、「一（0）」的螺旋結構之上。

　　總結起來看，《中庸》的作者在這篇文章裡，直接承襲孔子的仁、
知（智）思想，並間接受到《周易》、《老子》宇宙生成論之影響，而
特地將重心由「天」降於「人」的身上，用「天命之性」（含「知〔智〕」
性與「仁」性），從內在來貫通天人、物我，為人類「修道」（教）以「成
己」（純化人倫社會）、「成物」（改善物質環境）的一條大路，尋得「真
實無妄」的源頭──「至誠」與其「悠久無疆」的歸趨──「與天地
參」，而在其層次邏輯上，又形成層層天人互動、循環而提升之「多」、
「二」、「一（0）」螺旋系統，以呈現「一誠流貫」的完整歷程。這可
說是「驚天動地」[105] 的一件大事，是值得大家大聲喝采的。

---

103 《中國哲學原論‧導論篇》，頁 539。
104 《中國人性論史‧先秦篇》，頁 152。
105 徐復觀語，見《中國人性論史‧先秦篇》，頁 119。

第六章
結 論
──《四書》思想體系中的螺旋結構

　　在《四書》所見的儒家思想中，關於「仁」與「智」、「明明德」（格物、致知、誠意、修身─修己）與「親民」（齊家、治國、平天下──治人），或「天」（自誠明──性）與「人」（自明誠──教）等問題，都形成「二元對待」，是極其重要的。而對這些思想，由於一直以來都習慣用「先本後末」（順）或「先末後本」（逆）的單向結構來加以認識，以至於有某些地方令人感到窒礙難通。因此本章便試著以《論語》、《大學》、《中庸》等儒家典籍為範圍，舉「仁」與「智」、「明明德」與「親民」、「天」與「人」為例，特別顧及它們之間所存有的本末、順逆（往復）、偏全等關係，來凸顯它們在思想體系中的螺旋結構，從而看出它所產生的互動、循環而提升的作用。

　　大體說來，對思想體系之形成，關涉得最密切的，莫過於「本末」問題。就以儒家思想中的「仁」與「智」、「明明德」與「親民」、「天」與「人」這些「二元對待」的主張而言，即涉及本末邏輯。它們無論是「由本而末」（順）或「由末而本」（逆），均可形成單向的本末結構。而一般學者也都習慣以此來看待它們，卻往往忽略了它們所形成之互動、循環而提升的螺旋結構。所謂「螺旋」，本用於教育課程之理論上，早在十七世紀，即由捷克教育家夸美紐斯所提出，《教育大辭典》解釋說：

螺旋式課程（spiral curriculum）圓周式教材排列的發展，十七世紀捷克教育家夸美紐斯提出，教材排列採用圓周式，以適應不同年齡階段的兒童學習。但這種提法，不能表達教材逐步擴大和加深的含義，故用螺旋式的排列代替。二十世紀六〇年代，美國心理學家布魯納也主張這樣設計分科教材：按照正在成長中的兒童的思想方法，以不太精確然而較為直觀的材料，儘早向學生介紹各科基本原理，使之在以後各年級有關學科的教材中螺旋式地擴展和加深。[1]

所謂「圓周」、「逐步擴大和加深」，指的正是「循環、往復、螺旋式提高」[2]，換句話說，就是「互動、循環而提升」的意思。本文即試著將此「螺旋」一語移用過來，特以「仁」與「智」、「明明德」與「親民」、「天」與「人」為例，來探討其螺旋結構，藉以辨明它們互動、循環而提升的緊密關係。

一　從「仁」與「智」之互動看

　　人在未學或學的效果未顯著之前，仁和智，或由於未經後天修學的開發，或由於開發有限，往往只侷限於先天所能發揮的小仁、小智之框框裡，所以會為「氣稟所拘，人欲所蔽」[3]，顧得了仁，就失去了智；

1　顧明遠主編：《教育大辭典》（上海市：上海教育出版社，1990 年 6 月一版一刷），頁 276。

2　許建鉞編譯《簡明國際教育百科全書》：「螺旋式循環原則（Principle of Spiral Circulation）排列德育內容原則之一，即根據不同年齡階段（或年級）遵循由淺入深，由簡單到複雜，由具體到抽象的順序，用循環往復螺旋式提高的方法排列德育內容。螺旋式亦稱圓周式。」（北京市：新華書局北京發行所，1991 年 6 月一版一刷），頁 611。

3　朱熹：《四書集注》（臺北市：學海出版社，1984 年 9 月初版），頁 3。

顧得了智，就失去了仁，而形成種種的偏差[4]。因此仁與智二者，便產生各不相涉而分歧的現象，如《論語・衛靈公》載孔子的話說：

> 知及之，仁不能守之，雖得之，必失之；知及之，仁能守之，不莊以蒞之，則民不敬；知及之，仁能守之，莊以蒞之，動之不以禮，未善也。

邢昺《論語正義》引李充云：「夫知及以得，其失也蕩；仁守以靜，其失也寬。……以禮制知，則精而不蕩；以禮輔仁，則溫而不寬。」[5] 可見這所謂的「知」與「仁」，均各有所失，還須益之以「禮」，才能臻之於「善」，與所謂的「大智」、「大仁」，差距尚遠，而有著各自分歧的偏失。又如《論語・陽貨》載子貢的幾句話說：

> 惡徼（伺察之意）以為知者，惡不孫以為勇者，惡訐以為直者。

此處所說的「知者」、「直者」（即仁者，見錢穆《論語要略》）[6]，既各不相涉，也與真正的「智者」、「直者」（仁者），不僅有別而已，簡直已是完全地「背道而馳」了。因此，這種仁與智（知），就個人而言，多來自於一點先天潛能的發揮，以致歧分為二，那必然是帶有缺失的。

4　陳滿銘：〈孔子的仁智觀〉，《國文天地》12 卷 4 期（1986 年 9 月），頁 8-15。
5　《十三經注疏・論語》（臺北市：藝文印書館，1965 年 6 月三版），頁 141。
6　錢穆曾舉《論語》「樊遲問仁」（〈顏淵〉篇）與「以德報怨」（〈憲問〉篇）章說明「直」與「仁」的關係說：「孔子言舉直錯諸枉，而子夏卻以舉象陶、伊尹而不仁者遠釋之。可見枉即是不仁者，而直即是仁者也。……以直道報怨者，其實則猶以仁道報怨也。以人與人相處之公道報怨也。我雖報吾之私怨，而使旁人不責我為過分，而公認我之報之為正當焉，是即直道矣。報德可過分，而報怨不可以過分，此亦道也。若人有怨於我，而我報之以德，是未免流於邪枉虛偽，於仁為遠，故孔子不取。」見《論語要略》，《四書釋義》（臺北市：臺灣學生書局，1978 年 7 月再版），頁 85。

如要加以補救，除加緊修學外，實在別無良途。

　　加緊修學是使人由小仁、小智邁向大仁、大智的唯一途徑。人如付諸行動，朝這個目標奮進，就入了敏學的階段。在進入這個階段之前或初期，孔子主張人要先守住大本──「仁」以力行，然後才「學文」[7]以求「智」。《論語・學而》云：

　　　　子曰：「弟子入則孝，出則弟，謹而信，汎愛眾而親仁。行有餘
　　　　力，則以學文。」

對這幾句話，朱熹《論語集註》引洪興祖說：「未有餘力而學文，則文滅其質；有餘力而不學文，則質勝而野。」[8]又引尹焞說：「德行，本也；文藝，末也。窮其本末，知其先後，可以入德矣。」[9]他們用文與質、本與末來說明孔子在此階段所以主張先仁（質──本）而後智（文──末）的理由，說明得十分扼要而清楚。此外，孔子在《論語・述而》裡說：

　　　　志於道，據於德，依於仁（仁之事），游於藝（智之事）。

這裡的「依於仁」，指仁之事，是很明顯的；而「游於藝」，則指智之事[10]。而朱熹注此云：「此章言人之為學當如是也。蓋學莫先於立志，

7　陳大齊：「此中所云『學文』，可說即是讀書。讀書安排在『行有餘力』的時候，幾
　　乎等於業餘的工作，可見其與正業的『入則孝』等不具有同等的重要性。」見《孔子
　　學說》（臺北市：正中書局，1963 年夏），頁 64。
8　《四書集注》，頁 57。
9　同前註。
10　《論語》這一章論為學之目標、依據與過程。所謂「志於道」，是說立定志向，把「仁
　　且智」以成己成物的聖道做為一生的終極目標，這和孟子以「仁義」（即道）為「尚志」

志道則心存於正，而不他。據德則道得於心，而不失。依仁則德性常
用，而物欲不行。游藝則小物不遺，而動息有養。學者於此，有以不失
其先後之序，輕重之倫焉，則本末兼該，內外交養，日用之間，無少間
隙，而涵泳從容，忽不自知其入於聖賢之域矣。」[11] 所謂「先後之序」，
指的就是在「志道」、「據德」之後，再由仁而後智的為學順序。以孔
子本身而言，也實在是因為這樣地由仁而智，好學不已，所以最後才能
達於「仁且智」的至聖境界。《論語・公冶長》云：

> 子曰：「十室之邑，必有忠信如丘者焉，不如丘之好學也。」

這裡的「忠信」，指的是仁之事；而「好學」，所謂「好學近乎知
（智）」[12]，指的是智之事。可見孔子所以超越「質勝而野」的凡人而優
入聖域，顯然是由於能由仁而智、好學不已的緣故。

　　在真正有效地進入敏學的階段以後，孔子的主張就不同了。他主張

（見《孟子・盡心》上）的說法，十分接近。如此「心存於正而無他」（朱注），乃為
學之首務。所謂「據於德」，是說「德」是所據以邁向目標的源頭力量，孔子說：「天
生德於予。」（〈述而〉二十二）可知「德」是天所賦的，雖然對它的內容，孔子沒
做解釋，但由《禮記・中庸》「成己，仁也；成物，知也；性之德也，合外內之道也」
的進一步說明看來，它該有「仁之德」與「智（知）之德」兩種，這是人無限向上
進德修業的原動力，如果不據於此，那就無法來成己又成物了。所謂「依於仁」，是
說不違仁道，要做到「無終食之間違仁，造次必於是，顛沛必於是」（〈里仁〉五）
的地步，這可說是偏就「仁之德」向外發揮以成己的過程來說的。所謂「游於藝」，
是說要游習六藝，《禮記・少儀》說：「士游於藝。」又〈學記〉說：「不興其藝，不
能樂學。」可見古代對游藝的重視，此乃因六藝「皆至理之所寓，而日用之不可闕者
也。朝夕游焉，以博其義理之趣，則應物有餘，而心亦無所放矣」（朱注）。這可說
是偏就「智之德」向外發揮以成物的過程來說的。這樣舉出四端，將孔門教育的目
標、依據和過程，一一交代清楚，真是「本末兼該，內外交養」（朱注），周備至極。
參見陳滿銘編：《中國文化基本教材》1（臺北市：三民書局，1998 年 9 月），頁 40-
41。

11 《四書集注》，頁 96。
12 《中庸》第二十章（依朱熹《四書集注》），頁 36。

由智而仁，以發揮修學的最大效果。《論語‧雍也》云：

　　子曰：「君子博學於文，約之以禮，亦可以弗畔矣夫！」

邢昺疏此云：「此章言君子若博學於先王之遺文，復用禮以自檢約，則不違道也。」[13] 又朱熹《集注》也引程顥說：「博學於文，而不約之以禮，必至於汗漫。博學矣，又能守，而由於規矩，則亦可以不畔道矣。」[14] 所謂「先王之遺文」，就是《詩》、《書》、禮、樂。所以劉寶楠注說：「案『博文』者，《詩》、《書》、禮、樂，凡古聖所傳之遺籍是也。」[15] 而此《詩》、《書》、禮、樂，如說得簡略一點，就是禮、樂。徐復觀說：「《論語》上對『文』之一字，有若干特殊的用法。如孔子說『孔文子敏而好學，不恥下問，是以謂之文也。』又『公叔文子之臣，大夫僎，與文子同升諸公。子聞之曰：可以為文矣』。但最具體而切至的用法，則以禮樂為文的具體內容。如『周監於二代，郁郁乎文哉』，朱注：『言視其二代之禮而損益之』。『文不在茲乎』，朱注：『道之顯者謂之文，蓋禮樂制度之謂』。朱子的解釋，較《中庸》為落實而亦可相涵。『煥乎其有文章』，朱注：『文章，禮樂法度也』。法度實際可以包括在禮裡面，朱子在這種地方，實際是以禮樂釋『文』。尤其是『子路問成人，子曰：若臧武仲之知，公綽之不欲，卞莊子之勇，冉求之藝，文之以禮樂，亦可以為成人矣』的一段話，更分明以禮樂為文的具體內容。『文之以禮樂』的『文』做動詞用；『文之以禮樂』的結果，『文』便由動詞變而為名詞。因此，可以這樣說，《論語》上已經有把禮樂的

13　《十三經注疏‧論語》，頁 55。
14　《四書集注》，頁 93。
15　劉寶楠：《論語正義》卷八（臺北市：臺灣商務印書館，1968 年 3 月臺一版），頁 48。

發展做為『文』的具體內容的用法。再看《易・賁卦》的〈象傳〉說『文明以止，人文也』；吳澂對『文明』的解釋是『文采著明』，約略與文飾之義相當；『止』是節制，文飾而有節制，使能得為行為、事物之中，本是禮的基本要求與內容；則所謂『文明以止』者，正指禮而言。古人常以禮概括樂，《易正義》謂：『言聖人觀察人文，則《詩》、《書》、禮、樂之謂』，《詩》、《書》、禮、樂，成為連結在一起的習慣語，實則此處應僅指禮樂，而禮樂亦可以包括《詩》、《書》。」[16] 在這則文字裡，他不但指出了「禮樂為『文』的具體內容」、「而禮樂亦可以包括《詩》、《書》」，更指明了「古人常以禮概括樂」，這樣說來，這所謂的「文」，是以「禮」為核心的，而禮的核心，則為仁義。《中庸》第二十章（依朱熹《四書集注》，下併同）：

> 仁者，人也；親親為大。義者，宜也；尊賢為大。親親之殺、尊賢之等，禮所生也。

這幾句話直截了當地將「禮」生於「仁義」的道理，說得很明白。勞思光說：「孔子如何發展其有關『禮』之理論？簡言之，即攝『禮』歸『義』，更進而攝『禮』歸『仁』是也。」[17] 把這種意思闡釋得極簡明。可見孔子所謂的「文」，是以「禮」為核心內容，而以「仁義」為終極依歸的。

　　如此由「博學於禮」（智）而「約之以禮」（仁），自然能趨於善而不違仁義了。又《論語・子罕》也載顏淵的話說：

---

16 徐復觀：《中國思想史論集》（臺北市：臺灣學生書局，1975 年 5 月四版），頁 236。
17 勞思光：《新編中國哲學史》第一卷（臺北市：三民書局，1984 年 1 月增訂初版），頁 112。

　　　　夫子循循然善誘人，博我以文，約我以禮。

　　　朱熹注此云：「博文、約禮，教之序也。言夫子道雖高妙，而教人
有序也。」[18] 又引侯仲良云：「博我以文，致知格物也；約我以禮，克
己復禮也。」[19] 由此可知孔子此時教人修學，是採由智而仁之順序的。
以學（教）之序而言，孔子主張先由仁而智，然後再由智而仁，便自自
然然地使「仁」和「智」在源頭上產生互動、循環而提升的作用，以致
「仁」的背後有「智」、「智」的背後有「仁」[20]，而減少種種偏失。《論
語‧里仁》云：

　　　　子曰：「不仁者不可以久處約，不可以長處樂。仁者安仁，知者
　　　　利仁。」

對後兩句話，朱熹《集註》注云：「仁者則安其仁，而無適不然；知者
則利於仁，而不易所守。蓋雖深淺之不同，然皆非外物所能奪矣。」[21]
從表面上看，在這裡是把仁者與知（智）者分開來說的。但其實，所謂
「安仁」與「利仁」，乃就「安而行之」與「利而行之」（《中庸》第二
十章）來說，而大家都知道兩者是層進而非平列的關係[22]，也就是說

18　《四書集注》，頁 111。

19　同前註。

20　牟宗三：「孔子以仁為主，以『仁者』為最高境界。此時仁的意義最廣大，智當然藏
　　於仁之中，一切德亦藏於其中。孟子仁義禮智並舉，這是說我們的心性。說『仁且
　　智，聖也』，實亦賅括義與禮。這是自表現我們的心性說。並舉仁與智，就是為了特
　　注重智對仁的扶持作用。這樣說時，仁的涵義不得不收窄一點。仁與智並講，顯出
　　仁智的雙成。」見《中國哲學的特質》（臺北市：臺灣學生書局，1976 年 10 月四版），
　　頁 26。

21　《四書集注》，頁 74。

22　陳滿銘：〈從偏全的觀點試解讀四書所引生的一些糾葛〉，《中國學術年刊》13 期
　　（1992 年 4 月），頁 14-16。

「利而行之」久了，就可以邁入「安而行之」的境界，朱熹所謂「深淺之不同」，指的當是這個意思。又《論語‧顏淵》載孔子的話說：

舉直錯諸枉，能使枉者直。

朱熹《集註》注云：「舉直錯諸枉，知也；使枉者直，則仁矣。如此則二者不惟不相悖，而反相為用矣。」[23] 所謂「不相悖」，所謂「反相為用」，已約略點明了「仁」與「智」二者互動、循環而提升的關係。

仁與智所以能互動、循環而提升，實不能不歸功於「義」所形成的橋梁作用。所謂的「義」，乃指「分別事理，各有所宜」[24]。《論語‧雍也》載：

樊遲問知，子曰：「務民之義，敬鬼神而遠之，可謂知矣。」

在此，孔子只以「務民之義」視作「知」（智），可看出「知」（智）與「義」的密切關係。陳大齊說：「此章所說，可以令人窺知孔子關於知與義所懷的見解。『務民之義』，《集解》引王肅說為註：『務所以化導民之義也』，朱註則云：『民、亦人也……專用力於人道之所宜』。這兩種註釋比較起來，朱註較為切當。『務民之義』，即是致力於人之所應為，簡言之，亦即是行義。義可稱為知，則義必屬於知的範圍而以知為其內容。且孔子此言是概括的論斷，認為全部的義統統具有知的內容，未容許其有例外。義既以知為必具的內容，可見義出於知而以知為其本源，知與義可謂具有源與流的關係。」[25] 可見孔子是極力主張經由「好

23　《四書集注》，頁 35。
24　同前註，頁 35。
25　《孔子學說》，頁 180。

學」來發揮智力，敏求「正知」[26]，以呈顯智慧的。也唯有如此，才能辨明是非、真偽，掌握真正的「義」，而成就各種德業。所以孔子重視「知」（智）以掌握「義」，是極自然的事。

此外，《論語‧里仁》記孔子之言云：

> 富與貴，是人之所欲也；不以其道，得之不處也。貧與賤，是人之所惡也；不以其道，得之不去也。君子去仁，惡乎成名？君子無終食之間違仁，造次必於是，顛沛必於是。

這裡所說的「其道」，指的就是「仁」，因此後面才有「去仁」、「違仁」的說法。如此看來，「其道」和「仁」，是先後呼應的；而所謂「去仁」即「去其道」、「違仁」即「違其道」。無怪陳大齊釋「行義以達其道」說：「行義所達的，只是道，不是其他事情。此所云道，當然係指仁道而言。故『行義以達其道』，意即行義以達其仁，又可見義之不能有離於仁了。」[27] 由此可見「義」與「仁」是有著密切關係的。這種關係，如就《中庸》「三行」來看，「勉強而行之」和「利而行之」是「義」，而「安而行之」則為「仁」。單就某一德目來說，如上所述，「勉強而行之」久了，就可以「利而行之」；「利而行之」久了，自然就可以「安而行之」。如和「三知」合起來看，就可以形成如下循環之關係：

---

26 同前註，頁 182-198。
27 同前註，頁 170。

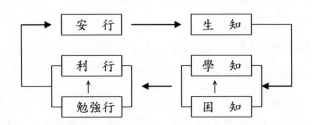

這種關係，可用結構表呈現如下：

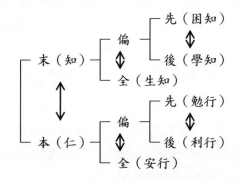

如此由「困知」、「學知」（知），而「勉強行」、「利行」（義），再由「勉強行」、「利行」而「安行」（仁），接著由「安行」而「生知」（智），然後又由「生知」而「困知」、「學知」，不斷地在互動、循環而提升之作用下，使得「仁」和「知」（智），經由「義」之牽合而自然地形成「由智而仁」、「由仁而智」的螺旋結構，終至於由偏而全地合而為一了[28]。

二　從「明明德」與「親民」之互動看

《大學》開宗明義地說：

---

28 陳滿銘：〈談《論語》中的義〉，《高中教育》6 期（1997 年 6 月），頁 44-49。

大學之道，在明明德，在親民，在止於至善。

這三句話，很簡要地提明了「大學」之途徑與目標。這所謂的「明明德」、「親民」、「止於至善」三者，朱熹指為「大學之綱領」[29]。它們看似平列，卻有著層進的關係。其中「第一綱『明明德』是就修己來說的；第二綱『親民』是就治人來說的；第三綱『止於至善』就合修己與治人來說的。《大學》的作者認為一個人要能『明明德』於其身，就得從『格物』、『致知』做起，然後及於『誠意』、『正心』、『修身』才能奏功。但僅此而已，是不夠的，必須進一步地推擴出去，使他人也可以透過『格』、『致』、『誠』、『正』、『修』的工夫，達於『明明德』於其身，甚至『明明德』於其家（齊家）、『明明德』於其國（治國）、『明明德』於天下（平天下）的地步，這就叫做『親民』。因此，『親民』可說是『明明德』進一層地由己而及人的說法。而僅止於『親民』，也還是不夠的，非更進一步地使『明明德』與『親民』臻於至善之境不可，所以『止於至善』，可說是『明明德』更進一層地由偏而及全的說法。這樣由『明明德』（格、致、誠、正、修）而『親民』（齊、治、平）而『止於至善』，大學之道才算圓滿達成。」[30]

因此，「明明德」與「親民」，都要以「止於至善」做為終極目標，而「親民」（齊、治、平）又要以「明明德」為本[31]。所以朱熹注云：「明

29　《四書集注》，頁3。

30　陳滿銘：〈學庸導讀〉，《國學導讀》（二）（臺北市：三民書局，1994年9月），頁506。

31　這裡所謂的「明明德」，指的正是「知」的「明德」（知性）與「仁」的「明德」（仁性）的發揮。而「親民」，則顯然是「明明德」的進一層說法，這可從下文「欲明明德於天下者」這句話獲知消息，因為《大學》的作者既把「平天下」說成「明明德於天下」，那麼，「修身」就是「明明德於其身」，而「齊家」、「治國」就是「明明德於其家」、「明明德於其國」了；可見在「齊家」、「治國」、「平天下」這段「親民」的過程裡，仍然是以「明明德」貫通於其間的。至於「止於至善」，則更是「明明德」

明德、新（親）民[32]，皆當止於至善之地而不遷。」[33] 又云：「明德為本，新（親）民為末。」[34] 至於「明明德」，則必須從「格物」、「致知」做起，以達於「誠意」、「正心」、「修身」的地步。

　　首以「格物」、「致知」而言，應非一次完成，而是形成互動、循環而提升的螺旋結構，亦即「格物」多少，就相應地「致知」多少。關於這一點，必須從《大學》的本文說起，《大學》古本一開篇在用「大學之道」四句論「大學」之途徑、目標之後，即云：

> 知止而后有定，定而后有靜，靜而后能安，安而后能慮，慮而后能得。物有本末，事有終始，知所先後，則近道矣。古之欲明明德於天下者，先治其國；欲治其國者，先齊其家；欲齊其家者，先修其身；欲修其身者，先正其心；欲正其心者，先誠其意；欲誠其意者，先致其知；致知在格物。物格而后知至，知至而后意

的再進一層說法，因為《大學》的「止於至善」章明說：『為人君，止於仁；為人臣，止於敬；為人子，止於孝；為人父，止於慈；與國人交，止於信。』可見「仁」、「敬」、「孝」、「慈」、「信」，都是「至善」，而這些又何嘗不都是人類的「明德」呢？所以大學的「止於至善」，說的也不過是「明明德」三個字而已。參見陳滿銘：〈學庸的價值要旨及其實踐工夫〉，《中國學術年刊》2 期（1978 年 6 月），頁 12-13。

32 所謂「親民」，孔穎達疏云：「親愛於民。」而程頤則云：「親，當作新（朱熹《大學章句》引）。」兩人說法雖不同，卻各有所本。如《大學》第三章說：「君子賢其賢而親其親，小人樂其樂而利其利。」而九章說：「民之所好好之，民之所惡惡之，此之謂民之父母。」又《尚書・堯典》說：「克明峻德（明明德），以親九族；九族既睦，平章百姓；百姓昭明，協和萬邦（親民）；黎民於變時雍（止於至善）。」這些都足以證明「親愛於民」的解釋，是有其依據的。而《大學》第二章所引〈湯盤〉「苟日新」、〈康誥〉「作新民」及《詩經》「其命維新」等句，全以「新」為詞，且《尚書・金縢》記成王迎周公之辭云：「今天動威，以章周公之德，惟朕小子其新迎，我國家禮亦宜之。」顯然地把「新」通作「親」；這些都足以證明「親當作新」的說法，並不是沒有來由的。既然兩說都有根據，那麼究竟以何者為正確呢？答案是兩者都對，只是「親民」是就起點說，而「新民」是就結果說，先後有別而已。參見陳滿銘：〈論恕與大學之道〉，《中國學術年刊》20 期（1999 年 3 月），頁 77-78。

33 《四書集注》，頁 3。

34 同前註。

誠，意誠而后心正，心正而后身修，身修而后家齊，家齊而后國治，國治而后天下平。自天子以至於庶人，壹是皆以修身為本。其本亂，而末治者否矣；其所厚者薄，而其所薄者厚，未之有也。此謂知本，此謂知之至也。

這段文字論「大學」的方法，其結構表是這樣子的：

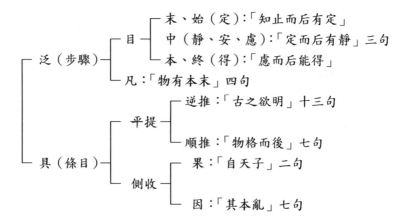

《大學》的作者在此，先泛泛地就步驟，論「知止」、「知先後」，既一面承上交代「三綱」之實施步驟，也一面啟下指明「八目」的實踐工夫。朱熹《大學章句》在「則近道矣」句下注云：「此結上文兩節之意。」[35] 又在「國治而後天下平」句下注云：「『修身』以上，明明德之事也；『齊家』以下，新民之事也；物格知止，則知所至矣；『意誠』以下，皆得所止之序也。」[36] 可見這節文字在內容上，是既承上又啟下的。接著實際地就「八目」來加以論述。《大學》的作者在這個部分，先以「平提」

35　同前註。
36　《四書集注》，頁4。

的方式，依序以「古之欲明明德者」十三句，逆推八目，以「物格而后知至」七句，順推八目；然後以「側收」的方式，就「八目」中的「修身」一目，說「修身」為本，並說明所以如此的原因，朱熹《大學章句》於「壹是皆以修身為本」句下注云：「『正心』以上，皆所以修身也；『齊家』以下，則舉此而錯之耳。」[37] 又於「未之有也」句下注云：「本，謂身也；所厚，謂家也。此兩節（自『天子』句至『未之有也』）結上文兩節（『自古之欲明明德』句至『國治而後天下平』）之意」。[38] 而孔穎達《禮記正義》在「此謂知之至也」句下注云：「本，謂身也；既以身為本，若能自知其身，是知本也，是知之至極也。」[39] 由此可知這節文字，是採「側收」以回繳整體的手法來表達的。這樣，不僅以本末、厚薄總結「八目」，並以「知本」、「知之至」回應論步驟的部分，更就一事一物，把「格」、「致」之意自然地寓於其中。

　　關於「格」、「致」之意寓於文中這一點，高明在其〈大學辨〉一文裡說：「『致知』、『格物』，在《大學》本文裡就可找到的解。《大學》第一段裡明說『知止而後有定』，又說『知所先後，則近道矣』，又說『此謂知本』，而結以『此謂知之至也』，正是上文『格物而後知至，知至而後意誠』的『知至』。『格物而後知至』是與上文『致知在格物』呼應的，『知至而後意誠』是與上文『欲誠其意者先致其知』呼應的。自其發動處去說，是『致知』；自其結束處去說，是『知至』。『知至』是那個『知』的獲得，『致知』是去獲得那個『知』。那個『知』是什麼呢？那便是『知止』之『知』。『本』是出發點，也是基礎；『止』是終極點，也是目標；而『先後』則是其中的過程、階段。知此三者，然後可說獲得了全部的『知』（當就一事一物言）。否則，仍是殘缺不全

37　同前註。

38　同前註。

39　《十三經注疏‧論語》，頁984。

的『知』，不能說是『知之至也』。」[40]

可見就一事一物而言，「格」、「致」之說，實已具備於《大學》的本文裡，這可說是從「偏」（局部）的觀點來看的。

「格物」、「致知」既是從「偏」的觀點來看，當然會有向「全」（至善）的境界逐步提升的無限空間，也就是說，「格物」與「致知」兩者有著互動、循環而提升的螺旋關係。唯有如此，才有可能由偏而全地邁向最終目的。

從《大學》古本來梳理「格」、「致」之意，大略是如此，而朱熹與王陽明卻都從「全」處著眼，以致有不同的訓釋，朱熹在其《大學章句》裡說：「致，推極也；知，猶識也；推極吾之知識，欲其所知無不盡也。格，至也；物，猶事也；窮至事物之理，欲其極處無不到也。」[41]而王陽明在其〈大學問〉裡則以為：「致知云者，非若後儒所謂充廣其知識之謂也，致吾心之良知焉耳。良知者，孟子所謂是非之心，人皆有之也；是非之心，不待慮而知，不待學而能，是故謂之良知，是乃天命之性，吾心之本體自然靈昭明覺者也。……然欲致其良知，亦豈影響恍惚而懸空無實之謂乎？是必實有其事矣，故致知必在於格物。物者，事也，凡意之所發，必有其事，意所在之事，謂之物。格者，正也，正其不正，以歸於正之謂也。正其不正者，去惡之謂也；歸於正者，為善之謂也；夫是之謂格。」[42]　在這裡，先就朱子之說來看，他以「窮至事物之理，欲其極處無不到也」來訓釋，實在有些問題，故高明云：「依朱子的訓釋，『知識』包括天地間全部的知識，如『身心性命之德、人倫日用之常……以至天地鬼神之變，鳥獸艸木之宜』（見朱子《大學經筵講義》格致節），不但要知之周遍，毫無遺漏，而且要知之精切，毫

---

40 高明：《高明文輯》（上）（臺北市：黎明文化公司，1978 年 3 月初版），頁 248。

41 《四書集注》，頁 4。

42 王守仁：《王陽明全書》（一）（臺北市：正中書局，1979 年 10 月臺六版），頁 122。

不含糊。試問：這樣的『致知』是可能的嗎？我想，世界上任何一位最偉大的學者都不敢說，能做到這樣的『致知』。如果真照著去做，其結果一定是『博而寡要，勞而無力』，誠如陸象山所譏『支離事業竟浮沉』了。雖然朱子自辯，他不『以徇外誇多為務』，而『以反身窮理為主』（兩語均見《朱子語類》）；但是，『反身窮理』是否需要將天地間全部知識都推而至於極處，這實在是一問題。」[43]　除此之外，又實在無法切合古本《大學》的原文，所以將經一章（依朱熹《章句》，下併同）中緊接著「其所厚者薄」三句而來的「此謂知本，此謂知之至也」十字移後，置於第五章，以為「此謂知本」是「衍文」，而「此謂知之至也」上「別有闕文」，於是「竊取程子之意」而補了一段「格致」的傳[44]，這顯然是從「全」的觀點來看待「格致」的結果。

　　而王陽明以「正意所在之事（物）」來訓釋，也至少有兩點是值得商榷的：其一是王陽明的原意，應該是「正其意」，而非「正其事（物）」，這樣在訓詁上，是很難說得過去的；其二是「正其意」以去惡為善，很難不和「致知」之後的「誠意」混為一談。關於這一點，唐君毅說：「《大學》立言次序，要是先格物、次致知、次誠意、次正心。《大學》言物格而後知至，知至而後意誠，而未嘗言意誠而後知至，知至而後物格。如依陽明之說，循上所論以觀，實以致「知善知惡，好善惡惡」之知，至於真切處，即意誠。意誠然後方得為知之至。又必意誠而知至處，意念所在之事，得其正，而後可言物格。是乃意誠而後知至，知至而後物格，非《大學》本文之序矣。」[45]可見王說也是不無問題的。

　　不過，值得注意的是，「在表面上，朱子訓『知』為『知識』，是

43　《高明文輯》（上），頁 234-244。

44　《四書集注》，頁 7-8。

45　唐君毅：《中國哲學原論·導論篇》（九龍：人生出版社，1966 年 3 月版），頁 293。

遍布於外，學而後得的，與陽明訓『知』為『良知』，是本有於內，不學而致的，似乎落落難合。而實際上，朱子所謂的『知』，如同陽明，也是根於心性來說的，試看他在所補的〈格致傳〉裡說：「蓋人心之靈，莫不有知；而天下之物，莫不有理。惟於理有未窮，故其知有不盡也。是以大學始教，必使學者凡天下之物，莫不因其已知之理，而益窮之，以求至乎其極。至於用力之久，而一旦豁然貫通焉，則眾物之表裡精粗無不到，而吾心之全體大用無不明矣」。可見朱子也認為『知』（智）原本就存於人的心靈之內，是人人所固有的；只不過須藉事物之理，由外而內地使它顯現罷了。因此，他和陽明的不同，並不在它的根源處，而是在從入的途徑上。朱子由於側重人類人為（教）的一面，主張『道問學』，所以要人採『自明誠』的途徑，藉『窮至事物之理』來『推極吾之知識』，以『一旦豁然貫通焉』（將粗淺的外在知識提升為純淨的內在睿智），而收到『吾心之全體大用無不明』的效果。而陽明由於側重人類天賦（性）的一面，主張『尊德性』，所以要人循『自誠明』的途徑，藉正『意之所發』來『致吾心之良知』，以期『吾良知之所知者，無有虧缺障蔽，而得以極其至』，而達到『吾心快然無復餘憾而自慊』（《大學問》）的地步。他們兩人的主張，如就整個人類『盡性』的過程上來看，雖都各有其價值，卻也不免各有所偏，可說皆著眼於『偏』而忽略了『全』，因為天賦（性）與人為（教），是交互為用」[46]，而形成螺旋關係的。

　　次以「致知」與「誠意」而言，《大學》的經一章說：

　　　欲誠其意者，先致其知。

---

[46]　〈從偏全的觀點試解讀四書所引生的一些糾葛〉，頁 13。

又說：

> 知至而後意誠。

可知「致知」是「誠意」的先決條件，而究竟在「誠意」前，要「知」什麼呢？朱熹以為「推極吾之知識，欲其所知無不盡也」，這是就人為教育（自明誠）的終點而言，而不是針對其起點或過程的「此謂知本，此謂知之至」來說。而王陽明則以為是「致吾心之良知焉耳」，這是就天然性體（自誠明）的呈顯而言，而不是針對「博學可以為政」（鄭玄《三禮目錄》[47]）來說。所以他們所說雖各卓識[48]，卻未必悉合《大學》作者原本的意思。其實，朱熹在解釋「毋自欺」一語時說：「自欺云者，

47　《禮記正義》引，頁 983。
48　牟宗三：「朱子說：『《大學》格物知至處，便是凡聖之關。物未格，知未至，如何殺，也是凡人。須是物格知至，方能循循不已，而入於聖賢之域。縱有敏鈍遲速之不同，頭勢也都自向那邊去了。今物未格，知未至，雖是要過那邊去，頭勢只在這邊。如門之有限，猶未過得在。……某嘗謂物格知至後，雖有不善，亦是白地上黑點。物未格，知未至，縱有善，也只是黑地上白點』。又說：『格物是夢覺關，誠意是善惡關』。（《朱子語類》卷第十五）。這是朱子自格物窮理，致知誠意，以言內聖之工夫。朱子之系統，就內聖工夫言。雖不無可批評處，然畢竟亦是內聖工夫之重要部分。故說『格物是夢覺關，誠意是善惡關』。總之是聖凡分別關。故云『物格知至後，雖有不善，亦是白地上黑點。物未格，知未至，縱有善，也只是黑地上白點』。『黑地上白點』，即是生命幽昧混沌，根本是在夢中。『如何殺，也只是凡人』。此即上面所說，光只認真去做事，並不表示真能清澈生命之渣滓。內聖的工夫即是先要使我們的生命變成『白地』，此即所謂『覺』也。」又：「象山『尊德性』，『先立乎其大者』，首著重開悟本心。陽明將心轉為良知，以良知指導人之生活行為；易言之，必將心轉為良知，始可連結於人之實際生活。如眼前有黃金萬兩，依良知，此若非我之所有，我之良知自知不當取之；但人之私念，則常是想貪非分之財。此即所謂『有善有惡意之動』。良知駕臨乎意念之上，自知其為善抑為惡。故陽明特別提出『致』字。唯致良知，始可全心之德、心之理。良知知事之當做與不當做，是人心中之定盤針。人心中有此定盤針，心德之實現才得到保證。」見《中國哲學的特質》，頁 74-75、71-72。

知為善以去惡，而心之所發者，有未實也。」[49]　在這裡，他提出了人要「知為善以去惡」，這正是人在能辨別善惡後所該「勉強而行之」的事。《中庸》第二十章說：

　　　誠身有道，不明乎善，不誠乎身矣。

說的也是這個道理，只不過把《大學》的「誠意」拓為「誠身」而已。而這種善惡的辨別，不就是靠一事一物以至於多事多物所獲得的統整之「知」（知至），由外而內地呈現相應的「良知」來達成的嗎？這樣說來，顯然和朱熹「吾心之所知無不盡」然後「意可得而實」[50]、王陽明「為善去惡」（格物）然後「致吾心之良知」的說法，是有所差別的。

　　但這種差別，卻反而使人意識到「致知」與「誠意」原就存有著互動、循環而提升，由「偏」而趨於「全」的無限空間；甚至於也可由此類推，使人意識到「誠意」與「正心」、「正心」與「修身」（明明德於身），都有著這種空間；不僅如此，就連「修身」與「齊家」（明明德於家）、「齊家」與「治國」（明明德於國）、「治國」與「平天下」（明明德於天下），也一樣形成螺旋式的緊密關係。《論語・子張》載子夏的話說：

　　　仕而優則學，學而優則仕。

這顯然可用以解釋這種關係。朱熹注此說：「仕與學，理同而事異。然仕而學，則所資其事者益深；學而仕，則所以驗其學者益廣。」[51]而趙

49　《四書集注》，頁 8。
50　同前註。
51　《四書集注》，頁 187。

順孫《四書纂疏》引胡寅說：「仕與學理同者，皆所當然也；事異者，有治己治人之別也。學以為仕之本，仕以見學之用，特治己治人之異耳。以理言，則學其本也；以事言，則當其事者，隨所主而為之緩急。」[52] 所謂的「本」，是指「治己」，即「明明德」（明明德於身）之事；所謂的「用」，是指「治人」，即「親民」（明明德於家、國、天下）之事。而「本」和「用」，從偏全的觀點來看，是一直維持著互動、循環而提升的螺旋關係的。

　　這樣看來，「明明德」（本）多少，就可以相應地「親民」（用）多少；同理，「親民」（用）多少，也可以相應地反過來帶動「明明德」（本）更上一層樓，以求「至乎其極」而後已。

三　從「天」與「人」之互動看

　　《中庸》的作者一開始就說：

> 天命之謂性（誠），率性之謂道（自誠明），修道之謂教（自明誠）。道也者，不可須臾離也，可離非道也；是故君子戒慎乎其所不睹，恐懼乎其所不聞，莫見乎隱，莫顯乎微，故君子慎其獨也（自明誠）。喜怒哀樂之未發，謂之中；發而皆中節，謂之和。中也者，天下之大本也；和也者，天下之達道也（盡己之性以盡人之性 ─ 誠）。致中和，天地位焉，萬物育焉（盡物之性以贊天地之化育 ─ 明）。

這段文字的篇章結構，如用表來呈現，是這個樣子的：

---

52 趙順孫：《四書纂疏‧論語》（臺北市：文史哲出版社，1986 年 10 月再版），頁 1492-1493。

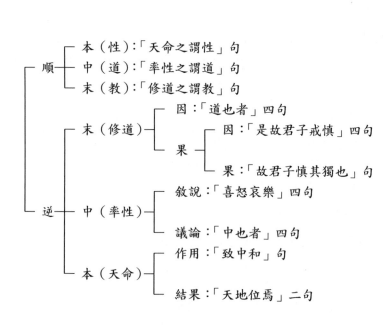

配合上表來看，本段文字的內容，可大別為兩部分：

　　第一部分為「順」，自篇首至「修道之謂教」止。「這三句話『一氣相承』，乃《中庸》一書之綱領所在。作者在此，很有次序地，先由首句點明人性與天道的關係，用『性』字把天道無息之『誠』下貫為人類天賦『至誠』（包括『誠』與『明』）的隔閡衝破；再由次句點明人道與人性的關係，用『道』字把人類（聖人）天賦之『誠』通往天賦之『明』（自誠明）的過道打通，而與人類人為之『誠』與『明』套成一環；然後由末句點明教化與人道的關係，用『教』字把人類（學者）人為之『明』邁向人為之『誠』（自明誠）的大門敲開，而與人類天賦之『誠』與『明』融為一體。這樣由上而下地逐層遞敘，既為人類天賦之『誠』、『明』尋得了源頭，也為人為之『誠』、『明』找到了歸宿。」[53]

　　第二部分為「逆」，自「道也者不可須臾離也」至末。「《中庸》的

53　〈四書導讀〉，頁509-510。

作者在這兒，首先承上一部分的『修道之謂教』句，闡明修道之要領就在於『慎獨』，以扣緊『不可須臾離』之『道』，為『自明誠』（擇善固執）以『致中和』之「教」奠好鞏固的基礎。接著承上個部分的『率性之謂道』句，就喜怒哀樂未發之『性』，說『中』，說『大本』；就喜怒哀樂『發而中節』之『情』，說『和』，說『達道』，以間接表明『慎獨』的目的（修道的內在目標），就在於保持性情的『中和』（盡性）而堅實地為『自誠明』之『性』架好了一座『復其初』的橋梁。然後承篇首之『天命之謂性』句，直接指出『致中和』之目的（修道的外在目標），就是使『天地位焉，萬物育焉』，以確切地肯定人類『盡性』以『贊天地化育』的天賦能力，為人類的『誠』、『明』開拓了無限向上的道路。顯然地，這樣自下而上地由『慎獨』而『盡性至命』（王陽明語，見《傳習錄・上》），則正如第三十二章所說『唯天下至誠，為能經綸天下之大經（和──情），立天下之大本（中──性），知天地之化育』，不但可以成己，而且也是足以成物的」[54]。

　　雖然這段文字，側就「全」的觀點來立論，無論是「順」（由本而末）或「逆」（由末而本），可說全是終極的境界；然而就「偏」的觀點而言，則「率性」與「修道」，甚至「盡性至命」都存有互動、循環而提升的緊密關係。而促成此種關係的樞紐，就在於「性」。《中庸》的作者找到了這個樞紐，來打通「天」與「人」之隔閡，而最後融合為一，是極具智慧的。徐復觀說：「孔子所證知的天道與性的關係，乃是『性由天所命』的關係。天命於人的，即是人之所以為人之性。這一句話，是在子思以前，根本不曾出現過的驚天動地的一句話。『天生蒸民』、『天生萬物』，這類的觀念，在中國本是出現得非常之早。但這只是泛泛地說法，多出於感恩的意思，並不一定會覺得由此而天即給人與物以

54 同前註，頁 510-511。

與天平等的性。有如人種植許多生物，但這些生物，並不與人有什麼內在的關連。所以在世界各宗教中，都會認為人是由神所造。但很少能找出神造了人，而神即給人以與神自己相同之性的觀念，說得像《中庸》這樣的明確。」[55] 又說：「天即為一超越而普遍性的存在；天進入於各人生命之中，以成就各個體之特殊性。而各個體之特殊性，既由天而來，所以在特殊性之中，同時即具有普遍性。此普遍性不在各個體的特殊性之外，所以此普遍性即表現而為每一人的『庸言』、『庸行』。各個體之特殊性，內涵有普遍性之天，或可上通於有普遍性之天，所以每一人的『庸言』、『庸行』，即是天命的呈現、流行。」[56] 可見《中庸》的作者，已經由「性」，將「天」與「人」從內在打成一片了。而這個「性」，究竟有什麼內涵呢？《中庸》第二十五章說：

> 誠者，非自成己而已也，所以成物也。成己，仁也；成物，知也；性之德也，合外內之道也。

朱熹釋此云：「誠雖所以成己，然既有以自成，則自然及物，而道亦行於彼矣。仁者，體之存；知者，用之發；是皆吾性之固有，而無內外之殊。」[57] 在此，朱熹以為「仁」和「知」（智），雖有體用之分，卻皆屬「吾性之固有」，是沒有什麼內外之別的。關於這點，王夫之在其《讀四書大全說》裡，也做了如下的闡釋：「有其誠，則非但成己，而亦以成物矣；以此誠也者，足以成己，而無不足於成物，則誠之而底於成，其必成物審矣。成己者，仁之體也；成物者，知之用也；天命之性、固

---

55 徐復觀：《中國人性論史・先秦篇》（臺北市：臺灣商務印書館，1972 年 10 月四版），頁 117。

56 同前註，頁 119。

57 《四書集注》，頁 42。

有之德也。而能成己焉，則仁之體立也；能成物焉，則知之用行也；仁知咸得，則是復其性之德也。統乎一誠而已，物胥成焉，則同此一道，而外內固合焉。」[58] 可見「仁」和「知」（智），都是「性」的真實內容，而「誠」則「是人性的全體顯露，即是仁與知（智）的全體顯露」[59]。如此說來，在《中庸》作者的眼中，「性」顯然包含了兩種能互動、循環而提升的精神潛能：「一是屬『仁』的，即仁性，乃人類與生俱來的一種成己（成德）力量；一是屬『知』的，即知性，為人類生生不已的一種成物（認知）動能。前者可說是『誠』的動力[60]，後者可說是『明』的泉源；兩者非但為人人所共有，而且也是交相作用的，也就是說：如果顯現了部分的仁性（誠），就能連帶地顯現部分的知性（明）；同樣地，顯現了部分的知性（明），就能連帶地顯現部分的仁性（誠）。正由於這種相互的作用，有先後偏全之差異，故使人在盡性上也就有了兩條內外、天人銜接的路徑：一是由誠（仁性）而明（知性），這是就先天潛能的提發來說的；一是由明（知性）而誠（仁性），這是就後天修學的努力而言的[61]。所以《中庸》第二十一章說：

---

58 王船山：《讀四書大全說》（臺北市：河洛圖書出版社，1974 年 5 月臺景印初版），頁 299-300。

59 徐復觀：「誠是實有其仁；『誠則明矣』（二十一章），是仁必涵攝有知；因為明即是知。『明則誠矣』（同上），是知則必歸於仁。誠明的不可分，實係仁與知的不可分。仁知的不可分，因為仁知皆是性的真實內容，即是性的實體。誠是人性的全體顯露，即是仁與知的全體顯露。因仁與知，同具備於天所命的人性、物性之中；順著仁與知所發出的，即成為具有普遍妥當性的中庸之德之行；而此中庸之德之行，所以成己，同時即所以成物，合天人物我於尋常生活行為之中。」見《中國人性論史》，頁 156。

60 中庸之誠，有就全、就終而言者，必涵攝智與仁，如「唯天下至誠」就是；亦有就偏、就始而言者，指的是「實有其仁」，如「自誠明」或「自明誠」之誠便是。參見陳滿銘：《中庸思想研究》（臺北市：文津出版社，1980 年 3 月初版），頁 123。

61 同前註，頁 108-109。

　　自誠明，謂之性；自明誠，謂之教；誠則明矣，明則誠矣。

　　從這幾句話裡，我們可以曉得，人能由誠而明，乃出於人性天然的作用，而由明而誠，則是成自後天人為的教育[62]，而這種「天然」（性）與「人為」（教）的兩種作用，如能互動、循環而提升不已，使天人融合無間，則所謂「誠則明矣，明則誠矣」，必臻於亦誠亦明的至誠境界。而這種由偏而全的作用，可用下圖來表示：

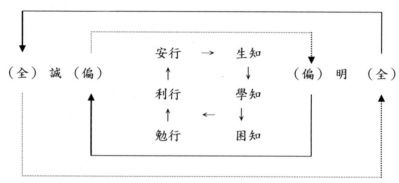

　　這個圖的虛線代表天賦──「性」，實線代表人為──「教」。外圈指「全」，屬聖人；內圈指「偏」，屬常人。藉此可辨明「誠」與「明」、天賦與人為的交互關係，那就是：「先由明善（生知 ── 知止）而存誠

---

62 唐君毅：「《中庸》謂此性為天命之性。至於就此性之表現言，則有二形態：其一形態為直承其為絕對之善，而自然表現為一切善德善行。此即吾人於〈原心篇〉下所謂直道的順天德、性德之誠，以自然明善，其極為不思而中，不勉而得，至誠無息之聖境，是所謂自誠明、謂之性也。至誠無息者，其生心動念，無不為此能自誠之性之直接表現，而『明著於外者。』《中庸》於此乃更不言心不言意念，而只言明。明即心知之光明，人至誠而無息，則其心知即只是一充內形外之光明，以表現此自誠之性，此外即更無心可說。是謂由誠而明。另一形態為人之未達至誠，而其性之表現，乃只能通過間雜之不善者，而更超化之，以去雜成純，以由思而中、勉而得。此即吾人於〈原心篇〉，所謂由擇乎正反兩端，以反反而成正之工夫。人在此工夫中，乃以心知之光明開其先，而歷曲折細密之修養歷程，以至於誠。即所謂『自明誠，謂之教』，『致曲』以『有誠』也。」見《中國哲學原論·原性篇》（香港：新亞書院研究所，1968年2月初版），頁63-64。

（勉行、利行），再由存誠（安行）而明善（困知、學知），透過人力與天功，互相銜接起來，圍成一個圓圈。人就這樣的，自明而誠，自誠而明，循環推進，使自己的知性與德性，由偏而全的，逐漸發揮它們的功能，最後臻於『從心所欲，不踰矩』的最高境界[63]。到了此時，「誠」與「明」便合而為一，統於「至誠」了。

　　這種「天」（性）與「人」（教），經由互動、循環而提升的螺旋作用，而臻於「至誠」的圓滿境界，可由孔子成聖的歷程加以證明。《論語·為政》載：

　　　子曰：「吾十有五而志於學，三十而立，四十而不惑，五十而知天命，六十而耳順，七十而從心所欲、不踰距。」

這段話可畫成如下結構表，以呈現其邏輯層次：

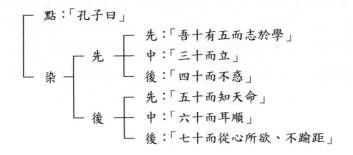

由此可知：孔子在十五歲時，便開始立志學聖，到了三十而邁上了「立」的階段。這所謂的「立」，據〈季氏〉篇載伯魚引述孔子的話說：「不學禮，無以立。」又於〈堯曰〉篇載孔子的話說：「不知禮，無以

63 陳滿銘：〈淺談自誠明與自明誠的關係〉，《孔孟月刊》15 卷 1 期（1976 年 9 月），頁 14-15。

立也。」可知它是指學禮、知禮而言的。孔子就在這十五至三十的頭一個階段裡，正如《荀子‧勸學》所言：「始乎誦經，終乎讀禮。」[64] 用了十五年的時間，不斷地在「文」（《詩》、《書》）內「誦經」、「讀禮」，以熟悉往聖先賢的思想與經驗的結晶，而達於「知禮」的境地，即一面做為日常行事的準則，以「克己復禮」，又一面引為推求未知的依據，一以知十。

　　如此以已知（「文」內）推求未知（「文」外），過了十年，便人我內外，於「禮」無不「豁然貫通」[65]，而順利達於「不惑」的階段。到了這時，梗塞於心目之間的認知障礙，自然就完全消去，達到不迷不眩而能直探本原的地步，所以朱熹在「四十而不惑」下注說：「於事物之所當然，皆無所疑。」[66] 這樣對個別事物之理，也就是「禮」[67]，皆無所疑。

　　而逐次地將「知」累積、貫通、提升，經過十載，則所謂「知極其精」[68]，便對本原的天理人情能了然於胸，這就進入了「知天命」的階段了。這所謂的「知天命」，據邢昺是如此解釋的：「命，天之所稟受者也。孔子四十七學《易》，至五十窮理盡性，知天命之終始也。」[69] 而朱熹則以為：「天命，即天道之流行，而賦於物者，乃事物所以當然之故也。」[70] 由邢、朱兩人的解釋看來，其最大不同，只是前者偏就

---

64 荀子著，王先謙集解：《荀子集解》，《新編諸子集成》二（臺北市：世界書局，1978年7月新三版），頁7。

65 《四書集注》，頁8。

66 同前註，頁61。

67 《禮記‧仲尼燕居》：「子曰：禮也者，理也；樂也者，節也；君子無禮不動。」《十三經注疏‧論語》，頁854。

68 《四書集注》，頁61。

69 《十三經注疏‧論語》，頁16。

70 《四書集注》，頁61。

「稟受者」（性）來說明[71]，而後者則偏就「賦予者」（命）來闡述罷了。
這樣著眼之處雖有不同，但說的無非是天理人情，而此天理人情，正是
「禮」之所由出。《左傳・昭公二十五年》載子產的話說：「夫禮，天之
經也，地之義也，民之行也。」[72] 又《荀子・樂論》也說：「禮也者，
理之不可易者也。」[73] 而《禮記・坊記》則說：「禮者，因人之情而為
之節文。」[74] 又《遼史・禮志一》更進一步說：「理自天設，情由人
生。」[75] 可見「知天命」，講得淺一點，即知天理人情，是就「文」
（《詩》、《書》）外來指「知禮」的。

　　如此知既極其精，又極其大，於是再過十年，對「禮」（理）便到
了「聲入心通」[76]的「耳順」階段。此時就像陸隴其所言：「聞一善言，
見一善行，若決江河，此聲之善者；詖、淫、邪、遁，知其蔽、陷、
離、窮，此聲之不善者，皆一入便通。」[77] 可以說已充分地發揮了內在
的睿智，把知識的領域開拓到了極度，達於「至明」的境地。

---

71 徐復觀：「以『天命』為即是人之所以為人的性，是由孔子在下學而上達中所證驗出
　　來的。孔子的五十而知天命，實際是對於在人的生命之內，所蘊藏的道德性的全般
　　呈露。此蘊藏之道德性，一經全盤呈露，即會對於人之生命，給予以最基本的規
　　定，而成為人之所以為人之性。這即是天命與性的合一。孔子是在這種新地人生境
　　界之內，而『言性與天道』。因為這完全是新地人生境界，所以子貢才嘆為『不可得
　　而聞』。子貢之所以不可得而聞，亦正是顏子感到『仰之彌高，鑽之彌堅；瞻之在
　　前，忽焉在後』（《論語・子罕》）的地方。但在學問上，孔子既已開拓出此一新的
　　人生境界，子貢雖謂不可得而聞，而實則已提出了此一問題。學問上的問題，一經
　　提出以後，其後學必會努力予以解答。『天命之謂性』，這是子思繼承曾子對此問題
　　所提出的解答；其意思是認為孔子所證知的天道與性的關係，乃是『性由天所命』
　　的關係。」見《中國人性論史・先秦篇》，頁 116-117。
72 楊伯峻：《春秋左傳註》（下）（臺北市：源流出版社，1982 年 4 月再版），頁 1457。
73 《荀子集解》，《新編諸子集成》二，頁 255。
74 《十三經注疏・論語》，頁 863。
75 （元）脫脫：《遼史》（臺北市：鼎文書局，1975 年 10 月初版），頁 833。
76 《四書集注》，頁 61。
77 徐英：《論語會箋》引（臺北市：正中書局，1965 年 3 月臺三版），頁 18。

修學至此，所謂「誠（仁）則明（智）矣，明則誠矣」[78]，經過了人為（自明誠）與天賦（自誠明）的最高一層融合，那麼到了七十，自然就可以「從心所欲，不踰矩」，而臻於「不勉而中（誠──仁），不思而得（明──智）[79]的「至誠」境界了。

就在這段孔子所自述的成聖歷程裡，凡所「學」、所「立」、所「不惑」、所「知」、所「耳順」、所「不踰矩」者，無非是「禮」（理）。而在「耳順」之前，雖無可例外地，都偏向於「智」（明）來說，但在每層階段裡，皆是「知」（博文）中有「行」（約禮〔理〕）、「明」（智）裡帶「誠」（仁）的。因為每個階段，都包含有修學過程中的許多層面，而這修學的每個層面，是一點也少不了「由知（智）而仁」的「學之序」的。打從「志於學」開始，可以說即靠著這種「學之序」，才能在知行、天人的交互作用下，一環進一環、一層進一層地，由「約」而日趨於「不約」，逐步遞升，邁過「耳順」，直至「從心所欲，不踰矩」的至聖領域。否則，至聖之境既無由造，而「知」（智）與「仁」也不能由偏而全地在最後統之於至誠而冶為一爐了[80]。

孔子之聖德是如此，故《中庸》的作者在第三十章讚美他說：

仲尼祖述堯舜，憲章文武（成己──仁）；上律天時，下襲水土（成物──智）；辟如天地之無不持載，無不覆幬，辟如四時之錯行，如日月之代明；萬物並育而不相害，道並行而不相悖，小德川流，大德敦化，此天地之所以為大也（配天、配地）。

對這段話，王夫之在《讀四書大全說》裡曾總括起來解釋說：「小德、

---

78 《中庸》第二十一章，見《四書集注》，頁 40。
79 同前註，頁 38。
80 《中庸思想研究》，頁 146-164。

大德，合知仁勇於一誠，而以一誠行乎三達德者也。」[81] 而唐君毅也
說：「所謂『萬物並育而不相害，道並行而不相悖。小德川流，大德敦
化，此天地之所以為大也。』一切宗教的上帝，只創造自然之萬物。而
中國聖人之道，則以贊天地化育之心，兼持載人文世界，人格世界之一
切人生。故曰『大哉聖人之道，洋洋乎發育萬物，峻極于天。悠悠大
哉，禮儀三百，威儀三千，待其人而後行。』因中國聖人之精神，不僅
是超越的涵蓋宇宙人生人格與文化，而且是以贊天地化育之心，對此一
切加以持載。故不僅有高明一面，且有博厚一面。『高明配天，博厚配
地。』『崇效天，卑法地。』高明配天，崇效天者，仁智之無所不覆也。
博厚配地，卑法地者，禮義自守而尊人，無所不載也。」[82] 可見孔子的
偉大，就在於「好學」不已，經由「仁」與「智」、「天」與「人」的
互動、循環而提升的螺旋作用，終於合「仁」與「智」於「一誠」，而
達於配天配地（與天地參）的境界，這是令後人十分「心響往之」[83] 的。

　　所以「天」與「人」的關係，極其密切，是不斷地由互動、循環而
提升，發揮螺旋式的作用，而最後臻於「至誠」境界的。

四　螺旋互動與偏離作用

　　「偏離」理論以「零度」與「負偏離」、「正偏離」為主要內涵，成
為南京大學王希杰「三一語言學」理論的重要一環[84]。其中「負偏離」
（陰）與「正偏離」（陽）有著一陰一陽之關係，而「零度」則介於兩
者之間，也一樣脫不開陰陽互動、轉化之作用。

81　《讀四書大全說》，頁 331。
82　唐君毅：《人文精神之重建》（香港：新亞書院研究所，1955 年 3 月初版），頁 228。
83　〈史記・孔子世家贊〉，《史記會註考證》（臺北市：萬卷樓圖書公司，1993 年 8 月
　　初版），頁 765。
84　李名方、鐘玖英主編：《王希杰與三一語言學》（北京市：中國文聯出版社，2006 年
　　11 月一版一刷），頁 190-222。

　　所謂「偏離」，乃現代語言學、修辭學中最重要而基本的概念，源自於西方索緒爾（Ferdinand de Saussure，1875-1913）和葉爾姆斯列夫（Louis Trolle Hjelmslev，1899-1965）的理論，但王希杰教授雖受此啟發，卻未受侷限，而加以引伸、開創，不僅注意「零度」與「偏離」之對立，更提出「正偏離」與「負偏離」，並重視兩者之間之聯繫與轉化，而且也和「四個世界」（語言、物理、文化、心理）作了連結[85]，形成他「三一語言學」之主體內容。他在其《修辭學通論》中說：

　　　　如果把規範的形式稱之為「零度形式」（0），那麼對零度的超越、突破、違背或反動的結果，便是「偏離形式」（p）。零度和偏離存在於語言的四個世界之中，也存在於交際活動的一切因素和變量之中。偏離又可區分為「正偏離」（p＋）和「負偏離」（p－）。不但在零度和偏離之間是可以互相轉化的，而且在正偏離和負偏離之間也是可以互相轉化的。而轉化的關鍵就在於一定的條件。修辭學就是研究這種轉化的，也可以說，修辭學就是一門轉化之學。[86]

　　這種理論有著陰（零、正）陽（偏、負）二元互動、循環而提升之「螺旋」意涵[87]，王教授在其〈零度和偏離面面觀〉中進一層地結合「潛

85　王希杰：〈作為方法論原則的零度和偏離〉，收入王未主編：《語言學新思潮》（北京市：中國社會科學出版社，2005 年 7 月一版一刷），頁 17。

86　王希杰：《修辭學通論》（南京市：南京大學出版社，1996 年 6 月一版一刷），頁 211。

87　凡「二元對待」之兩方，都會產生互動、循環而提升的作用，而形成「多二一（0）」的螺旋結構。參見陳滿銘：〈論「多」、「二」、「一（0）」的螺旋結構——以《周易》與《老子》為考察重心〉，臺灣師大《師大學報・人文與社會類》48 卷 1 期（2003 年 7 月），頁 1-20。

顯」、「四個世界」與「陰陽對立」加以說明：

> 四個世界中都存在著零度和偏離兩個對立又相互聯繫相互轉化的
> 方面。我的零度偏離論不是僵化的形而上學的。其實是隨著著眼
> 點的不同而不同的。事實上，不僅每個世界中都存在著零度和偏
> 離的關係。而且，在我看來，四個世界本身都有一各零度和偏離
> 的問題。……如果仿造《周易》的陰陽對立的模式，我們可以把
> 顯和潛的對立和聯繫看作一種相對的開放的模式：零度＝潛性＝
> 語言＝物理世界＝本體＝規範＝理想，偏離＝顯性＝言語＝文化
> 世界＝變體＝變異＝現實。在四個世界的任何一個世界中，零度
> 形式總是顯性的，有限的，而其偏離形式總是潛性的，無限多
> 的。[88]

這樣將「三一」理論提升到一種方法論原則的高度來看待，所謂「每個
世界中都存在著零度和偏離的關係」，它的適用面自然就很廣。所以能
如此，是因為「零偏、正負（二元）」與「轉化」的說法，有著（二元）
互動、循環而提升之「螺旋」意涵，與被視為「普遍性之存在」之「多
二一（0）」螺旋結構，是關係十分密切的。因此，它不但與語言學有
關，也一樣可適用於哲學、文學與美學，更可適用於中國哲學。

　　就以《周易》（含《易傳》）而言，在前人「有象而無象」、「無象
而有象」之努力基礎下，終於確認陰陽乃一切變化，形成多樣對待之根
源。就拿八卦與由八卦重疊而成的六十四卦來說，即全由陰陽二爻所構
成，以象徵並概括宇宙人生的各種變化，〈說卦〉說的「觀變於陰陽而

---

[88] 王希杰：〈零度和偏離面面觀〉，收入鐘玖英主編：《語言學心思維》（北京市：中國
文聯出版社，2004年6月一版一刷），頁26-29。

立卦」，就是這個意思。他以為宇宙之源，就在這種陰陽的相對、相交、相和之作用下，變而通之，通而久之，於是創造了天地萬物（含人類），達於「統一」（和諧）的境地[89]。而這種「統一」（和諧），可說是陰陽（剛柔）之統一，是陰陽（剛柔）相濟的，如以上引的天地（乾坤）、晝夜、高低、男女、尊卑、進退、貴賤、動靜而言，天（乾）、晝、高、男、尊、進、貴、動等為剛，地（坤）、夜、低、女、卑、退、賤、靜等為柔，它們是相應地相對而為一的。

《老子》談到陰陽的，僅一見：「萬物負陰而抱陽」（四十二章），在此，他雖然只落到「萬物」（多）上來說，卻該推源到「一生二」以尋其根。而談到「剛柔」的，則往往牽「強」牽「弱」，也落到「多」（萬物）上加以發揮，但「剛」為「陽」、「柔」為「陰」，是同樣該歸根於「一生二」予以確認的；因為這是老子觀察自然現象（萬物）時，從現象（萬物）中所抽離出來的二元對待之基本範疇；而所謂「弱者，道之用」（四十章），是以「道」（無）為「體」，而以「弱上剛下」（「強大處下，柔弱處上」），針對著「有生於無」（四十章）之「有」，來說其「用」的[90]。可見老子的「二」，就「求同」的觀點而言，與《周易》是彼此相容的。

這種陰陽之互相包孕，必趨於「統一」，而此「統一」，好像只能容許陰陽各半以相濟，達於絕對「陰陽各半」的地步，但是天地之運，一刻不息，以致剛柔（陰陽）隨時都在互相滲透，互相轉化之中，所謂「陽卦多陰，陰卦多陽」（〈繫辭下〉），這樣往往就產生「陽中寓陰」（偏

---

89 陳望衡：「《周易》中的陰陽理論強調的不是相反事物的對立，而是相反事務的相交、相和。……因此，陰陽相交、相合的規律就是創造的規律。」見《中國古典美學史》（長沙市：湖南教育出版社，1998 年 8 月一版一刷），頁 182。

90 陳鼓應：《老子今注今譯及評介》（臺北市：臺灣商務印書館，1985 年 2 月修訂十版），頁 155。

陽）或「陰中寓陽」（偏陰）的「小統一」情況；而「陽中寓陰」所造成的是「對比式統一」，「陰中寓剛」所造成的是「調和式統一」[91]。這樣的「統一」思想，不但對中國哲學有影響，就是對文學、美學，也影響極深遠[92]。

如果將偏離理論融入這種思想來看，所謂「負偏離」該是偏於「陰中寓陽」（陰）、「正偏離」該是偏於「陽中寓陰」（陽），而「零度」則該是偏於「陰陽近半」（陰←→陽）的。此種關係可表示如下簡圖：

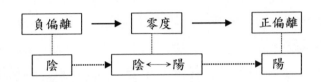

這樣「陰陽二元」之對待、含容，便形成了層次邏輯系統（「多」、「二」、「一（0）」）的基礎。

這樣看來，「負偏離」、「零度」、「正偏離」三者所反映的乃宇宙萬物的「原型」或「變型」現象；它們當然不能自外於這種宇宙萬物創生、含容的普遍性規律：「多、二、一（0）螺旋結構」。從整個「互動、循環而提升」的歷程來看，「一（0）」是起點，也是終點，而「二←→多」則為過程。而「負偏離」、「零度」、「正偏離」所呈現的正是「二←→多」過程中之一環。其關係可用如下簡圖表示：

---

91 夏放：「『多樣的統一』包括兩種基本類型：一種是多種非對立因素相互聯繫的統一，形成一種不太顯著的變化，謂之『調和式統一』；一種是各種對立因素之間的相反相成，造成和諧，形成『對立式統一』。」見《美學──苦惱的追求》（福州市：海峽文藝出版社，1988 年 5 月一版一刷），頁 108。
92 《中國古典美學史》，頁 186-187。

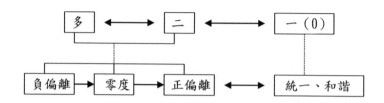

如此融入宇宙萬物創生、含容的普遍性規律：「多、二、一（0）螺旋結構」來看待「偏離理論」，是很可以凸顯其普遍性的[93]。

因此，上舉「仁」與「智」、「明明德」與「親民」、「天」與「人」等，無不如此。就單以孔子「仁」與「智」而言，如人仁智活動之某種表現，不合於仁、智之要求，即屬「負偏離」（p-）；合於仁、智之要求，為「正偏離」（p+）；而介於兩者中間，僅合於仁、智之起碼要求，則是「零度」（0）。由於它不是一成不變，而是可以「相互聯繫、相互轉化」，有著「改過遷善」、「精益求精」的無限可能，很合於孔子「學以致道」之主張，所以由此切入加以考察，是可以「吻合無間」的。這種仁、智的分立（負偏離）、互動（零度）與融合（正偏離）之過程，可用下列簡圖加以表示：

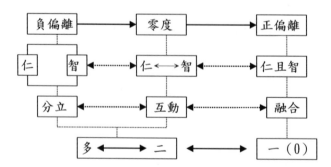

如此融入「多二一（0）」螺旋結構，更可凸顯偏離理論與孔子仁智觀

93 陳滿銘：〈論「零點與偏離」之哲學意涵──以《周易》與《老子》為考察重心〉，《孔孟學報》87 期（2009 年 9 月），頁 51-80。

之密切關係[94]。

　　如再以《論語‧述而》「志於道，據於德，依於仁，游於藝」這一章為例來觀察「仁」與「智」由「分立」而「互動」而「融合」之過程，則可以發現：其中「志於道」是目標，為「末」；「據於德」是依據，為「本」；而「依於仁」、「游於藝」二者，雖然照本章看來，是先「依仁」後「遊藝」，亦即「先仁後知（智）」，這可說是循「由天而人」的順向來說的；但是換作「由人而天」的逆向來說，則先「遊藝」後「依仁」，亦即「先知（智）後仁」，這可說是從「學」的次第來看的。這種偏離關係，如結合「多二一（0）螺旋結構」，則可呈現如下圖：

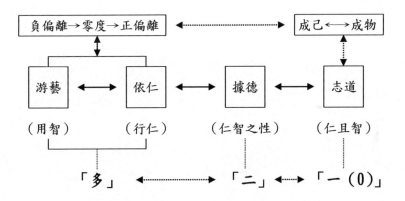

　　這樣，「仁」與「智」由「分立」（負偏離）而「互動」（負偏離→零度）而「融合」（零度→正偏離）之歷程，所呈現的正是「多、二、一（0）」螺旋結構[95]。

　　以上所舉雖僅聚焦於「仁」與「智」而已，卻已足以證出「偏離理

94　陳滿銘：〈從偏離理論看孔子之仁智觀〉上、下，《孔孟月刊》47 卷 1、2 期，47 卷 3、4 期（2008 年 10、12 月），頁 3-9、8-15。

95　陳滿銘：〈以偏離理論看孔子之仁智觀〉上下，《孔孟月刊》（2008 年 7 月）。

論」與「多、二、一（0）」螺旋結構之間的密切關係。

　　經由上文的探討，可知在儒家思想的體系裡，無論是「仁」與「智」、「明明德」（格物、致知、誠意、正心、修身）與「親民」（齊家、治國、平天下），甚至於最根本的「天」（自誠明——性）與「人」（自明誠——教），都不斷地維持著二元互動、循環而提升而產生「負偏離→零度→正偏離」的作用，而形成螺旋結構。這樣顧及本末、順逆（往復）、偏全來看待它們，似乎比較周密一些。而由此為本書作一總結，更能以簡馭繁，凸顯《四書》義理的核心螺旋。

國家圖書館出版品預行編目（CIP）資料

辭章章法學體系建構叢書/陳滿銘著.
-- 初版.-- 臺北市：萬卷樓，2014.08
冊；　公分
ISBN 978-957-739-873-4(全套:精裝)
1.漢語　2.修辭學
　　802.7　　　103011623

ISBN 978-957-739-873-4

辭章章法學體系建構叢書

著　　　者 陳滿銘
總 策 劃 許錟輝
主　　　編 中華章法學會
出　　　版 萬卷樓圖書股份有限公司
總 編 輯 陳滿銘
副總編輯 張晏瑞
責任編輯 吳家嘉
發　　　行 萬卷樓圖書股份有限公司
發 行 人 陳滿銘
聯　　　絡 電話 02-23216565　　傳真 02-23944113
　　　　　網址 www.wanjuan.com.tw　郵箱 service@wanjuan.com.tw
地　　　址 106 臺北市羅斯福路二段 41 號 6 樓之三
印　　　刷 百通科技股份有限公司
初　　　版 2014 年 8 月
定　　　價 新臺幣 18000 元 全套十冊精裝 不分售

新聞局出版事業登記證號局版臺業字第 5655 號